迎妻納福

2

月舞 著

風 文創 943

目錄

第二十八章　道謝

與趙晉桓說完話，蕭長恭打起精神，先讓穆鴻漸帶穆婉寧歸家，然後親自送鐵英蘭回統領府。

「鐵統領，今日多虧了鐵姑娘，日後姑娘若有差遣，蕭某義不容辭。打擾了，告辭。」

蕭長恭說完，轉身就走，他還要去穆府見穆鼎，只留下一臉震驚的鐵詩文。

盛京城裡炙手可熱的鎮西侯，突然間給他女兒這麼大的保證，究竟是發生了什麼事？

「英蘭，這是怎麼回事？」

鐵英蘭也沒想到蕭長恭會這樣，整個人有點懵。「爹，我們進去說。」

後院中，鐵詩文吃驚地聽著鐵英蘭講述馬場上的事，說到救人時，鐵詩文一把抓住鐵英蘭的手。

「英蘭，往後再不可以這樣了。萬一，我是說萬一，妳讓爹怎麼活？」

鐵詩文早年喪妻，只有鐵英蘭這一個女兒。

這會兒，鐵英蘭也後怕起來，再次回想起救人時的情形，的的確確是千鈞一髮。稍有差池，她也要被踏在馬蹄之下。

想到可能再也見不到父親，鐵英蘭的嘴不由哆嗦起來，臉也發白。「爹，當時我只想著救人，到現在才覺得害怕。」

鐵英蘭說著，突然哇一聲哭出來。「爹，以後我不逞強了，我怕再也見不到您了。」鐵詩文被女兒哭得紅了眼眶，知道女兒怕了，一把將她摟進懷裡。「乖，不哭，有爹在呢。來，摸摸頭，嚇不著；摸摸耳，嚇一會兒。」

鐵英蘭抱著鐵詩文哭了好一會兒，直到哭累了，才被鐵詩文的順口溜逗笑。長大後，有兩、三年沒聽到鐵詩文這麼念叨了。

她早年喪母，又生長在武將之家，遇到害怕的事情，在外人面前不敢哭，只能晚上躲進父親懷裡。

那時，鐵詩文念叨最多的，就是這句「摸摸頭，嚇不著；摸摸耳，嚇一會兒」，一邊唸、一邊摸摸她的頭，揉揉耳朵。

每每只要鐵詩文唸上一遍，無論遇上多怕、多難、多委屈的事情，鐵英蘭都覺得沒什麼，都能跨過去。

「瞧瞧妳，都快嫁人的人，還又哭又笑的。」鐵詩文用粗糙的大手幫鐵英蘭擦眼淚，心中不由感慨，一晃眼，女兒就長這麼大了。

鐵英蘭平復了心情，想到蕭長恭的承諾，遂又興奮起來。「爹，您說鎮西侯的保證，是認真的嗎？」

「當然是認真的，不過嘛，咱們可不能亂用。最好的辦法，就是不用。」鐵詩文也回神，恢復了統領九城兵馬司的精明。

「不用？」

「對，不用，就是認認真真地交朋友。唯有真心相交的，才能算朋友，那個承諾也才有意義。以後妳繼續和穆家姑娘交好便行，別的都不要想。」

鐵英蘭想了想，道：「嗯，女兒明白了。咱們不是挾恩圖報的人，就算沒有鎮西侯的事，女兒也喜歡婉寧，我倆很投緣。」

能跟一個侯爺交好，在滿是權貴的盛京城裡，相當於有了護身符。

鐵詩文不想升官發財，只希望這個護身符能保鐵英蘭一輩子平安無憂。

宰相府裡，穆鼎沈默地聽完了穆鴻漸的敘述。

包括吳采薇的眼神，以及本該盯防穆婉寧的簡月婧偷偷繞到穆安寧背後之舉，也當然少不了鐵英蘭救人，以及蕭長恭的霸氣回應——提親。

雖然對穆婉寧和蕭長恭的事，穆鼎始終有些放任，算是樂見其成，可今天鬧出這風波，吳采薇還當眾說蕭長恭是她選定的駙馬，蕭長恭再想上門提親，怕是沒那麼順利了。

承平長公主寡居多年，又是皇帝的親妹妹。若她拚著讓皇帝生氣，也要為女兒求來這門婚事，那還真不好辦。

畢竟，沒人敢拒絕皇帝的賜婚。

穆鼎正沈吟間，下人回報，鎮西侯到了。

「請他到書房來。」

「是。」

不一會兒，蕭長恭大步走進來，見到穆鼎，躬身行禮。「小婿見過岳父大人。」

穆鼎差點被口水嗆到，伸出手指虛晃兩下，又放下來。「你還真直接。」

「既然決定要娶，早兩年喊沒什麼差別。」蕭長恭非常恭敬，規規矩矩地擺出女婿見岳父的樣子。

穆鼎撫了撫胸口，幫自己順氣。

「我還沒答應呢，你先跟我說說，和靜縣主那邊，你打算如何處理？別說我沒提醒你，承平長公主可是皇帝的親妹妹，若她求賜婚，你怎麼辦？」

蕭長恭搖搖頭。「和靜縣主被我臉上的傷嚇了一跳，當場大叫著讓我走開。相爺說的這種情況，可能不會發生。」

提到臉上的傷，穆鼎也有些遲疑。「你的傷……」

「婉寧已經看過。」

穆鼎點點頭，緊接著又皺起眉頭。「萬一和靜縣主回頭不在意了，死活要嫁給你，你待如何？」

「我不會給她們這個機會。待會兒，我直接進宮，讓陛下為我作媒，同時辭去西北大營總統領之職。」

穆鼎挑眉，蕭長恭剛剛建功，前幾日還為西北獻策，聲望正高，此時居然要請辭。

「你捨得？」

「沒什麼捨不得的，那位置，本也不是我現在坐得住的。回京以來，相信已經有不少人向陛下遞摺子，要求換人了。」

穆鼎微微點頭，他雖為文官之首，一向不插手軍中事，卻是知曉內情。如果蕭長恭能主動請辭，皇帝心中愧疚，婚事上必定會予以補償。

承平長公主那邊，再怎麼求，也求不來賜婚。

蕭長恭見自己已經說動穆鼎，道：「如果相爺沒有其他要交代的，長恭就進宮面聖。」

穆鼎想起，方才蕭長恭提到要皇帝作媒。「陛下向來不替臣子作媒，你倒是膽大。」

「萬事都有第一次。有了陛下作媒，日後便不怕長公主與和靜縣主再起心思。」

「話雖如此，不過要陛下破例並非易事，不可強求。但此事確實要稟報陛下，就算不防著承平長公主，文官與武官也向來極少聯姻。老夫忝為百官之首，難免有人說閒話。」

穆鼎說到這裡，忽然一愣。「你主動辭去西北大營統領之職，也有這層意思？」

「文武不聯姻，是防陛下忌憚。我既請辭，就是一無實職的侯爺，自然沒了這顧忌。」

穆鼎坐在椅子上，撫著鬍鬚，沈吟不語。即使蕭長恭辭了西北大營之職，也一樣是武將，變不成文官。日後若北狄犯邊，該用他，還是得用他。

不過，那時不再是文武勾結，而是皇帝用人不疑，恩由上出。

蕭長恭此舉，是把權力交給皇帝，以證明自己沒有私心。

身為武將，尤其是能守邊的武將，會打仗是必要的。但看得清形勢，懂得急流勇退，更加要緊。

「好。」穆鼎點頭，第一次用打量未來女婿的目光看蕭長恭。「你既有打算，我也不多說了。不過，今天不宜進宮，我知你以退為進，但太急了，有逼迫之嫌，明日再去吧。」

「好，就聽相爺的。」

「婉寧在後院，你去看看她。她回來時特意讓人帶話，如果你上門，務必去見她。」

蕭長恭點點頭，想起穆婉寧，嘴角浮現笑意。「是，小婿告退。」

穆鼎眉頭一挑，覺得看蕭長恭又不那麼順眼了，開竅不到半年的四女兒，就這麼讓眼前的人訂下。

幸好穆婉寧及笄之後才出嫁，還能在家待上一年。不過到今年十月末，穆婉寧就滿十四歲，明年十月便及笄。

現在已經是七月。穆鼎忽然覺得，時日太短了。

這是蕭長恭第一次正兒八經地進穆婉寧的清兮院，上一次是在夜色中摸進來的，心思全在防人上，並未注意院子的景色。

這回一打量，他不由覺得這裡的裝飾實在太簡陋了，院子還好，有些花草，屋內卻是無甚擺設，想來因為穆婉寧是庶女，之前不得寵的緣故。

院子裡，墨香正在煎藥，看到蕭長恭走進來，趕緊行禮。剛想進去通報，蕭長恭擺了擺手，讓她不要出聲。

蕭長恭一路進了主屋，走進內室，便看見穆婉寧穿了件常服，倚靠在床上，右腳架起，檀香正在幫她塗藥。

平時，美人露腳絕對是香豔至極的一幕。可惜穆婉寧現在的腳腫得跟豬蹄似的，還有瘀血，與香豔實在沾不上邊。

穆婉寧不想讓蕭長恭看到她的狼狽樣子，趕緊讓檀香拿布蓋上。

蕭長恭阻止道：「別蓋，藥膏還沒乾呢。」又扭頭看檀香，後者便知趣地退出去。

蕭長恭摘下面具，對穆婉寧露出真心的笑意。「妳不嫌棄我，我也不嫌棄妳。」

每次看到蕭長恭的臉，穆婉寧都忍不住心疼，不由想伸手撫平他臉上的傷疤。

「以後不要再拿自己的臉嚇人了，你一點都不醜，也不嚇人，是那些人有眼無珠。」

蕭長恭心中感動，伸手握住穆婉寧微涼的手。「好，不嚇。」

想到薛青河給他的承諾，蕭長恭心情激動，或許到那時，他想嚇人也嚇不成了。不過，這個消息還是先不要說，正式提親時，再給穆婉寧一個驚喜好了。

穆婉寧享受著自己的手被蕭長恭握住的感覺，他的手很大、很硬，掌心還有些薄繭，摸起來粗粗糙糙。不柔軟，卻很暖，讓人安心。

蕭長恭被穆婉寧的手鬧得心癢癢的，覺得心跳都加快了，輕咳一聲，說起別的。

「和靜縣主的事……」

穆婉寧搶先道：「就這樣過去吧。我想過了，如果她咬死了是失手，我們也不能拿她怎麼辦。驚馬的是我三姊姊，雖然肯定有人故意陷害，多半就是簡月婧，但未拿到實證，也是沒辦法。你不必在意，以後我不與她來往就是。」

蕭長恭一愣，他本是想告訴穆婉寧不要心急，會慢慢替她出氣，孰料卻被她安慰了。而且，他沒想到穆婉寧能這麼快就放下，之前的事實在太凶險，可是在閻王殿前走了一遭。

「這件事是不宜大鬧，但也不能這麼過去。既然她敢對妳下手，自然要有付出代價的準備。妳且放寬心等著，我肯定會讓她長個記性。」

「可是……」

「沒有可是。」蕭長恭的聲音一下子嚴肅起來，看到穆婉寧渾身一凜的樣子，馬上放軟語氣。「別在意，我在軍營裡這麼說話習慣了，以後對妳肯定不會這樣。」

穆婉寧心裡暖暖的，點點頭。想到蕭長恭說的以後，又想到他今天的承諾，臉上不覺浮現笑意，面色微紅。

這樣的笑容讓蕭長恭的心更熱切了些，扭頭往門外瞅瞅，見沒有別人，便湊近穆婉寧，壓低聲音開了口。

「今天在吳采薇面前表現得不錯。來，再叫一聲長恭哥哥。」

這下，穆婉寧是真的臉紅了，佯裝生氣，把手抽出來，扭過頭不看他。

蕭長恭哈哈大笑，把她的手抓回來，放在手心裡捏了又捏，才戴上面具，開心離去。

第二天一早，鐵府迎來了兩輛送禮的馬車。

一輛是宰相府的，一輛則是鎮西侯府的。

相府的禮，一半是穆婉寧備的、一半是穆鼎備的。從馬蹄下救了自家女兒這種大事，穆鼎不但備了禮，還親自登門道謝。

穆婉寧則是從蕭長恭和皇帝給的賞賜裡，挑了不少好東西送過去。

穆鼎光臨，鐵詩文受寵若驚，那可是宰相，百官之首，一人之下，萬人之上的人物。鐵詩文命人開了中門，帶著全家老小，把穆鼎迎進去。

不過，說是全家，也只有鐵詩文和鐵英蘭兩人而已。

進了正廳之後，分賓主落坐，穆鼎先感謝鐵英蘭捨命救人的恩情，又誇鐵英蘭的英氣勃勃，接著就沒話可說了。

穆鼎與鐵詩文雖同朝為臣，卻幾乎沒有來往，畢竟一個天天站在皇帝眼前，一個是無召不得入朝，差別實在太大。

穆鼎下了早朝便直接過來，身上還穿著朝服，看上去不怒自威。鐵詩文坐在主位，心裡也是緊張的。

不過，穆鼎可是在官場混跡了幾十年的人物，又是來感謝救命之恩，自然不會讓兩人之間尷尬，當下把話頭轉到鐵詩文統領的九城兵馬司上。

一說到自己的差事，鐵詩文來了精神，心裡不再發虛，加上穆鼎有意親近，遂放開武人心性，和穆鼎就著盛京城的大事小事，聊了個痛快。

九城兵馬司管得很是瑣碎，主要是維護秩序，疏理街道、溝渠以及救火等，除此之外，每三日還要去集市校勘秤尺。這當中的每一件，都關係到盛京裡的百姓能不能安居樂業。

盛京城能街市清明、行人井然，與鐵詩文的兢兢業業是分不開的。

穆鼎對鐵詩文很是滿意。一個人是不是盡忠職守，從他聊差事的態度和語氣，就能看得出來。

當下兩人相談甚歡，一直快到吃午膳時，穆鼎才告辭。

上了馬車後，隨行的管家向穆鼎稟報，鐵英蘭在與穆鼎見禮之後，特意出來找他，仔細問了穆婉寧的傷勢，知道無大礙才放心，說過幾日等穆婉寧好些，再去拜訪。

穆鼎暗暗點頭，鐵家父女都是不錯的人，值得一交。

鐵家這邊，送走穆鼎，鐵家父女剛鬆了一口氣，便聽說鎮西侯府的馬車已在外面等候多時了。

鐵詩文嚇一跳，萬一馬車裡是鎮西侯本人，那他豈不是把人整整晾了一上午？

幸好，隨馬車來的，只有管家蕭安，沒有蕭長恭本人。

鎮西侯府的禮同樣不輕，昨天蕭長恭已經親口說了會向穆府提親，因此今日送禮感謝鐵英蘭的相救之恩，也算師出有名。

不過，最讓鐵英蘭驚喜的，不是那一馬車的東西，而是隨著馬車而來的馬。

雲一帶著笑意，把紅珠的韁繩交給鐵英蘭。

「這……真的要給我？」鐵英蘭瞪大眼睛，蕭長恭的馬都是北狄那邊的名駒，放眼整個盛京城，只有皇家馬場的馬才能與之媲美。

若非如此，昨天的比賽，不可能僅憑她和穆婉寧兩人，就擋住三個人的進攻，甚至救人也有紅珠的功勞。

雲一點頭。「我家將軍說了，紅珠與鐵姑娘有緣，便贈與鐵姑娘。馬蹄鐵是新釘的，需要修理時，鐵姑娘可去鎮西侯府的馬場，那裡會有人幫忙。」

鐵英蘭聽了，眼睛發出光來，歡歡喜喜去摟紅珠的脖子，向雲一行禮。「多謝將軍。」

雲一側身，代蕭長恭受了半禮，又還了一禮，這才回鎮西侯府。

第二十九章　方家

清兮院裡，穆婉寧一早起來，吃過飯，讓檀香換了藥，便倚在榻上，拿著一本遊記看。

這時，檀香神神秘秘地走進來。「姑娘，方家人來了。」

方家?!

穆婉寧猛地直起身子，方家人怎麼這時來了？

重生之後，她無時無刻不想著方家，所以很早便找個理由，偷偷吩咐檀香，讓她去跟大壯說，只要有方家的消息，都要立刻告訴她。

是以，這會兒方家剛上門，穆婉寧就知道消息了。

只是，前一世方家可沒這麼早來，是在穆安寧訂親之後才出現的，這一世怎麼提前了這麼多？

「墨香，妳去前廳，務必把情況打聽清楚。」

「是。」

檀香太小，做事還不夠穩重，反而墨香看著老老實實，私下裡卻很有打聽消息的天賦，派她去，總能問出點什麼來。

方家果然是來提親的。

此時，方母在宰相府的正廳裡，哭得傷心得不得了。

「五年前婆母急病去世，我們跟著老爺從任上趕往老家奔喪。結果，老爺在路上染了時疫，又在服喪時虧了身體，冬天就沒挺過來。」

方堯一身書生打扮，坐著低頭不語。

穆鼎驟然聽到昔日好友離世，心中難過。方堯的父親方淮曾與穆鼎為同窗，兩人一起在書院讀書，一起赴考，然後分別外放為官。

後來，山高水遠，兩人便漸漸斷了聯繫。但他沒想到，方淮竟在五年前離世了。

幸好，方淮的兒子看起來肖似其父，也算聊有慰藉。

「怎麼不寄信給我？」

「當時我們家老爺去得急，不知他曾與宰相大人訂了婚約，所以沒有寄信。今年偶然收拾老爺的遺物，才發現當年他與大人訂親時的玉珮和書信。」

方母說罷，從懷中掏出一塊玉珮，和一封有些泛黃的書信。

穆鼎聞之一愣，婚約？

待從管家手中接過那塊玉珮之後，他才勉強想起，當年兩人外放為官時，都是剛成親不久。餞別宴上，玩笑著說了句以後結為兩姓之好的話，互相交換了身上的玉珮。

可是，當時不過是玩笑，別說是穆鼎，連方淮也沒有當真。

再看那封書信，的確是方淮的字跡，寫著與穆鼎有約，將來若有機會再回盛京，可結兩姓之好。

自從說出婚約之事後，方母一直偷偷觀察穆鼎，此時見穆鼎面有難色，似有不願之意，立刻又嚎啕大哭。

「老爺，您去得早，如今只留我們孤兒寡母，不僅受人欺負，沒了田地房產，現在連訂好的婚事都要不算數啊。」

穆鼎真是一個頭兩個大，當初不過是一時玩笑。如今方家人突然上門，如果不允，他怕是立刻就要揹上嫌貧愛富的罵名。

可是，如果允了……穆鼎看向低頭的方堯，也不知道這孩子人品如何。畢竟這是嫁女兒，不是捨田產鋪子。

方堯感覺到穆鼎質疑的目光，站起身，微一抱拳。「宰相大人心疼女兒，不願嫁也是人之常情。這次晚輩是來考取功名的，待高中之後，若大人不棄，我們再來商談婚事。」又轉頭道：「娘，我們走。」

這一招以退為進，反而讓穆鼎難堪，而且從方堯的話語和神態中，依稀能看見當年方淮意氣風發的影子，不由意動。

當年的方淮滿腹才華，卻英年早逝。若方堯能有其父之姿，也不失為東床佳婿。

「成親乃是大事，老夫還需要多加考慮。不如這樣，你們母子先歇在府裡，一路風餐露宿也累了，漱洗一下，晚上我幫你們接風。」穆鼎說完，又吩咐管家。「派人收拾出客院，再安排幾個婢女、小廝伺候。」

既然穆鼎發話，方堯母子也不再堅持，跟著管家下去了。

看著兩人離去，穆鼎頗覺棘手。當年酒後的玩笑，一旦認了真，實在難辦。

穆鼎沒想過用女兒攀附權貴，但也不願意把女兒嫁給沒有功名之人。

現在適合嫁給方堯的女兒一共有兩個，穆婉寧已經許給蕭長恭，雖然還沒正式訂親，卻不是可以輕易反悔的。

能嫁的，只剩穆安寧。

可是想到穆安寧和鄭氏，穆鼎的頭更疼了。

果然，穆鼎剛回到後院，得到消息的穆安寧和鄭氏大鬧不止。

「我不嫁，憑什麼穆婉寧可以嫁給侯爺，我就要嫁給一個連功名都沒有的窮書生?!」

鄭氏撲通一聲跪在地上。「老爺，看在我這麼多年為您生兒育女的分上，您不能答應啊！安寧可是您第一個女兒，當年您答應過我，要為她選一門好親事的。」

「當年方淮可是狀元郎，他的兒子想必不會差。安寧及笄已有大半年，妳們母女倆挑來挑去，沒有一家入眼，無非是看上了三皇子妃的位置。滿朝文武，我穆鼎與哪個結親都行，但皇子不是妳們能妄想的。」

穆鼎看著眼前哭得昏天黑地的母女，心裡憋著一股氣。若是她們聽得進勸告，不去惦念三皇子妃的位置，早點把親事訂下來，何至於有今天的事情。

到時，方家上門，合適的女兒都已經訂親，他只要給些補償就是了。

「那也不能嫁給方家人！這麼多年音信全無，誰知道方家母子性情如何？我們安兒也是捧在手心上長大的，老爺怎能讓她往火坑裡跳。」

「我不管，反正我不嫁，爹非讓我嫁，我就……我就一頭撞死在這裡。」穆安寧說完，便往牆上撞去。

鄭氏哪會讓穆安寧真的撞，一把抱住她。「安兒，不要想不開。妳死了，娘怎麼辦？」

有了鄭氏抱著，穆安寧更是感到委屈。她的命怎麼就這麼苦呢？穆婉寧還有一年多才及笄，卻已經有人上門求親，還是個侯爺。

她及笄大半年，非但婚事還沒有著落，這會兒還得嫁個不知道從哪裡冒出來的窮書生。

穆安寧越想越委屈，索性嚎啕大哭。原本鄭氏已經哭過一場，現在穆安寧一哭，她又跟著哭起來。

一時間，清黎院內真的是雞飛狗跳。

另一邊，清兮院中，墨香正繪聲繪色地稟報從前廳和清黎院聽來的消息。

穆婉寧聽完，卻絲毫感受不到欣喜，只覺得無盡的煩悶。

她本以為，這一世只要不嫁進方家，就會感到心滿意足。但等到方家人出現，要娶她的姊姊時，她還是感到心煩。

「姑娘，您這是怎麼了？方家來提親，和咱們無關啊。」檀香用扇子幫穆婉寧搧風。

「老爺不是已經允了蕭將軍的提親，要嫁也是三姑娘嫁，反正她從沒正眼瞧過咱們，就讓他們鬧去。能讓三姑娘吃點苦，奴婢還覺得高興呢。」

穆婉寧心裡苦笑，若她沒有重生一回，沒有上一世的記憶，恐怕也會如此覺得。能讓穆安寧吃點苦頭，她求之不得。

可是方家不同，那是個狼窩。

尤其是方堯的外室簡月梅，依照上一世的記憶推斷，這時她就算沒懷孕，也早與方堯有了首尾。

為了能讓自己生的兒子成為嫡長子繼承一切，無論嫁過去的是穆婉寧還是穆安寧，簡月梅都會想辦法對人下手。

穆安寧的確經常欺負她，該讓她受些教訓、吃些苦頭，可代價不應該是嫁進方家，那是把穆安寧的一輩子，甚至性命都搭進去。

穆安寧該罰，但罪不至死。

另一個讓穆婉寧不希望穆安寧嫁過去的原因，是她不想讓方家人好受。

前一世，成為宰相府的姻親，方家人沒少從府裡拿好處。後來大哥穆鴻嶺出仕，他們也是沒完沒了地向穆鴻嶺要這要那。

方家人都覺得宰相府虧欠他們，因為方堯是嫡子，而穆婉寧是庶女。

有了這樣一門吸血吸得理直氣壯的姻親，絕對是宰相府的災難。

這一世，方家還想吸血，門都沒有。

「檀香，推我去清黎院。」

檀香瞪大眼睛。「姑娘，您要去清黎院？現在去，三姑娘不知要罵您什麼呢。」

「我有必須去的理由，推我過去。」

穆婉寧主僕一路行到清黎院，剛進院門，便聽到裡面又哭又鬧的聲音。

「夠了！」

穆鼎大喝一聲，把東西摔在地上。「看看妳們這是什麼做派。婚姻本是父母之命、媒妁之言，之前太放縱妳們母女了，這門親事就……」

「父親，請三思。」穆婉寧立刻出聲打斷，慶幸她來得及時，沒讓穆鼎把話說完。話一旦出口，即便穆鼎不是皇帝，稱不上金口玉言，但要堂堂宰相食言，也千難萬難。

穆安寧看到穆婉寧，眼睛幾乎冒出火來。「穆婉寧，妳來幹什麼？是幸災樂禍還是落井下石，或者看我有多慘？現在，妳高興了，妳要嫁的是侯爺，我要嫁的卻是不知道從哪兒冒出來的窮酸書生。妳就這麼迫不及待來耀武揚威了嗎？」

穆婉寧無奈，若非方家真是火坑，她才不會趕著來找罵呢。

「我來這裡，是有話要對父親說。說完後，三姊姊自然知道我是來落井下石，還是幸災樂禍了。」

穆鼎皺眉。「妳來搗什麼亂？」

「父親，我已知曉方家的事情。依女兒淺見，這裡面有蹊蹺。」

穆婉寧的話一出口，鄭氏和穆安寧立刻不鬧了，現在她們亟需有人說點方家的壞話，哪怕是穆婉寧說的也行。

穆鼎的思緒被鄭氏母女哭得亂糟糟，猛然清靜下來，終於能喘上一口氣。

「妳想說什麼？」

「這裡面有幾個可疑之處。首先，方家人上門的時機太巧了，昨天鎮西侯剛要提親，今天他們便上門。如果他們真是最近才進京，哪裡會這麼巧？

「我問過下人，方家母子說話雖有外地口音，但穿著打扮卻是京中流行的樣式，說不定，他們已經在京城住了一段時日。」

穆鼎聽了，沈默一會兒。穆婉寧說的，他之前的確沒有想到。

「若是如此，這個時候來提親，就有點待價而沽的意味了。」

鄭氏反應過來，問道：「待價而沽？」

「對，不過沽的不是方堯，而是我和三姊姊。」穆婉寧點頭。「現在府裡適合的人選只有我們，若寧雖是嫡女，但年紀尚小，方家人等不到那個時候。

「既然要在我與三姊姊當中選一個，那要選誰呢？從純粹的利益來看，要看我和三姊姊誰先訂親，他們就選後訂親的那個。」

穆安寧本以為穆婉寧會說人品或相貌，然後藉機諷刺她幾句，結果完全不是。

「為什麼是後訂親的那個？」

「因為這樣就可以多一門顯貴的姻親。換句話說，方家圖的不只是宰相府女婿的身分，還圖和某個大人物當連襟的機會。」

穆婉寧解釋完，鄭氏便完全懂了。

可穆安寧還是沒反應過來。「那早點來提親，不也是一樣？」

穆婉寧微微一笑。「如果在我和三姊姊都未訂親之前上門，就得按順序來，與三姊姊訂親。可是三姊姊的目標……」

這下，穆安寧也懂了，是先看著她能不能與三皇子訂親，如果能，便立刻上門提親，好和三皇子成為連襟。

「再者，我還有一年多才及笄，若是提親提得早了，方家還得等上兩年，才能等到我為他們帶來一門貴戚。」

鄭氏道：「難道宰相府的女婿還不夠？」

穆婉寧輕哼一聲，心裡想著前一世看到的方家人嘴臉。「人心總是貪婪的，能多要一些，為什麼不多要呢？

「所以，最穩妥的辦法就是看哪個先訂親，然後立刻上門求娶另一個。昨天剛剛傳出鎮西侯要與宰相府訂親的消息，今天他們便登門，甚至不敢等到正式訂親的時候，生怕多等幾天，三姊姊與哪個大人物訂親，他們就失去了機會。」

「可是……」鄭氏有些遲疑。「就算妳說的是真的，可方家人已經來了，安兒不還是要嫁過去？」

穆婉寧點頭。「的確，這只是第一個疑點，僅能說明他們動機不純，卻不足以讓他們主動退婚。」

此時，穆鼎腦子清醒了許多，穆婉寧的話捋順他的思路，方才被鄭氏母女哭得他都想直接答應了。

「這一點確實不夠，卻能使事情有轉圜的餘地。」

「不錯。此外還有第二個疑點，就是他們的說詞。他們說的是之前不知道有婚約，因為出發趕考收拾遺物，才得知此事。這很奇怪，那過世的方大人到底想不想結親呢？

「若是想，那應該早早告知方家母子，至少應該先告訴方母，然後再與父親通個消息。當時是酒後戲言，先通消息，也算互有商量，更能避免萬一父親忘記，把女兒許配出去，鬧了烏龍。若是不想，便不該留下書信，把這件事爛在肚子裡。

「可是方大人既未提前通氣，又未守口如瓶，這就奇怪得很了。方大人畢竟也做到知州，行事怎麼可能這般不周全？」

「或許是因方大人纏綿病榻，無力顧及？」鄭氏遲疑地說。

穆鼎搖搖頭。「事關獨子的前途與婚姻大事，除非暴病而亡，否則怎會無力顧及？」

穆婉寧看向穆鼎。「父親能不能向女兒形容一下，您印象中的方大人，是什麼樣的性子和品格？」

穆鼎遲疑一會兒，陷入了回憶之中。

「當年的方淮，是會試的第一名，殿試時被陛下欽點為狀元，當真是意氣風發。那時，我們都很年輕，自視甚高，但誰也沒有方淮那般清高。當年離京之時，他可是說過不在地方上做出一番成績，誓不回京的豪言壯語。」

穆婉寧道：「我想，方大人沒寫過信給父親，希望父親提攜他吧？」

穆鼎點頭。「的確沒有。」

「這就是了。」穆婉寧一拍手。「訂親的事情，父親都忘了，方大人卻一直記得，想來是有結親的意思。既然如此，為什麼這麼多年來，不直接告訴方家母子？

「以方大人清高的性格猜想，有沒有可能是他雖然想結親，但方堯讓他失望。兒子不成器，清高的方大人遂斷了結親的心思。」

「但那封信又是怎麼回事？既不願，何必留下書信？」

穆婉寧咬了咬嘴唇。「這一點，我也說不準。父親最近一次見到方大人的字跡，已經是十幾年前吧，若是有人偽造，就算只有七、八分像，父親也未必看得出來。」

經穆婉寧這麼一說，穆鼎亦有些遲疑。雖然他保有方淮年輕時的書信，但人的筆跡會因為境遇而有所改變，有些變化也是正常。若方家人推託這是病時所書，腕力虛浮，寫不出原來的字，也是有可能的。

「根據以上兩點，我覺得方家母子心思不單純，人品堪憂。這門親事，雖然不能馬上拒絕，但也不可輕易答應。」

穆鼎看著穆婉寧頗有老謀深算的樣子，不僅心生感慨。

不知不覺間，當年那個沒了母親、驚慌失措的小女孩，現在已經長成可以出謀劃策的大姑娘了。

第三十章　姊妹

「那以妳之見，這件事當如何應對？」穆鼎問穆婉寧。

「一個字，拖。穩住方家，既不直言拒婚，也不允婚。不是馬上就要秋闈了嗎，方堯也是來赴考，父親不妨以此為由，先把方堯安頓到書院裡，觀察一段時日，看看人品與學問如何。若方母問及親事，就說秋闈在即，不容分心，一切等放榜之後再議。

「如果方堯沒考過舉人，就此退卻，那再好不過。就算考過了，我們也能對方家多些了解，看看他是否有不妥之處，到時再拒婚，也是順理成章的事。」

「要是沒有不妥之處呢？」鄭氏急忙問道。

穆婉寧心裡冷笑，方堯沒有不妥才怪，但其中的原因不好直說，只能耐著性子，繼續替鄭氏獻策。

「倘若方堯的學問、人品都挑不出錯來，中了舉人，還可以繼續考會試，日後考上進士，也算前途有望；再加上父親幫襯，就算三姊姊嫁過去，也不會過苦日子。

「不過，如果真的方堯有學問、人品好，就不會在秋闈之前上門提親。但凡有點志氣，也該秋闈過後再上門不是？即使怕三姊姊先訂親，大可知會一聲，然後就此告辭。何至於讓方母又哭又鬧，最後還住進府裡？」

穆鼎點點頭，當時方堯的確是說秋闈過後再來，可現在看，只是一招以退為進，心裡想的還是盡快把婚事訂下來。

「所謂行事見人品，能做出這樣的事，就不是個有志氣、有品行的，姨娘和三姊姊且放寬心就好。

「退一萬步說，即便方堯能暫時裝出品性高潔的樣子，父親不得不允婚，我們也可以繼續拖下去。三書六禮大可以慢慢走，走上一年也不為過，對外就說父親心疼長女，務必要讓婚禮圓圓滿滿。而江山易改，稟性難移，時日久了，就不信方家露不出馬腳。只要三姊姊還未過門，我們就能攪黃了這婚事。」

「可是……」鄭氏急道：「這樣一來，安兒的婚事不又要往後拖，她及笄大半年，都要十六了。」

「姨娘不要心急，所謂好飯不怕晚，就當多留三姊姊陪您兩年。另外，這些時日，三姊姊也要做做樣子。」

穆婉寧說著，轉向穆安寧。「就算方堯真是金玉其外，敗絮其中，想把表面光抖落掉，也得費段日子。這其間，三姊姊該出門就出門，若有人問起這門親事，便說父親一直念叨當年方淮大人的風采，如果方堯肖似其父，就算暫時清貧，妳也是甘願的。

「千萬不要直接說方堯本人如何，如此，最後方堯的醜事被抖出來，才不會讓人覺得，是我們宰相府不想嫁女兒，故意潑髒水。當然，這樣也可以穩住方家，讓他們大意，最終露出馬腳。到時婚約解除，三姊姊何愁沒有良緣？」

穆安寧幾乎不眨眼睛地看著穆婉寧，她一直覺得穆婉寧是來看她的笑話，可這番話說下來，處處都是為她著想，沒有一絲一毫的作偽。

穆安寧又想起昨日在馬場上那種姊妹同心的感覺，雖然只有那麼一瞬，雖然很是陌生，但也很讓人嚮往。

她一直以為自己是孤軍奮戰，尤其在吳采薇那裡，簡月婧根本是吳采薇的應聲蟲，無論吳采薇說了什麼，她都附和。

對這種交情，穆安寧一直只有羨慕的分，沒想到現在居然也體會到了姊妹幫襯的感覺，不但有人向著她說話，還替她出主意。

這樣的感覺……真好。

穆安寧知道穆婉寧是在替她出謀劃策，心裡生出感激之情，可是姊妹倆鬥了這麼久，冷不丁要說點感謝的話，也不容易。

「妳……原來也會使心計。」話一出口，穆安寧便心生懊惱，明明是想說誇獎的話，怎麼就變了味呢？

穆婉寧無奈地笑笑。「心計誰都有，不過是看怎麼用，對著誰用。我說的這些，只是些小細節，最關鍵的是要看方堯本人如何。若他是好的，這些也無損其好。如果父親過意不去，成親時多補些嫁妝，或日後多提攜就是。

「如果他就是個壞的，這些也不會讓他變得更壞，一切是他咎由自取，我們不過是多探查，又有什麼不對呢？」

「好！」穆鼎覺得心裡暢快多了。「婉兒說得好啊，這才是遇到事情該有的樣子。不要遇到事情就是哭，該解決的事，光靠哭能解決嗎？」

這時，鄭氏心裡安定了許多，也不在乎穆鼎在小輩面前數落她。「老爺說得是。」

「晚上有接風宴，等會兒妳們母女倆敷敷眼睛，別被人看了笑話。」穆鼎吩咐完，看看坐在輪椅上的穆婉寧。「為父推妳去花園裡逛逛可好？」

穆婉寧當然樂意，仰起頭衝著穆鼎露出大大的笑臉。「女兒求之不得。」

「等等。」穆安寧出聲，遲疑一下，轉身進裡間取東西，塞到穆婉寧手裡。「給妳。」

穆婉寧低頭看，手裡是一只成色上好的玉鐲。「三姊姊確定要給我？」

穆安寧瞧著穆婉寧手裡的鐲子，一陣心疼，還是點點頭。「都塞到妳手裡，還能是假的不成？」說完，搶過鐲子，不由分說替穆婉寧戴上。「妳小心點，別打碎了。」

這下，穆婉寧真是發自內心地笑出聲來。「哎呀呀，太陽打西邊出來了，我竟然得了三姊姊的東西。爹爹趕緊推我出門轉一圈，我可得好好炫耀炫耀去。」

穆鼎見她們姊妹和好，心裡也是高興。「好，咱們這就去。」

穆安寧雖然氣得直跺腳，但嘴角卻是帶著笑的，這樣的感覺還真不錯。

另一邊，一早蕭長恭讓薛青河行針後，歇夠兩個時辰，才挑了皇帝不太忙的時辰進宮。

昨日馬場的事，皇帝已經知曉。三皇子趙晉桓一向愛惜名聲，昨天吳采薇故意行凶，又拿皇家聲譽壓人，怕別人議論起來連累到他，因此當晚便進宮稟報。

蕭長恭求見，皇帝一點都不意外，但沒想到蕭長恭行過禮後，還遞了摺子上來。

「你要辭官?!」皇帝看著手裡的摺子，一時間驚疑不定。好好地要辭掉西北大營統帥之職，這是逼他處置吳采薇嗎？

「是。經過上一戰之後，至少兩年之內，北狄無力再戰。副統領郭懷是多年的沙場宿將，由他接任，並無不妥。至於臣……」

蕭長恭頓了一下。「臣不是不願繼續為陛下效力，而是最近需要動刀治病。雖然神醫薛青河會竭盡全力，但仍有性命之憂。」

皇帝一愣。「朕知你累積了不少舊傷，可這動刀是怎麼回事？又怎麼會有性命之憂？」

蕭長恭摘下面具，露出臉上的傷。今天他特意讓薛青河用藥，讓傷勢看起來更嚇人。

「當年戰場上簡陋，加之戰況緊急，臣受傷後，軍醫未能完全清理傷口，便強行縫傷。最近傷口下的髒物引發潰爛，疼痛難忍，以至夜不能寐。若不處理，大約三個月後，不僅會導致左眼失明，甚至危及性命。

「想要根治，必須劃開皮膚，清掉裡面的腐肉與膿血，再次縫傷。這一步不難，難的是動刀後的醫治。就算事前準備得再好，也有風險，一旦傷口見風感染，臣未必能挺過去；就算挺過去，也會大傷元氣，短時日內無法再上戰場。

「是以，臣想提早卸下統領之職，好好治傷，將養身體，留待有用之身。他日若陛下見召，臣定當赴湯蹈火，萬死不辭。」

蕭長恭說罷，行了個大禮，竟有一種臨死之前辭行的悲壯感。

皇帝心中大駭，上次大戰後，他的確對蕭長恭起了忌憚之心，怕他名聲太盛，弄得天下人只知蕭長恭，而不知皇帝，因此藉著封賞、養傷為由，把蕭長恭調回盛京。

可這並不代表皇帝不想用蕭長恭，蕭長恭是他手中的一柄利刃，要是就此塵封，無異於自毀長城。

但他沒想到的是，這柄利刃居然要折了。

「竟……如此嚴重？」

蕭長恭灑脫一笑。「只是有這個可能罷了，臣好歹也是從屍山血海中滾過來的人，且北狄的白濯可是臣的殺父仇人，大仇未報，陛下還沒一統天下，臣捨不得死。」

十年前，甘州城破，前撫遠將軍蕭忠國力戰不敵，夫婦雙雙殉國。當時領頭犯境的，正是如今北狄的首領白濯。

「既如此，這統領之位你擔著就是，何必辭去。」

「陛下，除了前面的理由之外，臣還有原因。」

「講。」

「臣想求娶宰相穆大人家的四女，自知身為邊關大將，與朝中文官結親殊有不妥，更不要說是百官之首的宰相。陛下對臣信任有加，自是不會起疑，但其他人未必有陛下的坦蕩胸懷。我辭官，可以為陛下省些麻煩。」

蕭長恭這話，算是把一個大大的臺階鋪到了皇帝面前，明明是擔心皇帝忌憚他，卻非要說成是別人小肚雞腸，卸任可以給皇帝減少麻煩。

皇帝被戳破心中所想，有些尷尬，不由沈聲道：「身為守關大將，握有數十萬兵馬，你真捨得說放就放？」

「臣斗膽，陛下這話說錯了。兵馬從始至終都是陛下的，臣不過代管，哪裡稱得上握與不握，如今只是物歸原主罷了。」

皇帝心中感動，想起蕭家世代忠良，每代人幾乎都戰死沙場。到了蕭長恭這一代，人丁凋零，只餘他一個，還有性命之憂。

至於那個據說在戰火中失散的蕭家幼子，誰知道能不能找回來？

「既如此，朕准了。德勝，擬旨，追封前撫遠將軍蕭忠國為忠國公，其妻陳氏，為忠勇夫人。蕭長恭卸西北大營統領之職，由副統領郭懷暫代。」

聽皇帝提到他的父母，蕭長恭眼眶微紅，而且皇帝還說對了他母親的姓氏，顯然是真正記在心中。

「多謝陛下，臣代亡父、亡母叩謝陛下之恩。」

「起來吧，忠國公無愧於忠國二字，忠勇夫人也是女中豪傑，是朕的封賞晚了。」

蕭長恭起身。「臣還有一個不情之請。」

這會兒皇帝心情正好，道：「說。」

「臣想請陛下作媒。」

饒是皇帝見多識廣，聽到這個，也愣住了。「你再說一遍，讓朕做什麼？」

「作媒。」

皇帝啞然失笑，伸出手指，虛點了蕭長恭幾下。「好個蕭長恭，朕知道你膽大，但沒想到如此膽大。」

蕭長恭臉上露出罕見的羞怯笑容。「昨日宰相大人也是這麼說的。」

皇帝來了興致。「朕什麼都做過，還真沒作過媒。你說說，民間的媒人要做些什麼？」

「媒人主要就是撮合姻緣，還要幫忙辦喜事。如果陛下肯作媒，不必如此麻煩，只要選定一對物品，分別賜予雙方，就算成了。

「等成親時，臣把這對賞賜擺在最顯眼的地方，定能讓滿朝文武羨慕得流口水。」

皇帝聽完，哈哈大笑，很是滿意，知道蕭長恭是在向他表忠心。身為皇帝，最喜歡的就是這個，臣子表達得越高明，心裡越高興。

「這個朕也准了。」

蕭長恭再次跪倒行禮。「多謝陛下，二十天後的七月二十四，乃黃道吉日，陛下可在那時賜下。屆時，臣想必能挺過治傷最危險的時候；若是不能，親事就此作罷，也不會耽誤人家姑娘。」

話頭又轉到蕭長恭的傷勢，皇帝臉上的笑容斂去不少。「既如此凶險，為何不向朕求太醫診治？」

「太醫久居京城，擅長的乃是各類疾病與疑難雜症。臣受的是外傷，薛青河曾幾次前往邊關，為軍士治傷，於外傷一道頗有心得。」

皇帝點點頭，但仍舊放心不下。「朕也聽說過薛清河，不過一人計短，兩人計長，朕的太醫院中，有一位擅長內外傷的，不如讓他與薛青河一起診治，也好讓朕安心。」

「既如此，多謝陛下。」

蕭長恭謝過，便行禮告退了。

蕭長恭走後，皇帝派人去往太醫院傳旨，命太醫正孫正瀧前去鎮西侯府，又吩咐身邊的太監德勝。

「把昨天的事告訴太后，怎麼處理，讓太后看著辦吧。」

穆家那丫頭說得沒錯，皇家顏面是用來維護的，可不是用來當遮羞布的。

片刻後，太醫正孫正瀧覲見，皇帝說出蕭長恭的傷勢，問他的見解。

孫正瀧沈思一下，道：「回稟陛下，當初鎮西侯回京時，臣也去診過脈。鎮西侯身上有不少舊傷，雖然看上去無礙，但確實比常人虛弱一些。若真遇到傷口感染，會比常人更難挺過去。」

皇帝這才信了個十成十，嘆息一聲。「罷了。這段日子，你常駐鎮西侯府吧，與他府裡的郎中一起診治，務必保住鎮西侯的性命。」

「臣遵旨，定當盡心竭力醫治鎮西侯。」

蕭長恭出宮之後，便直奔穆府。

見到穆鼎後，蕭長恭說出與皇帝的約定，包括即將動刀治傷的事，但隱去會有的風險。

穆鼎早已知曉蕭長恭的計劃，但真的事成，也不由感嘆蕭長恭的灑脫。

手握重權，放是一回事，能放又是另外一回事。

蕭長恭沒被當下的榮譽沖昏頭腦，敢於急流勇退。這樣的武將，才不會因功高震主而遭皇帝猜忌，才能在朝堂上站穩一輩子。

至於以後……這麼年輕的武將，又懂得知進退，皇帝不會浪費的。北狄未除，南邊剛剛歸順，政令還不能達，東邊又有海盜跟水匪，這天下需要武將的地方可多了去。

「好，長恭能看得如此清楚，老夫甚是欣慰。你去見見婉兒吧，未來的日子，直到陛下賜下作媒之物，都不宜再見面了。」

蕭長恭本來就要閉門謝客來治傷，欣然答應，轉身去了後院。

此時，穆婉寧正在梳妝打扮，準備好好去赴晚上為歡迎方家而設的接風宴。

看到蕭長恭進來，穆婉寧臉上立即露出明亮的笑容。「蕭將軍萬福，請恕小女子不能見禮之罪。」

蕭長恭嘴角上揚，雖不知穆婉寧這是玩哪一齣，但配合著玩就是了。

於是，他從懷中掏出一根簪子。「哎呀，本來要拿這簪子當禮物的，既然妳不能見禮，就算了。」

穆婉寧知道蕭長恭在打趣她，眼看檀香與墨香都識趣地退出去，便道：「將軍真是神人，怎麼知道我正好少根簪子，好參加晚上的接風宴呢。」

蕭長恭微微湊近她。「來，叫聲長恭哥哥。」

穆婉寧輕哼一聲，扭過頭去。雖然之前不是沒叫過，但蕭長恭這麼直白地讓她叫，她反而叫不出來。

蕭長恭笑出聲，抬手把簪子插在穆婉寧的髮間。「嗯，好看，不愧是我選的。」

穆婉寧聽出蕭長恭的雙關意，臉上更紅了。

蕭長恭見狀，轉移話頭。「晚上是誰的接風宴啊？」

「哼，是方家。方家故去的家主是父親故交，與父親訂下兒女婚約，如今從老家來了京城，上門提親。」

穆婉寧一想到方家，心裡暗恨不已，前一世的委屈受大了，現在看到蕭長恭，又忍不住想告狀。

「我總覺得方家人不像好人，若非將軍先一步放出風聲提親，他們可能會在三姊姊訂親之後上門，到時嫁過去的就是我了。」

這幾句話成功引起了蕭長恭心裡的危機和醋意，雖然穆婉寧已算是他的未婚妻，但皇帝的賞賜還未賜下，兩家也未正式訂親。

不過，膽敢妄想他的人，真是活膩了。

「我會派人去查方家的底細，至於妳這邊……回頭我把雲一派過來，她身手不錯，足以保護妳。」

穆婉寧驚訝，她不過是想說說方家的壞話、發發牢騷罷了，怎麼就成了她要有危險，需要派人保護？

「這就……」穆婉寧剛想拒絕，但看到蕭長恭不悅的眼神後，及時改口。「有點浪費吧。雲一姑娘是有大本事的人，放在你手下可能更有用處，待在我這兒，實在委屈她了。」

「既如此，我再問問她，我看她很喜歡與妳在一起，會願意過來的。」

蕭長恭想把雲一派來，可不只是因為方家。他在皇帝面前拒絕了吳采薇，以她的性子，難保不會做出什麼事來。馬場的事有一就可能有二，還是小心為上。

「還有。」蕭長恭凝視穆婉寧笑起來有如彎月的眼睛。「妳可還記得上次見到的薛神醫？他要幫我動刀治臉上的傷了。這段時日，我不能出府，妳若想我，就寫信來。」

穆婉寧心裡一震。「會有危險嗎？」

「怎麼會，只是治傷而已，也就二十天，到時會有個大驚喜等著妳。妳且放寬心，好好養傷，寫了信便讓雲一送給我。」

那些風險，還是不要告訴穆婉寧的好。

雖然蕭長恭再三保證，穆婉寧心裡還是不踏實。最近她得了一本手寫的遊記，是某個人記錄了一生的旅行見聞。

書裡提到，動刀治傷會有感染的風險，戰場上許多士兵，都是死於傷口感染。她生怕蕭長恭也會受感染。

不過，多思無益，薛青河是神醫，總比她這個看了幾頁遊記的人懂得多。

蕭長恭又和穆婉寧說了一會兒話，看看時辰差不多，便向穆婉寧告別，由檀香引著，離開了宰相府。

快出府時，蕭長恭迎面遇上了一個陌生的年輕男子。
這人一身月白色長衫，手持摺扇，站在那裡，有一股文質彬彬的味道。
檀香小聲提醒道：「將軍，這就是姑娘提到的方家少爺，方堯。」
蕭長恭恍然大悟，原來是這小子要跟他搶媳婦。再看方堯，就怎麼看，怎麼不順眼了。
尤其，方堯的眼神並不清正，看人時也不夠坦蕩，似乎總有些躲閃和怨懟之意。
這種目光，讓蕭長恭莫名想起了他曾經抓過的北狄細作。
那細作原是大齊人，不知為何背叛大齊，當了北狄的細作。被抓住後，立刻服毒自盡，臨死前的目光，就含著這種深深怨懟之意。
方堯不知道自己已經被蕭長恭提防了，上前躬身一禮。「這位想必就是名震西北的鎮西侯，在下方堯，見過侯爺。」
蕭長恭似笑非笑地打量方堯，覺得穆婉寧說得對，這人看著就不像好人。
「方公子不必多禮，告辭。」
檀香見狀，心裡笑開了花。你好、再見這種反應，自家姑娘知道了，一定會很高興。
方堯直起身，並不覺得意外。現在的蕭長恭的確有藐視他的本錢，但只要他能娶到宰相家的姑娘，就能順利攀上高枝，以後誰看不起誰，還不一定呢。

第三十一章　見面

回到鎮西侯府後，蕭長恭找來雲一，問她願不願意去伺候穆婉寧。

「這事我不勉強妳，妳雖是我訓練出來的暗衛，我也希望你們過得好。只是，一旦去了穆府，自然就是穆府的人，日後妳與我便沒了關係。」

雲一對此並不意外，早在第一次跟著去穆府時，便有此猜測。

「奴婢願意，自此以穆姑娘為主，即便日後再回鎮西侯府，也是陪嫁之人。」

聽到陪嫁二字，蕭長恭開心起來，滿意地點點頭。「婉寧不會虧待妳的，妳去與雲三交接，以後雲字頭的事，由她負責。」又吩咐雲一幾句。

雲一點點頭，退下了。

不久，雲三進屋，對蕭長恭點點頭，遞上一張身契和百兩銀子的銀票。

身契自然是雲一的，銀票則是雲一身為暗衛，離開時該有的體面。

此時，雲一已經收拾好自己的東西，也過來了。她是暗衛，一向輕裝簡從，實在沒什麼可收拾的。

蕭長恭把身契和銀票都遞給雲一。「去吧，銀票是妳的，身契妳自去交給婉寧。」

雲一心裡感動，跪下接過，向蕭長恭認認真真磕了頭，站起來抱抱雲三，便頭也不回地出了鎮西侯府。

一般來說，下人身契是不會還給本人的，防的就是他們逃跑。

但蕭長恭還是給了，雲一是他派到穆婉寧身邊的，如果雲一真的想跑，此時跑比以後跑要好得多。

當然，他相信雲一不會離開。

雲一出了鎮西侯府，就直奔宰相府，完全沒有其他的念頭。

當年，雲一父母被北狄人所殺，年僅十二歲的她差點被擄去當軍妓，是蕭長恭猶如神兵天降一般，殺了北狄人，還命人安葬她的父母。

於是，雲一自願賣身給蕭長恭，做牛做馬也好，當細作也罷，只要蕭長恭吩咐，在所不辭，成了雲字頭的第一個暗衛。

既是暗衛，就不能嫁人。雲一也想過，未來要麼終老於侯府，要麼死在某次差事當中。沒想到，現在竟有了脫離暗衛的機會，雖然她並不討厭當暗衛，但能過正常的日子，也是好的。

更別說穆婉寧待身邊的檀香、墨香都很好，她去了也不會受苦。

一路到了穆府，看門人見到雲一，聽說她要找穆婉寧，沒說什麼，放她進去。

穆婉寧看到雲一，很是驚喜。雖然蕭長恭與她說了，但沒想到這麼快。

「我以為就算妳願意，也得明日才能來呢。」

雲一呈上自己的身契。「姑娘，這是奴婢的身契，從此以後，奴婢就是姑娘的人了，與鎮西侯府再無瓜葛。若是日後惹姑娘生氣，姑娘發賣奴婢，也毫無怨言。」

穆婉寧接過身契，伸手虛扶雲一一下。「快起來，妳是蕭將軍的得力幹將，跟著我已經是屈才，怎麼捨得發賣。」

雲一沒起身。「還請姑娘賜名。」

穆婉寧沈思一下。「妳本名叫什麼？」

「奴婢沒有名字，將軍救我的時候，我叫大丫。」

這還真是個萬能的名字，全大齊叫大丫的，怕是數不勝數。

「那妳父親姓什麼？」

「姓葉。」雲一頓了下，忽然驚慌道：「姑娘，我可不想叫葉香。」那可是穢物啊。

噗哧！檀香忍不住笑了，旁邊的墨香雖沒笑出聲，也是忍得很辛苦。

穆婉寧也想笑，但憋住了。「放心，妳是將軍派來的，我怎麼會給妳起個這麼不用心的名字。算了，妳乾脆叫雲香好了。」

「謝姑娘賜名。」雲香鬆了口氣，站起身。

穆婉寧也很喜歡雲香，之前學騎馬時多得雲香照顧。自馬場的意外後，現在有個武藝高強的手下來保護她，自然更是開心。

「之前不方便問，這會兒倒是無礙了，不知道雲香都擅長什麼？」

「跟蹤、潛匿、打探消息、刺殺、偽裝，奴婢都會。」

這話一出口，讓穆婉寧，還有檀香、墨香驚到了。

檀香結結巴巴。「雲香姊姊居然這麼厲害。」

雲一之所以能叫雲一，肯定不簡單，但穆婉寧沒想到她還是個全才。「將軍把妳給了我，真的不會屈才嗎？」

雲香靦覥一笑。「怎麼會呢，能跟著姑娘，是奴婢的福分，除了保護姑娘，若有棘手之事，都可以交給奴婢去辦。對了，將軍還讓我傳話，在姑娘允准之下，讓我多盯著方家。」

提到方家，穆婉寧覺得，雲香來得正是時候。

「嗯，將軍所言也是我的意思。妳剛來，對方家的了解不多，回頭讓墨香詳細說給妳聽。日後妳與墨香一暗一明，替我盯死他們。」

「是。」

「我身邊有妳們三個一等婢女就夠了，以後院子裡再來人，也越不過妳們去。月例暫時先按府裡的規矩來，每月一兩銀子。等我賺了錢，再多添些。」

檀香與墨香聽了，都很高興。

檀香還好，畢竟跟了穆婉寧許久，並不擔心自己的地位。

墨香卻是剛來不久，與穆婉寧本就不如檀香親近，現在又突然冒出一個武功高強，還是蕭長恭派來的雲香，生怕就此被降為二等婢女。此時不但得了主子的承諾，還定了月例，自然喜不自勝。

隨後，穆婉寧又分別賞了一份首飾給三個婢女，算是見面禮。檀香多了一雙耳墜子，因為她的生辰快到了，樂得檀香當即戴在耳朵上。

「等會兒接風宴上，檀香推我過去。墨香去向前院的小廝打探消息，看看這半天方家母子有什麼動靜。雲香不急著幹活，跟我們出去，在府裡轉轉，認認路。」

三個婢女一齊答道：「是。」

檀香很是開心，有了雲香，便有人保護自家姑娘。上次遇險，她一直耿耿於懷。

「雲香姊姊，我帶妳去看住的地方。」

「好。」

晚上的接風宴，不同人自然有不同的心思。

方家母子自然是求好好表現，雖然有婚約，但給穆家人留下好印象，也非常重要。印象越好，未來的提攜幫助才越大。

至於穆安寧，穆婉寧走後，鄭氏又對她語重心長了一番。

「安兒，剛剛為娘想過了，方家的確是禍事，可若經營得好，也能變好事。剛剛四姑娘有一點沒有明說，方家想與鎮西侯成為連襟，難道別的世家就不想？

「只要妳在這段時日做出願聽父母之言，溫婉又不計較貧富的樣子，一旦方家露出馬腳，解除婚約後，還怕沒有好姻緣？」

穆安寧有些著急。「萬一方堯不像婉寧說的，真是個老實本分的窮書生，要怎麼辦？」

鄭氏拍拍女兒的手。「這一點，為娘也擔心，但現在多思無益，畢竟還沒看到人呢。晚宴上見見，咱們心裡就有數了。」
穆安寧無奈，也只有如此了。
而清兮院裡，穆婉寧思來想去，還是仔細打扮了一番。
這是重生之後第一次與方家人見面，她不想像前一世見面那樣，被方家人看不起，就當彌補一下不能還擊方家的遺憾吧。
因此，穆婉寧換了新衣，又特意戴上幾件首飾，搭配蕭長恭送的簪子，帶檀香和雲香出門，打算先去前院找穆鴻林，再去赴宴。
好戲，要開始了。

時辰快到了，穆婉寧讓檀香推著她去前廳，路上遇見穆安寧和鄭氏。
既然要方家人失去戒心，還要裝出溫婉淑良的形象，穆安寧的打扮自然是極其用心。穿金戴銀不說，也是一身新衣，與穆婉寧不謀而合。
姊妹倆看出彼此的心思，不由相視一笑。
穆安寧容貌不差，平時因嘴巴不饒人，看著刻薄了些。如今她看見穆婉寧，心裡不再有氣，這和煦的一笑，竟讓穆婉寧生出一絲驚豔之感來。
「哎呀，三姊姊可真漂亮。」
穆安寧打量坐在輪椅上的穆婉寧，亦覺得比之前看到的順眼許多。「四妹妹也好看。」
穆婉寧揚起頭。「我今天可是戴著三姊姊送的鐲子呢，怎麼會不好看。」說罷，還舉起手腕，向穆安寧晃了晃。

最近，穆婉寧撒嬌上癮，方家母子出現，讓她越發珍惜當下的日子，珍惜每一個親人。哪怕之前穆安寧與她不睦，也覺得比方家人好，比簡月梅好，至少穆安寧不會害她性命。

穆安寧沒見過這樣的穆婉寧，愣了愣，然後才反應過來，穆婉寧是在向她撒嬌，壓下心裡的驚訝，覺得這種感覺不錯。

「哪有自己誇自己好看的，真不知羞。」

鄭氏見女兒與穆婉寧交好，心裡也高興。穆婉寧可是未來的侯府夫人，雖然還沒正式訂親，但穆鼎已經點頭，此事八九不離十了。

幾人正說笑間，穆若寧蹦蹦跳跳地走來，看到穆婉寧坐在輪椅上，不由有些好奇。

「四姊姊，這輪椅坐著好玩嗎？」

穆婉寧道：「挺好玩的。要不，妳來坐坐？」

「那怎麼行，我坐了，四姊姊不就得站著了。」不過，話雖這麼說，穆若寧到底是孩子心性，露出了嚮往的神色。

「不要緊，那妳坐我腿上好了。」穆婉寧說罷，對穆若寧招招手。

眼看穆若寧真要坐到穆婉寧腿上，王氏眼角一跳。「若寧，不要胡鬧。」

「母親，我傷的是腳，不是腿，讓若寧坐一會兒無妨的。」

最後，穆若寧還是小心翼翼地坐在穆婉寧的腿上，穆婉寧又喊來雲香，推著姊妹倆在後院跑了起來。

「哇！太好玩了，雲香姊姊再快些！」穆若寧摟住穆婉寧的脖子大叫。

看到穆婉寧輕輕點頭，雲香運起手勁，推得更快了。

穆若寧的歡笑聲更大，王氏看到女兒如此開心，便不再反對，而且女兒與穆婉寧交好，也是她願意看到的。劉嬤嬤的話，可是猶在耳邊。

鄭氏看到無憂無慮的穆若寧，嘴角也泛起一絲笑意。

穆府的後院，竟然有了一些難得的和諧氣氛。

穆鼎過來，看到的正是這樣溫馨的一幕。聽著女兒們的歡聲笑語，因為方家而帶來的陰霾，不覺淡了許多。

但該說的，他還是要說：「胡鬧，受了傷還不消停。」

穆若寧看到父親，嚇了一跳，興奮勁立時沒了，趕緊從穆婉寧腿上跳下來，走到穆鼎跟前行禮。

穆婉寧聽出穆鼎不是真的生氣，道：「郎中說了，讓我保持心情愉悅，這樣才能好得快。剛剛女兒玩得可開心了。」

「哼，一堆歪理。」穆鼎轉頭看穆若寧。「妳跟我一起走，別又纏著妳四姊姊。」

穆若寧乖巧地拉住穆鼎的手，趁著他不注意，扭頭衝穆婉寧嘻嘻一笑。

穆鼎知道她的小動作，也不戳破，但嘴角不自然地上揚起來。

還是女兒好，兒子哪有女兒可愛。

剛剛穆鴻嶺那臭小子，竟然頂撞他，說是應該立刻答應婚事，不能言而無信。

哼，不知天高地厚的小子，書沒讀幾年，竟然比他還迂腐。

開宴前，穆家子女與方家母子正式見過。

眾人去了正廳，方堯先向穆鼎和王氏行禮。周氏那裡，下午已經去過了。

穆鼎給了方堯一套不錯的文房四寶當見面禮。

隨後，穆家子女向方母行禮，畢竟勉強算個長輩，行禮也是應該的。

只是，穆婉寧一看到方母便恨得牙根癢癢，前一世被她折磨得生不如死，這一世雖然未有直接交集，但只要見到方母那張臉，她就恨不得拿出蕭長恭送她的寶刀，狠狠砍上兩刀才解氣。

此時，方母還沒有穆婉寧嫁過去時那麼胖，臉上堆滿裝出來的慈祥笑容，每來一個給她見禮的，就遞出一個銀錁子。

「來得匆忙，沒能準備像樣的見面禮，只好用這俗物代替。」

穆婉寧強壓著想把銀錁子甩在方母臉上的衝動，接了下來。

接下來，方堯一一見過穆家子女。

穆婉寧只看了方堯一眼，便從心底裡泛起噁心。

此時方堯站在這裡，不只衣著打扮得體，而且禮數周到、恭謹有度，連穆鼎都滿意。沒有這副好皮囊，上一世穆鼎也不會那麼快許了親事。

當然，這也和上一世穆婉寧太懦弱有關，本就是拿不出手的女兒，用來全了當年與方淮的情意，便沒什麼可惜了。

前一世，穆婉寧以為方堯對她所受的折磨並不知情，每次受了委屈，都向方堯訴苦。然後，等著她的，是更大的折磨，讓她反應過來，方堯哪裡不知情，根本是視而不見，或者說有意為之，就希望穆婉寧受不了，回家哭訴，為他再討些好處來。

方堯任由方母折磨穆婉寧，便可以夜夜歇在簡月梅那裡。穆婉寧中毒身死之際，他未曾現身，走到在院外都不曾。

看見方堯走近，穆婉寧收斂思緒，坐在輪椅上，微微欠身。「婉寧受傷未癒，還請方世兄見諒。」

方堯自然不會對穆婉寧拿喬，禮數周全地表示無礙。哪怕穆婉寧興致不高，他也以為是腳傷疼痛所致。

反正今天的主角也不是穆婉寧，而是穆安寧。

看著穆安寧打扮貴重，方堯心裡滿意，女兒打扮貴重，可見她受寵，他娶到手後，才越有好處可撈。

穆家人與方家母子正式見過禮後，開始入席。

雖是接風宴，但因為多是穆家人，穆鼎沒有過分避嫌，只在大廳裡分了兩桌，中間用一小扇屏風隔開。不能面對面，但說話卻是無礙的。

男眷一桌，女眷一桌。穆鴻林今年剛滿十一歲，按說還不算成年，可以坐在女眷那桌。但穆婉寧鼓勵他去男眷那邊，一來男眷人少；二來穆婉寧也希望穆鴻林能多在穆鼎面前露露臉，減少鄭氏母女帶給他的影響；三來，穆鴻林坐在男眷那桌，更有利於她行事。

穆鴻林受了穆婉寧鼓舞，又想到下午穆婉寧去他院裡和他說的話，看看胞姊，大著膽子向穆鼎稟報，想跟他們坐在一起。

穆鼎威嚴地點點頭，答應了。

第三十二章　對答

這是重生以來，穆婉寧第二次和全家人一起吃飯。

雖然多了兩個看著礙眼的，但好歹也是家宴，穆婉寧不想讓壞心情一直跟著她。

不過，席面上覺得方家母子礙眼的，顯然不只穆婉寧一個。即使穆安寧已經得了囑咐，表現得溫良淑婉，但依然興致不高。

鄭氏也是如此，打方母一露面，她心裡就涼了半截。

所謂相由心生，哪怕方母此刻滿臉堆笑，也掩蓋不住尖酸刻薄的氣質。

惡人就是惡人，裝不成菩薩的。

再看方母對下人頤指氣使的樣子，就知道她勢利又惡毒。有這樣的婆婆，如果穆安寧真嫁過去，哪裡還有好日子過？

鄭氏母女不吭聲，王氏自然也不會費心思活絡氣氛。雖然嫁的不是她的女兒，但為兩個兒子著想，王氏也不願穆安寧嫁給方堯，畢竟穆家的姻親越貴重，對她兒子的前途越有利。

她前腳剛剛得知鎮西侯有意結親，還沒來得及高興，後腳就來了個赴京趕考的窮書生。兩相比較起來，方家實在不招人喜歡。

而且方母的做派，連鄭氏都看不過眼，王氏又怎麼會滿意。

這樣一來，場面實在冷清，加上方母三句不離方堯，說的都是他如何好，如何用功讀書，更讓人心煩。

忍無可忍的穆婉寧決定不忍了，瞅著方母沒注意她的時機，透過屏風的縫隙，向穆鴻林使了個眼色。

穆鴻林會意，暗暗點頭。

穆鴻林和方堯說了一會兒話，哪怕他只有十一歲，也看得出，方堯並非穆安寧的良配。

「方兄。」穆鴻林對方堯拱了拱手。「我這裡有個問題，想請教方兄。」

方堯心裡微微一笑，該來的終於來了。穆家人肯定會在接風宴上為難他一下，就算不為難，也會藉機考校學問。如果是穆鴻嶺親自考，倒還難些，而穆鴻漸走的是習武路子，學問上不足為懼。

至於穆鴻林，因為年紀不大，方堯沒有太緊張，他可是大了穆鴻林六、七歲，應該不會答不上來。

「鴻林有什麼想問的，就問吧。」

「前朝慶曆四年，西南曾爆發過一次大旱，田裡顆粒無收，鬧起饑荒。當時巡查的欽差發現，有一地的賑災粥裡，不僅米粥浮筷，還摻了米糠。若方兄是欽差，當如何處理？」

這題一出，倒是讓方堯小小驚訝了一下，以為穆鴻林會跟他辯難。所謂辯難，是截取書中某一段言論，進行質問和論證。

沒想到，穆鴻林年紀不大，竟然問了一個頗為實際的問題。這個問題的答案很明確，但人家是來發難的，怎麼會問這麼簡單的問題？裡面不會有坑吧？

方堯決定迂迴回答。「這個乃是當朝官員才應考慮的，鴻林小小年紀，想多了難免有清談之嫌啊。」

這話一出，穆鼎微微皺眉，連穆鴻嶺也心生不悅，自家弟弟誠心請教，卻被人家說有清談之嫌，實在讓人討厭。

穆鴻嶺當即開口道：「方兄此言差矣，我輩讀書人，都是有志於功名、力求日後入朝為官之人，鴻林也是如此。既然有志向，提前想想沒什麼不好。

「再者，父親乃當朝宰相，有他在，又豈會養成清談的習慣？方兄也可以把心裡所想說出來，好讓父親品評一二。」

穆鼎點點頭。「鴻林這個問題問得好，不只方賢姪，鴻嶺也要認真想想。」

方堯一聽，這下肯定要回答了。

片刻後，方堯思索道：「我朝有制，賑災粥須立筷不倒。如有違者，當斬。

「是以……」方堯轉向穆鼎。「小姪認為，若此事發生，應當先將主事官員斬首，而且要當著百姓的面斬，才能維護朝廷的法度，也給災民信心。」

穆鼎撫著鬍子，面無表情，既不點頭，也不搖頭。

穆鴻嶺聽完方堯所答，深深皺起眉頭。晚宴之前，他為了方堯提親之事頂撞父親，如今有些後悔了。

方堯看似滿腹經綸、學富五車的樣子，孰料一開口就露了餡，言談空洞無物，滿口都是大道理，十足十的誇誇其談之輩。

這樣的人，穆鴻嶺並不陌生，書院裡許多人如此，還自認為有經世濟國之能。

「父親，孩兒有不同的見解。」

「講。」

「孩兒覺得，粥裡浮筷，又摻有米糠，確實不合律法，但事情已經發生，應當首先徹查存糧與災民人數，後續的糧食還需多久抵達。

「若災民太多，糧食太少，又要守相同的規矩，可能那一頓吃飽了，未來卻要餓很多天，同樣不是好的賑災之道。」

方堯聽穆鴻嶺反駁自己，心中不服。「若糧食不夠，必是有官員貪污、中飽私囊，只要殺一儆百，便可讓他們吐出來。」

「殺一的確可以儆百，但未必是當任的官員貪污。」穆鴻嶺見方堯要反駁，擺擺手。「如果是當任官員貪污，那麼賑災的米糧是在何處被取走的？

「一般來說，賑災糧都是層層盤剝，而不是統一運到當地，再行瓜分，勢必有糧食被扣在半路上。就算殺一儆百，貪污的官員們願意吐出糧食，也需要時日運糧。這段日子，若當地無糧，災民一樣要挨餓。

「其次，還要防著運糧途中有災民哄搶。雖然哄搶糧食被抓到就是殺頭的罪名，可餓死也同樣是死。因此，每到災年，都會發生災民哄搶。為了防止這種事，就要多派兵丁守護，這同樣增加糧食的消耗。

「這也是我認為糧食不夠，不見得都是當任官員貪污的原因。有的可能是上層貪污，到了下層官員手裡無糧，自然做不到立筷不倒，甚至要摻米糠。

「另外，有時糧食不夠，是因災民流動，比如鴻林提到的元慶四年災荒，陽水縣縣令面對大批從其他各處湧來的災民，手中糧食不夠，無奈以米糠摻之，以求養活更多人，卻因米粥浮筷的罪名被殺。雖然最後得以昭雪，但人已經死了，朝廷就此失去一位好的官員。」

穆鴻漸聽著，突然插嘴。「有時不只是流動和貪污，災時運糧也會有額外損耗。」

看見穆鴻嶺詢問的目光，穆鴻漸道：「剛才大哥也說了，為防止哄搶，就要多派兵丁運糧，當然增加消耗。此外，運糧的士兵也知道，只要進了災區，無論官還是兵，都有挨餓的可能，在路上便會不自覺地多吃，還會有人偷偷多報些口糧，以備不時之需。」

方堯被晾了一會兒，總算找到了能說話的機會。「鴻漸賢弟這話就不對了，我朝對於運糧士兵的口糧是有規定的，他們想多吃，還是想自己省，都得在規定的範圍之內。」

「話雖如此，但方世兄可能忽略了，災民作亂哄搶時，搶的可不只是糧食，為了脫罪，搶糧後還會殺人滅口。他們的上峰在關鍵時要靠他們拚死保護，豈會嚴格限制他們的口糧？

「所以，每到災年，運糧的花費就會變多，甚至有些車隊會虛報損失，就是為了彌補士兵多吃多藏帶來的虧空。」

穆鼎見兩個兒子對於賑災的細節都能說得頭頭是道，心裡滿意。京城貴公子都是錦衣玉食慣了的，這本無可厚非，但若真養出何不食肉糜的紈袴，也是宰相府的恥辱。

「漸兒這個見解倒是不一般。嶺兒要多和漸兒談談，你倆一文一武，不要有所偏頗。」

兩兄弟一齊答道：「是。」

聽到穆鼎誇獎穆鴻嶺及穆鴻漸，方堯的心裡很不是滋味，明明是向他請教，結果他卻成了墊腳的。但兩兄弟答得比他好，這也是無可奈何的事。

如果是心思正常的人，此時想的應該是努力精進學業，或與穆鴻嶺、穆鴻漸多多交流。不過方堯卻覺得，這是他們三兄弟計劃好的，穆鴻林提問，這兩人給答案，目的就是讓他難堪。甚至連答案也是事先對好的，不然何以穆鴻林一問，穆鴻嶺和穆鴻漸便像是深思熟慮過的一般？

堂堂宰相府，竟然使這般下作的手段，也不知羞！

「鴻林賢弟倒是提了個好問題啊，小小年紀就有如此見識，想必等到下次府試，便能一舉考過秀才。」

這話，方堯本是當著誅心之言說的，目的是要讓穆鴻林難堪。

穆鴻林才十一歲，等到下次府試也就十二歲。十二歲能中秀才，已經可說是神童了。大多數學子都是在十七、八歲中秀才，十五歲以下的秀才，簡直是鳳毛麟角。

可惜，他這個想法注定只能落空，話一出口，穆鴻嶺和穆鴻漸對視一眼，眼裡滿是促狹的笑意。

穆鴻林一臉靦覥。「我……已經是秀才了。」

穆婉寧一直豎著耳朵偷聽，此時聽到穆鴻林已是秀才，真是打心裡吃驚，脫口問道：「鴻林考上秀才了？什麼時候的事？」

穆鴻林有些不好意思。「去年的事。當時四姊姊病著，就沒跟妳說。而且父親跟哥哥們都說我年紀太小，不宜張揚。」以免名聲太過，木秀於林，風必摧之。

穆婉寧心裡樂開了花。「好小子，當時你該告訴我，說不定我一高興，病就好了呢。再不張揚，也得告訴自家人啊，回頭四姊姊給你補份大大的賀禮。」

嘿，去年穆鴻林才十歲，十歲的秀才，讓你方堯陰陽怪氣，氣死你，酸掉你的牙！

穆鴻林整張臉都紅了，連忙站起來。「這不是我自己的功勞，我有族學，有父親的藏書，還有大哥的教導。大哥說了，我的天賦雖好，但若沒有這些好的條件也不行，所以不能志滿，要繼續努力用功才是。」

穆婉寧一臉笑意，不枉她再氣穆安寧，也始終把穆鴻林當成幼弟，無論買什麼、做什麼都沒落下他。

見穆婉寧是發自內心地替穆鴻林高興，不同人卻有了不同的感受。

王氏立即想起劉嬤嬤之前說的話，穆婉寧沒有親兄弟，誰對她好，她嫁給蕭長恭後，回報便落在誰的身上。

而穆安寧和鄭氏覺得，比起穆婉寧這個庶姊，她們對穆鴻林的關心真是太少了。雖然也為他的成就高興，但因為一母同胞，穆安寧壓根兒沒想過穆鴻林會對她不好，鄭氏也這麼想。

現在有了穆婉寧當比較，穆安寧和鄭氏忽然覺得不安，如果以後穆鴻林更親近穆婉寧怎麼辦？

「林兒說得好啊，嶺兒教導得也不錯。」今日穆鼎看自己的兒子，是越看越開心，就算二兒子沒如他的願，最終習了武，但也是踏踏實實的性格。

尤其有了方堯這個只會誇誇其談的貨色，兩廂對比，兒子們真是太給他長臉了。

穆鼎甚至隱隱生出了一絲勝利的快感，當年他沒比過方淮，但自家兒子們可是大大比過了方堯。

如此看來，說不定穆婉寧猜得對，是方淮覺得方堯不成器，因此斷了結親的念想。

方堯已傻了眼，十歲就中秀才？和那些有名的神童一樣了。而且不僅如此，現在穆鴻林也跟他一樣，是有資格參加秋闈的。

再看看穆鴻嶺，穆鴻林都說有他教導的功勞，那他的學問又是如何？今年穆鴻嶺也要下場參加秋闈，這一對比起來……

到時，若穆鴻嶺高中，而他名落孫山，想玩什麼才子佳人的戲碼，真是比登天還難。

方堯偷偷看了看坐在另一桌的穆安寧，想要結親，定要在秋闈之前打動穆安寧。

另一邊，穆婉寧一直透過屏風的邊緣縫隙，不動聲色地觀察著方堯的表情，眼看著差不多了，心裡暗笑，轉過身來面對方母。

「方伯母。」

穆婉寧這一聲，把方母嚇了一跳。剛剛她可是不斷地誇自己兒子，結果轉眼間就被一個孩子問住了。

方母正尷尬，聽到穆婉寧開口，立刻堆起笑容。「四姑娘。」

「您和方世兄的來意，我們都清楚。雖說結不結親，是父親說了才算，可是我與三姊姊也是十幾年的姊妹，感情深厚，不想看姊姊嫁過去吃苦，有些話還是要替姊姊問清楚，若是有冒犯的地方，還請方伯母見諒。」

方母知道眼前的小姑娘就是風傳要與鎮西侯訂親的人，自然不敢怠慢，嘴裡連連說道：「應該的，應該的。」

一桌人除了方母，神色都有些古怪。穆安寧更是有些憋不住笑，她們倆做了十幾年姊妹是真的，但絕稱不上感情深厚，虧得穆婉寧能這麼臉不紅、氣不喘地說出這四個字來。

不過嘛，聽著倒是挺舒服的。

穆婉寧可沒有自己正在說瞎話的感覺，一本正經道：「聽說方伯母和方世兄，也是最近才知道故去的方大人曾與父親有意結親之事。」

「是，今年秋闈，我想讓堯兒進京趕考，臨行前收拾東西時，偶然發現的。」

穆婉寧裝成恍然大悟的樣子。「原來如此。可我看方世兄的年紀也不小了，不知道之前可有議親？」

這話一出口，立刻吸引了所有人的注意，連穆鼎那邊也留意了幾分。

方母如臨大敵，緊張了一下，故做輕鬆道：「咳，我是動過心思要替堯兒說親，但他非說要考過秋闈，再行議親。」

穆婉寧讚許地點點頭。「方世兄果然好志向。我父親常說，男兒與女子不同，當先立業再成家，這樣也能給女兒家一個交代。」

方母隱約覺得這話有點不對勁，這是要方堯先中舉，再議親的意思？

方母穩了穩心神，慢悠悠道：「其實之前不訂親，也是存了些小心思。若是能中舉，接下來能訂親的人家就不一樣。但現在就不必了，能和宰相府結親，已經是我兒天大的福分，中不中舉都行。」

「這中不中舉，於方世兄可能無礙，對我三姊姊卻大不一樣。剛剛方伯母也見到了，我大哥和五弟的學問都是很好的，二哥雖然習武，但文武兼修，現在已是秀才的身分呢。

「我三姊姊在盛京中也有才女之稱。這樣的女子，如果嫁給一個連舉人也考不上的秀才，實在是讓我這做妹妹的替她惋惜。

「而且，本朝規定，不能中舉便不能做官。方世兄家裡又沒產沒田，三姊姊嫁過去，難免要受苦。」

方母聽了，趕緊插話。「怎麼會，我們家老爺臨去之前，還是留了些家底。再者，嫁雞隨雞，嫁狗隨狗……」

「方伯母，慎言。且不說方世兄不是什麼雞啊狗啊的，就算是，夫妻同甘共苦，也得伉儷情深不是？我三姊姊可和方世兄沒有感情。」

「四姑娘這話說得就沒道理了。」方母顧不得穆婉寧是準侯府夫人的身分，此時若是不駁倒她，真就成了考不上舉人便別來提親的戲碼。

「婚姻大事，乃父母之命、媒妁之言，和學問、功名有什麼關係？四姑娘，這飯可以亂吃，話卻不能亂說。」

穆婉寧也冷哼一聲。「所謂嫁漢嫁漢，穿衣吃飯，如果一無功名，二無家產，難道讓我三姊姊嫁過去喝西北風？還是說……」眼睛一瞇，壞壞地笑了下。「方世兄打算吃軟飯，靠著宰相府過活？」

第三十三章　誅心

雖然方家母子正是這麼打算的，可是有些話，好說卻不好聽。

穆婉寧已經把話說到這份上，就算方母臉皮厚，能打哈哈，方堯年輕氣盛也忍不了。

方堯突地站起來。「我們母子前來提親，本是想遵從父親遺願，既然宰相府看不起我們，我們也高攀不起這樣的清貴人家。娘，我們走。」

穆婉寧心裡嗤笑，同樣的招數下午剛使過，晚上又來？

「方世兄，你這話就不對了。即便婉寧還小，也知道結兩姓之好，要麼是兩家情投意合，要麼是門當戶對。

「方世兄與我三姊姊不過初見，肯定談不上郎有情、妾有意。既是父母之命，自然要當面鑼、對面鼓地把聘禮、嫁妝算清楚。我只是剛開個頭，怎麼就變成看不起你們了？」

穆婉寧這話也是給穆安寧提個醒，別讓方堯搞出什麼一見鍾情、才子佳人的戲碼。

上一世，她就是這麼被騙的。

「不過嘛……」穆婉寧軟下口氣。「我曾聽父親提起，當年父親有意與方大人結親，也是因為方大人品性高潔、風采斐然，又是那一年的狀元。」她又捧了已經不在人世的方淮一下。把方淮捧得越高，日後能越襯出方堯的不堪。

而且，當年身為寒門學子的方淮，能讓出身世家的穆鼎傾心相交，足見其風采。她這麼說，並不為過。

「身為狀元之子的方世兄，考個舉人功名，應該不是難事吧？」方堯氣得差點倒仰，這是把剛剛的誅心之言轉嫁到他身上了。十二歲能中秀才，已經算得上神童。十七歲能中舉人，更是萬裡挑一的人，他哪裡有那個本事？

事實上，穆婉寧敢這麼說，是知道方堯這次沒考上。前一世，方堯是在二十歲中舉，考的是他們成親後的那次秋闈。雖然這也很不錯，畢竟也有二十七、八歲中不了舉的。

但那年秋闈出了舞弊案，方堯雖沒有直接參與舞弊，但確實間接知道考題。結果出來後，只要有關聯的，都被奪了功名。

方堯是宰相家的女婿，且涉入不深，因此得以保全功名。否則靠著他那點一瓶子不滿、半瓶子晃的學問，再十年也考不上舉人。

穆鼎見穆婉寧已經唱了白臉，知道接下來該他唱紅臉了，輕輕咳嗽一聲。「婉寧不要胡說，舉人哪裡是那麼容易考的，連妳大哥也不是有十足十的把握。」

穆婉寧差點笑出聲。這明著說女兒，暗地裡誇兒子是怎麼回事？不過父親發話，穆婉寧當然要裝出受教的樣子。「父親說得是，是女兒妄言了。」

「不過嘛。」穆鼎話鋒一轉。「無論結親與否，方賢姪的學業倒是不能耽擱。方淮兄當年與我是至交，他的後人，老夫一定會照顧。不知方賢姪可有當地書院山長的推介信？如果有的話，再加上老夫引薦，離開考還有兩個月，讓你進國子監附學，應該不是難事。」

方堯臉皮發燙。「回穆伯父的話，之前因為守孝，一直在家讀書，未能前去學院。」

按規矩，守孝的確不能進學院。可是大凡有志於趕考的，在出了孝期之後，都會去當地書院參加一次特殊的考試，只要能考過，書院的山長就會給一封推介信。

這種事情，山長一般都不會吝嗇，畢竟出去的學子一旦高中，身為推介人，也是面上有光，還能給書院添些名氣。

可惜，自從方堯無意間得知自己有了這麼一門親事後，再沒有用心讀過書，自然未能通過考校，要來山長的推介信。

穆鼎在官場浸淫幾十年，豈能不清楚這些事？當下也不戳破，只是撫著鬍鬚道：「這樣啊，那只能捨一捨老夫的臉面，去白鹿書院了。雖不比國子監，但也是名聲在外。明日我去見白鹿書院的山長，賢姪若有寫好的文章，飯後可拿來給我，一併帶過去。」

方堯不好再說沒有，只得拱手應道：「多謝穆伯父提攜，小姪的確有一篇成文，這就去謄寫，稍後呈給伯父。」

說罷，方堯離席而去，連飯也不吃了。他實在是沒臉吃飯，學問被貶得一無是處，還沒有推介函，得靠著人情進書院，真是丟人丟大了。

穆婉寧才不管方堯吃飽沒有。比起前一世她受的折磨，這真是比微不足道還微不足道。

眼見兒子飯也沒吃便離席而去，方母直心疼，再扭頭看著坐在那裡的穆婉寧，氣不打一處來。

方家母子對今天的接風宴，可是寄予厚望。但他們心裡清楚，憑目前的身分地位，哪怕有婚約，也會被世人說成是一門心思攀高枝。

但若方堯能展現才華，令穆安寧傾心，就會變成才子佳人的美談，攀高枝之類的話，便不會被提起，也讓穆鼎允婚允得更痛快些。

結果，此計未出，就被穆婉寧破壞得乾乾淨淨。

哼，別以為她老眼昏花，沒看到穆婉寧對穆鴻林使眼色。

「四姑娘倒是伶牙俐齒，說話全無女兒家的矜持。婚姻大事本是長輩做主，妳一個晚輩，卻大談什麼嫁妝、聘禮。不知等姑娘自己出嫁時，是不是也要親自上陣打算盤啊？」

「方夫人。」鄭氏突然開口。「四姑娘不過是心疼姊姊，多問幾句罷了，方夫人一個長輩，何必與晚輩這麼計較，咄咄逼人呢？」

穆婉寧幫穆安寧說話，鄭氏肯定要替穆婉寧出頭的。

「哼。」方母冷笑。「你們穆家真是好規矩，不但庶出女兒滿口銅臭，連妾都能上桌吃飯，我們方家可沒這規矩。」

鄭氏氣得心頭火起，卻沒辦法直接發作。方母說得沒錯，妾乃是低賤之人，不能上席面。但今天她是以穆安寧生母的身分坐上來，這樣直接挑明，無異於打她的臉。

穆婉寧聽了，在心裡翻了個大大的白眼。還好意思談規矩，寵妾滅妻那一套，方家不是最拿手？

看到鄭氏吃癟，王氏雖然很高興，但維護宰相府的臉面，是更重要的事。

「她能上桌，自然是我允的。今日老爺是以家宴來為方夫人母子接風洗塵。既是家宴，鄭氏是安寧的生母，坐在這裡也沒什麼。

「至於婉兒，不過是憂心姊姊，多說了兩句話而已。方夫人若覺得我們宰相府規矩不好，不如親事作罷，也是皆大歡喜，可好？」

鄭氏立刻起身，端正地向王氏行了禮。「多謝姊姊。」

方母當即有些懵，主母怎麼會替庶出子女和小妾說話？這三者之間，不應該是水火不容的嗎？

最終，晚宴在穆家人的和諧氣氛中收場。至於方母高不高興，就不歸穆婉寧操心了。

一進後院，穆安寧走到穆婉寧身邊。「今天真是多謝四妹妹了。」

穆婉寧調皮地抬起戴著鐲子的右手。「我這叫拿人錢財，替人消災，誰叫我這麼喜歡三姊姊送的鐲子呢。往後妳多送我一點好東西，我保准繼續向著妳。」

穆安寧輕輕地啐穆婉寧一口。「妳這個小財迷。」

「不過，三姊姊可要多注意方堯，他們母子倆雖然想攀我們府裡的高枝，但這種事可不好聽。我要是他們，一定想辦法跟妳來一齣花前月下，郎有情、妾有意的戲碼。到時對外就說是妳與他一見鍾情，這樣名聲上就好聽了。」

「妹妹放心，斷不會出現這樣的事。」穆安寧咬牙切齒，今天方家母子的表現，她全看在眼裡，方堯那學問還比不過她弟弟，實在讓人瞧不上。

穆婉寧點點頭，她也覺得那種才子佳人的戲碼不太可能發生，畢竟穆安寧挑人的眼光，一向是以身分地位為準，除非方堯馬上中了狀元，否則入不了她的眼。

不過，小心駛得萬年船，穆婉寧寧可多叮囑幾句，也不要真的事後翻船。同時，這也能拉近她與穆安寧的關係。

如果可以，一家人還是和和睦睦的好。

剛回到清兮院，雲香就迎上前來。

穆婉寧一看雲香的樣子，就知道她肯定趁接風宴時查到了什麼，示意墨香關好屋門。

「雲香是有收穫了？」

「奴婢在方家母子去赴宴時，進了他們客居的屋子察看。他們母子的行李不多，不像長途跋涉，更像是在京中某處住了一段時日，卻裝出遠道而來的樣子。」

穆婉寧點點頭。「嗯，接著說。」

「我在屋裡逗留的工夫不長，方堯就回來了，但我在他的書中找到一張單子。」

「沒被他發現吧？」

雲香頗為自信地笑了笑。「姑娘放心，奴婢是練過的，別說方堯一介書生，就算我們雲字頭的，也沒人能發現我的探查。」

穆婉寧這才放下心來。「是哪裡的單子？」

「是一家首飾坊的，單子上只寫著梅花簪子一支，價值三十兩。訂貨日期是三天前，取貨日期是兩天後。」

果然不是初到京城呢，而且一聽到梅花兩字，穆婉寧立即想到害死她的凶手簡月梅。

按照前一世的記憶，穆婉寧及笄後成親，過門不到一年，方堯就中了舉，然後娶簡月梅當平妻。那時簡月梅的兒子已經虛歲三歲。

如此算起來，此時正是簡月梅剛剛懷孕的時候。不知這根梅花簪子，是為了慶祝有孕，還是為了逼簡月梅打掉孩子？

檀香有些疑惑。「一根簪子三十兩，也不便宜了，方家人不是說自己沒錢嗎？」

穆婉寧冷哼。「不哭窮，怎麼好直接住在府裡？雲香，妳明天出府一趟，去找這家首飾坊，看看能不能從附近打探出什麼。墨香，方家母子待在府裡的這段時日，任何風吹草動，妳都不能放過。」

「是。」

檀香有點著急。「姑娘，那我呢？我幹什麼？」

穆婉寧笑著看她。「妳是打算讓我瘸著一隻腳，自己吃飯漱洗了？」

檀香臉紅了。「對對，我伺候姑娘嘛，我怎麼這麼笨。」

「好了，去打水來，我要換身衣服。」穆婉寧說完，對檀香、墨香揮揮手，又給了雲香一個不一樣的眼神。

檀香和墨香退下後，雲香走到穆婉寧身邊。「姑娘還有吩咐嗎？」

穆婉寧目光銳利地看著雲香。「將軍說他明天就要動刀治傷，妳跟我說實話，到底有沒有危險，有多少危險？別忘了，妳現在是我的人，要對我說實話。」

「奴婢不敢欺瞞姑娘，但奴婢確實不知。不過，前幾日，薛神醫可是把全府的人折騰了一番。先是命人買來柔軟的白布，裁成一條一條，全放進鍋中煮沸。還命人收拾幾間空房出來，除了必要的床和椅子，什麼都不放，屋子裡也是收拾得纖塵不染。

「府裡人都說薛神醫太過矯情，可奴婢倒是覺得，他這麼做，是為了保護將軍。畢竟戰場上，也不是沒有因為小傷口感染而……」

穆婉寧深深吸了一口氣，又吐出來，薛青河做的這些，與她在書上看到的不謀而合。水煮過的繃帶可以減少感染的可能，屋子必須收拾乾淨，想來也是如此。

「罷了，明日妳抽空回侯府看看。我不方便過去，妳倒是無礙的。」

「是。」

第二天一早，穆婉寧仍然去給周氏請安。

周氏一看穆婉寧，立刻心疼地數落起來。「不是叫妳不用來了嗎，腳扭了，就好好在床上躺著。來回走動，要是傷勢加重，可怎麼辦？」

最近，周氏越來越喜歡穆婉寧，而且穆婉寧的腳怎麼傷的，她也知道。只是對方是縣主，皇親國戚，只要咬定那是意外，這官司還真是沒辦法打。

受了委屈還得忍著，周氏對穆婉寧更加心疼。

穆婉寧聽到周氏的話，笑瞇了眼，有人疼愛的感覺真的太好了。

「祖母是我的福星，孫女看到祖母就不疼啦。」

周氏笑罵。「以前也沒見妳這麼油嘴滑舌，現在這小嘴簡直跟抹了蜜似的。」

穆婉寧來得早，這會兒趁著其他人還沒來，簡單地把昨晚方家母子的表現說了一遍。

「爹爹要是不答應這婚事，方家母子一定會鬧，到時傳出去，對父親的官聲實在不好，難免被人捉住把柄，參上一本。我就想辦法，說考不上舉人便別來提親，不過方家人臉皮太厚了，硬是不接這話。」

昨晚周氏並未赴宴，聽完後用手指點點穆婉寧的額頭。「他們既然敢上門，就是把臉皮放在家裡才來的，當然不會接妳的話。」

穆婉寧嘆口氣。「祖母說得是。人不要臉，真就是天下無敵。」

周氏哈哈大笑。「妳這小猢猻，這是從哪裡學來的話，在外可不能亂說。」

「是，我只說給祖母聽。」

「馬屁精。」

祖孫倆說話的工夫，陸陸續續有人來，對穆婉寧和周氏的言笑晏晏，早已見怪不怪。

眾人請完安，穆婉寧被周氏留下吃早飯。

席間，穆婉寧嘰嘰喳喳，又把昨日裡好玩的事挨個兒說了一遍，大大滿足了周氏的八卦慾望後，才被放回清兮院。

另一邊，雲香一早就出了門，先去鎮西侯府，但並未見到蕭長恭。

聽聞蕭長恭已經被薛青河「關」起來了，除了薛青河、皇帝派去的太醫孫正瀧，以及小七之外，任何人都不得進屋。

不過，雖見不到人，傳話倒是可以。雲香替穆婉寧轉達關切之意，隨後得了蕭長恭一句囑託，要穆婉寧記得寫信。

雲香應下，微笑離開，直奔方堯手裡那張單子的鋪子。

鋪子名叫金俏銀，坐落在城西的如意坊。此處與吉祥街一樣，都是朝廷劃定、可以做生意的地方。

如意坊裡，金俏銀算是最大的首飾店，相當於吉祥街上的天工樓。

雲香進去逛了一圈，店裡的客人說多不多，並未看到什麼特別的。去擺簪子的地方多看了兩眼，倒是沒有見到梅花簪。

一位夥計上前招呼她。「不如姑娘相中了哪件？喜歡的話，這裡有銅鏡，剛剛打磨過的，可以試戴一下。」

「那也不必，我是為我家姑娘來的。之前她遺失了梅花簪，想換一支，不知店家可有差不多的？」

「這倒是不巧了，之前那批已經賣完，如今又是七月，梅花簪通常是姑娘們冬天喜歡戴的首飾，因此還未到出新款的時候。您家姑娘若是真想要，可以讓師傅單做一支，不過時間和價錢上要高一些。」

「那就算了。我跟姑娘說說，不如等到年底出新款時再買好了。」

「冬至時會出，到時請兩位務必光臨小店。」

雲香點頭，又四處看了看，便離開金俏銀退出去。

看來，方堯手裡那張收據，就是單獨訂製的髮簪了。這麼特殊的客人，事後追問起來，無論是夥計還是打簪子的師傅，想必都是印象深刻。

雲香又在城西轉了轉，方家母子並非初到京城，但也肯定不是長居於此，很有可能租個房子落腳。

至於梅花簪要送的人嘛，很可能是同樣住在附近的。

雲香查訪一圈，大概摸清了城西住戶的分布，回了穆府。

雲香回來時，穆婉寧正坐在書桌旁寫字，桌子下放了個軟榻，用來擱受傷的腳。

「姑娘。」雲香行禮。「金俏銀位於城西的如意坊。奴婢打聽了一下，城西的住戶多是外地進城的商販，但最近搬來的卻是不多，其中只有五家有年輕的女子。」

穆婉寧壓抑住自己內心的激動，點點頭。

若她親自去走一圈，多半能直接找出簡月梅。那個女人害她吃盡苦頭，那張臉，就算化成灰，她也認得。

可是，一旦她這麼做，會惹人懷疑，穆婉寧是怎麼知道這一切的。

「知道了。這幾日盯著方堯，只要他出府，妳就跟上。對了，妳這般明目張膽地打聽，不會露餡吧？」

「姑娘放心，我用的是自立女戶，想找住處的藉口。如此打聽鄰居就很必要了，沒人會懷疑的。」

穆婉寧點點頭。「果然辦事老到。將軍把妳給了我，真是幫了大忙。」

第三十四章 偶遇

與此同時，方堯也在緊鑼密鼓地籌劃著。

方堯已在昨日跟著穆鼎去了白鹿書院，因為有穆鼎的面子，加上方堯呈了篇還算不錯的文章，白鹿書院便收了他附學。

之前接風宴想一鳴驚人沒成功，要促成婚事，只能用別的手段，比如那支梅花簪。

取貨日那天，正好是學院休沐，方堯找個藉口出門，雲香立即跟出去。

有雲香跟著方堯，穆婉寧放心得很，早上向周氏請安回來後，便坐在屋裡研究從糕點鋪拿回來的帳本。

她一邊研究、一邊在紙上寫寫畫畫，等到雲香中午回府，已經計劃得差不多。

雲香稟報，方堯果然去了金俏銀取簪子，又去成衣鋪買兩身衣裳，然後就回府，並沒有去見其他人。

穆婉寧點點頭，心想這才不過兩天，能沈得住氣也是正常。

另外，據墨香打聽到的，這兩天方母也很老實，待在屋裡，說是路途勞累，需要休息。

另一邊，穆鼎也收到同樣的消息，對於方堯的小動作，他暫且當作不知，派人請郎中來醫治方母。這些面子功夫，該做還是要做的。

穆鼎也明白方家母子的意思，無非是借勢。住在宰相府裡，雖是寄人籬下，卻也能表明他們與宰相府的關係，就算是那些世家公子，也不會太過怠慢方堯。

借勢倒也沒什麼，正好穆鼎也想把人放在眼皮子底下就近觀察。若真是好的，允婚是皆大歡喜；若方堯有不妥，他也不是迂腐之人。

他能當一朝宰相，豈會輕易任人拿捏？

穆鼎又把那日方堯呈給他的文章找出來，再次仔細看了一遍。

文章寫得的確不錯，字跡也還算可觀，就是這文章呈現出來的見解，和那日在飯桌上的談吐對不上。

文章言之有物，談吐卻空洞無味。

雖然有些人的確是內秀，肚子裡有學問，卻是茶壺煮餃子，倒不出來。但那個方堯，怎麼看都不是笨口拙舌之人。

「來人，去看看方公子在做什麼。如果他不忙的話，請他來書房。」

「是。」

小廝走到方堯母子住的客院時，方堯正在畫畫。

按說，此時已經七月，八月初就要進考場，滿打滿算也就一個半月的時間。如果是個刻苦用功的人，這會兒實在不應該畫畫，而是溫書，哪怕多看幾篇文章也好。

結果，方堯卻在畫畫，畫的是一幅雪中紅梅圖。

此時已經畫得差不多，方堯聽見小廝叫他，故意裝模作樣地添了幾筆，提了字，才把畫交給相府撥給他的小廝，讓他速去裝裱，最好吃晚飯後就能拿回來。然後才跟著穆鼎派來的人，去了書房。

接過畫的小廝面無表情，心裡卻是不屑。

自家大少爺無論在學堂，還是在家，都是日日苦讀，這廝卻想著作畫。畫完了，還要裱起來，又裝糊塗不給錢，真是讓人看不起。

不過腹誹歸腹誹，該聽的吩咐還是要聽，反正也不花他的錢。

小廝找了管家，去帳房支錢，剛走到供家丁出入的側門，便遇到了墨香。

「你這要是要出府？」

「是墨香姑娘啊，我正要出府呢。」這小廝並不是哪個主子的貼身小廝，只是二等雜役，因此見到一等的大婢女，還是很尊敬的。

大婢女月例高，若是託他們辦事，多少都會打賞。

墨香看到小廝手裡的卷軸，臉上微笑不變，從荷包中掏出一小角碎銀。「今天四姑娘想吃福壽居的醬豬蹄，既然你要出府，便幫忙買上幾隻吧。」

小廝掂了掂手裡的碎銀，想著買完還能剩下一些，臉上也有了笑容。「既然四姑娘吩咐，那我辦完手裡的事就去。」

見墨香眼睛一直在看他手裡的畫，小廝也不扭捏，壓低聲音道：「那個方少爺畫的紅梅圖，要我趕緊送裱起來。」

墨香滿臉笑容。「多謝你了，快去快回，我們姑娘還等著吃呢。」

「好咧。」

墨香把方堯畫了幅紅梅圖的消息告訴穆婉寧，穆婉寧便又想起那根梅花簪。梅花簪配紅梅圖，倒是不錯，可夏天畫的是哪門子紅梅圖啊？

答案很快便在晚飯後揭曉了，穆婉寧正在屋裡琢磨送什麼賀禮給穆鴻林時，墨香神神秘秘地跑進來。

「方公子在花園裡，與三姑娘偶遇了。」

穆婉寧心裡一陣無奈，這臉皮得多厚啊，都提醒他不要玩什麼才子佳人一見鍾情的戲碼了，他還來。

想到這人居然是她上輩子的夫君，穆婉寧真覺得連剛剛吃下的飯都不香了。

「走，我們去看看。」

此時的花園裡，穆安寧正在心裡狂翻白眼，在別人府裡的花園玩偶遇，還一副驚喜的樣子，只有話本裡會這麼寫，還是那種最低級的話本。

不過，既然說好了要裝溫柔賢淑，要迷惑方家母子，穆安寧也不好把自己的鄙視表現得太過明顯。

「安寧妹妹。」方堯裝出一副自認為風流瀟灑的做派。「自從那日在家宴上見過，就覺得安寧妹妹既知書達禮，又美豔動人，像那凌霜傲雪的紅梅一樣，讓人一見難忘。這幅雪中紅梅圖，正是安寧妹妹的寫照。」

明知方堯的話作不得數，穆安寧也還是露出笑臉，她從未被人這麼誇獎過。跟在吳采薇身邊，她一向都是陪襯，再多的奉承話，也只是對著吳采薇說，不會分與她半點。

可惜，一打開畫，穆安寧的笑容就收斂了許多——這紅梅畫得實在太一般了，不但呆板、毫無神韻，有些地方甚至還畫錯了。用這樣的畫比喻她，究竟是誇她，還是罵她啊？

但畫已經拿在手裡，穆安寧不好退回去，只得交給翠鳴。

接著，方堯又從懷中掏出用手帕包裹的梅花簪。「這支梅花簪的樣式，也是我親自畫的，找了匠人打造，獨一無二，正適合安寧妹妹。」

穆安寧掃了梅花簪一眼，心裡的鄙視更甚。

如果換個人，或許會被方堯的謊話唬住。畢竟光是梅花簪，就有幾十種樣式，即便每一樣都見過，也未必全能記住。

可惜的是，方堯遇到的是穆安寧。

不只梅花簪，只要是女子戴的首飾，只要在盛京城裡出現過，穆安寧都瞭若指掌。哪一家賣的，哪一年出的款式，甚至是由哪一位師傅打造，她都能如數家珍。

比如眼前這支梅花簪，就是城西那家金俏銀在前年冬至時推出的款式。

連去年的款式都不是，還好意思說是他自己畫的樣式，這是拿她穆安寧當傻子騙不成？

穆安寧的臉色冷淡下來，沒有伸手去接。

「多謝方世兄的美意，但這簪子貴重，我不方便收。」特意加重了「貴重」兩字。

「安寧妹妹這話就見外了，既然叫我一聲世兄，這簪子妳就收得。最近一直叨擾府上，也算是我的一點心意。而且安寧妹妹容貌秀麗、氣質出眾，正適合佩戴梅花，以顯清雅。」

方堯拿出簪子之前，穆安寧聽到這話，還會高興一些。可是在方堯這麼明晃晃地誆騙她之後，再聽就是滿滿的諷刺了。

穆安寧正待拒絕時，便聽到不遠處傳來穆婉寧的聲音。「三姊姊可讓我好找。」

穆安寧心裡一喜，覺得穆婉寧來得正是時候，剛好讓她有理由擺脫方堯。

不過，穆安寧也有些詫異，什麼時候開始，她看到穆婉寧會這麼高興了？

這時，穆婉寧已經由墨香推著上前。「三姊姊原來在花園裡賞花啊，呀，方世兄也在，沒有打擾到你們吧？」

「四妹妹莫胡說，我只是在花園裡偶然遇到方世兄而已。妳找我有事？」

穆婉寧其實只是順口一說，她是來攪局的，哪裡真有事找穆安寧。看到翠鳴手裡拿了畫軸，想必就是那幅紅梅圖，又想到白天方堯已經把梅花簪取回來，靈機一動。

「我想打支簪子，三姊姊對盛京各家的首飾坊瞭若指掌，想請三姊姊推薦一家手藝好的，以免被人誆騙了去。」

穆安寧差點沒笑出聲，真是打瞌睡就有人送枕頭，她正愁沒辦法臊臊那位自作聰明的方世兄呢，這下機會不就來了。

再一次，穆安寧覺得這種有姊妹幫襯的感覺真好。

「那可多了，能在盛京城開首飾坊，沒點本事是立不住的。不過這還要看四妹妹想打什麼樣式，各家擅長不同。比如搓花絲、掐花這一項，做得最好的當數吉祥街上的天工樓。「要論鏨刻，去城西的金俏銀，他家工藝最好。除此之外，要買珠子，上離金俏銀不遠的玉鑲金，能買到各式各樣的珠子。而且還能在玉鑲金買珠子，然後去金俏銀鑲嵌……」

方堯在旁邊聽得臉皮發燙，沒想到穆安寧竟然這般了解首飾，還提到金俏銀，搞不好她已經看出他在說謊了。

想到這裡，方堯儘量裝作什麼都不知道的樣子，開口道：「不打擾兩位妹妹，我也該回去溫書了。」

「方世兄慢走。」

看到方堯遠去，穆安寧樂不可支。「還真讓妳說中了，方堯果然想跟我玩一見鍾情那一套。四妹妹不知道，剛剛他拿了一支前年的簪子，竟和我說那是他親手畫的樣式。」

穆婉寧故作驚訝。「他還真敢說，當著姊姊的面談論首飾樣式，這不是班門弄斧嗎？」

穆安寧心裡得意。「喏，還有這幅畫，妳瞅瞅，我教上翠鳴一個月，都比他畫得好。」

前一世，穆婉寧還真沒見過方堯作畫，接過來掃了一眼，覺得一點也不出她所料。以方堯那種自認懷才不遇的性格，若真畫得好，早就四處宣揚了。

「畫作什麼的我不懂，倒是這梅花的樣式有點眼熟。」

「眼熟就對了，這是郢元浩的雪地紅梅圖，京城中但凡開書畫店的，都要臨上一幅。」

「原來如此，三姊姊真是不愧才女的稱呼。」

現在穆安寧看穆婉寧是越看越順眼，嘴裡不再像以前那麼不饒人。「不過就是看得多了一些罷了，哪裡是什麼才女。」

不過打趣歸打趣，穆安寧很快又落寞下來。

穆婉寧見狀，輕輕安慰道：「三姊姊不必憂心，都現在這個時候了，方堯還把心思用在送畫、送東西上，依我看，肯定沒希望中舉。只要他落榜，想必沒有臉面繼續提親。就算提，我們也有辦法拒絕，更何況，他剛剛已經把把柄交到我們手上了。」

穆安寧一臉困惑。「哪裡有什麼把柄？」

穆婉寧眨眨眼睛。「就是那支簪子啊。」

穆安寧仍是不明所以。「簪子怎麼算是把柄了？」

「剛剛還誇姊姊對京城首飾瞭若指掌呢，這會兒怎麼就一葉障目了？現在是盛夏，哪家店會把梅花簪放到現在來賣？而且姊姊還說那是前年的款式，想必早就賣光。」

穆安寧一拍掌。「對啊，那簪子根本不可能是現買的，要麼是他早就買下，要麼是現打的。不，肯定是現打的，新出的首飾有新氣，這點我還是看得出來。」

「這就是了，姊姊與他才見面幾天，現在打的首飾，哪能那麼快做出來？肯定是提前幾天打好的。可是，既未見過姊姊，怎麼敢先訂首飾？若是夏天的樣式也罷了，哪有特意打一支冬天的簪子來送未曾見過面的人？」

穆安寧眨眨眼睛，臉上浮現驚訝的表情，聲音也不覺壓低了些。「妳是說，這簪子可能是打給別人的，見到我之後，才想轉送給我？」

穆婉寧也湊近她。「我覺得八九不離十。方堯早與人有染，卻又跑上門求親，咱們只要沈住氣，時日久了，不信他不露出馬腳。」

穆安寧長長出了一口氣。「妹妹這話，可真真讓我把心放回肚子裡。看來我那鐲子送得不虧，不枉我忍著心疼給妳。」

穆婉寧哈哈大笑。「原來姊姊送的時候也心疼啊，我還以為妳不在意呢。」

「妳呀，真是得了便宜又賣乖。」

姊妹倆又在花園裡說笑一陣，穆安寧才告辭離去。

檀香拿了件薄披風走過來，看著穆安寧的背影道：「我都不敢相信那是三姑娘了，奴婢怎麼也想不到，三姑娘也有不欺負人的時候，而且還能這麼和氣地說話。」

穆婉寧忍不住笑。「妳啊，得管管自己的嘴，別總那麼心直口快。」

墨香抬手扶額，奴婢心直口快，可這當主子的，也沒好到哪裡去。

穆安寧出了花園後，並沒有直接回清黎院，而是走到穆鴻林住的清心院。

雖然穆鴻林是她的同胞兄弟，但她這個做姊姊的，其實甚少關心自己的弟弟。尤其最近幾年，她一門心思想嫁入高門，對他的關注更少。

這清心院，她還是在穆鴻林最初搬進來時來過幾回，這一晃，有快兩年沒來過了。穆鼎為了不讓兒子們養成在脂粉堆裡廝混的性格，獨立劃出給他們住的院子，屋裡一律只放小廝、婆子，不放婢女，平日也不允許姑娘們的下人到這裡來。

不過，姊姊來看弟弟，當然是無礙的。

穆安寧一進清心院，便覺得與前兩年大不相同，滿屋的紙張、書籍，牆上也掛滿字畫。

「姊姊，妳怎麼來了？」穆鴻林見到穆安寧，聲音裡充滿驚喜，立即從書桌後站起。

這份驚喜讓穆安寧心裡一熱，同時也有些愧疚。

「沒什麼事，就是來看看你。嗯，我來得急，沒給你帶點心，晚上去我那兒吃吧，我給你做點好吃的。你看你，都瘦了。」

穆安寧摸摸穆鴻林的頭，卻發現他長高了，摸起來不像兩年前那麼順手了。

穆鴻林有些驚喜，又有點不敢相信。「姊姊……妳沒事吧？妳這樣，我有點害怕。」

穆安寧聽了，順勢把摸頭改成揪耳朵，轉了半個圈，果然覺得順手許多。「我看你就是欠揍，現在這樣，是不是不怕了？」

「姊姊，輕一點……我錯了還不行嗎？」

穆安寧鬆了手，穆鴻林被揪了耳朵，卻感覺那個他熟悉的、有點囂張又有點可愛的姊姊回來了。

見穆安寧嘆了口氣，鴻林輕聲安慰她。「姊姊，我知道妳最近擔心什麼，但妳真不必太過煩憂。那位方世兄的學問，我是看不上的，大哥也說一般得很。

「可惜今年投考秋闈的日子過了，不然弟弟就下場去考，到時他要是連我都考不過，我看他有什麼臉面向姊姊提親。」

穆安寧聽得鼻子一酸，差點落下淚來。到底是親兄弟，不僅知道她擔心什麼，還想著親自上陣替她排憂解難。

「胡說什麼，你還小，這時下場，連考九天怎麼吃得消。身體若是累壞了，什麼好成績都沒用。不如跟大哥一樣，等到十七、八歲，身體壯實些，學問也更有把握了再下場，那才是最穩妥的。」

穆鴻林點點頭。「爹和大哥也是這麼說的。其實我不急著考，是希望能為姊姊分憂。」

穆安寧的心軟得一塌糊塗。「你有這份心就行了。走，去清黎院，我今天親自下廚。」

「好，那我要吃東坡肉。」

「就依你。」

當晚，清黎院裡歡聲陣陣，連穆鼎都去坐了一會兒，才回書房。

第三十五章 看信

又是一天豔陽高照，穆婉寧已經對新接手的糕點鋪子有了主意，便去找穆鴻嶺。

「大哥，我來給你送點心了。」

八月秋闈，最近穆鴻嶺都待在家裡備考，此時正在房裡看書，乍見穆婉寧，有些意外。

「快進來，腳傷了就不要亂走，雖然有輪椅，來回挪動也不好。」

穆鴻嶺的書房有門檻，輪椅進不來。

雖然已經勉強能走，但穆婉寧可不打算逞強，該撒的嬌，還是要撒。

「大哥，你來抱我好不好？爹爹說讀書要兼顧身體，你就當鍛鍊了。」說完，她伸出雙手，等著穆鴻嶺來抱。

現在穆婉寧還不到十四歲，用不著避忌那麼多，等及笄之後，連撒嬌都不方便了。

穆鴻嶺被這歪理逗笑。「妳都多大了，還討抱。」

不過，嘴上雖然嫌棄，穆鴻嶺還是走到門口，俯身把穆婉寧從輪椅上抱進屋裡，放在自己平時休息的軟榻上。

穆婉寧還記得，前一世出嫁後，家裡最關心她的就是大哥穆鴻嶺，重生後每次見到，心裡都不覺想親近。

「這盒裡是上次大哥說喜歡的點心，這盒是我新做的花樣，大哥嚐嚐。」

穆鴻嶺拿起一塊，仔細地品了。「味道還是一樣好。妳腳受傷了，怎麼還做點心？」

「傷的是腳又不是手，我坐著也一樣能做。這是我特意熬的銀耳羹，剛好可以解膩。」

最近，穆鴻嶺無論在書院還是家裡，都是苦讀，這會兒的確餓了，加上點心好吃、銀耳羹香甜，不知不覺間吃了好幾塊，又把一小碗銀耳羹喝完了。

他吃完，一扭頭，就看到穆婉寧坐在那裡，笑得像是偷到雞的小狐狸。

「我怎麼覺得像是中了妳的圈套？說吧，是不是有什麼事要我這個大哥去做。」

穆婉寧臉上的笑意更加明顯。「大哥真是聰明，妹妹今天來，是想求墨寶一份，用來當牌匾。」

「哦？妳盤了鋪子？我想起來了，是祖母給妳的那間吧。」

「嗯，是一家糕點鋪子。」

「說吧，妳想讓我寫什麼。」穆鴻嶺說著，走到書桌前，找了一張大的宣紙鋪在桌上，又特意選了一枝最粗的毛筆，然後動手磨墨。

穆鴻嶺喜歡獨處，磨墨向來是自己動手。

「這次便宜妳了，下次再讓我寫字，可得幫我磨墨才行。」穆鴻嶺平時對人都是不苟言笑，一本正經的樣子，但不知為什麼，一對上穆婉寧，他總想開開玩笑，逗她幾句。

「那是自然，等鋪子掙了錢，妹妹還有大禮答謝呢。」

「行，那我就等著了。要寫什麼？」

「狀元齋。」

穆鴻嶺頓了一下。「妳這口氣可不小啊。」

「讓未來的狀元提字，肯定不能太小氣嘛。」

「妳哥哥我現在連舉人都不是呢。」

「很快便是了。我有種感覺，今年秋闈，哥哥不只高中，還會是今年的解元。等到明年，就是會元，再然後，自然就是狀元了。」

穆鴻嶺看著穆婉寧言之鑿鑿的樣子，不由搖搖頭，也不去跟她解釋連中三元有多難，畢竟以她看來，連方堯考個舉人都應該是很輕鬆的事情。

「行，就當借妳吉言了。」

穆鴻嶺說罷，提了一口氣，揮毫寫下狀元齋三個大字。然後又換了小些的筆，在落款處寫下「穆鴻嶺書」。

待墨跡乾透，他拿給穆婉寧看，穆婉寧立時瞪大了眼睛。

「我就算不懂，也知道這三個字當真是豪氣萬千。等牌匾做出來，定是那條街上最吸引人的。這字我也會裱好，就掛在店裡。等到哥哥連中三元之際，這就是妥妥的鎮店之寶啊，到時門檻都得讓人踏破了。」

穆鴻嶺笑嘆。「妳這個馬屁精。」

這次，穆婉寧卻不是在拍馬屁，而是說實話。因為前世穆鴻嶺真的連中三元，連皇帝都誇他有才學。

拿了穆鴻嶺的墨寶，穆婉寧帶人直奔之前盤好的鋪子。

距離上次來，已經快有小半個月，穆婉寧看看最近的進項，還是平平。

「沈掌櫃，我回去看了，帳本帳目清楚，經營也甚是有章法。看得出來，你是個有真本事的人。」

沈掌櫃彎了彎身子。「東家過譽了。」

「不過嘛……」穆婉寧稍稍拉長了聲音，沈掌櫃也直起腰，心裡明白前面都是客套話，後面的才是重點。

「沈掌櫃太過守成，缺了些進取之意。」看到沈掌櫃似乎想說什麼，穆婉寧抬起手，示意等她說完。「過往的事不看了，從今日起的三個月，若還是不行，我就得換人了；若是行，沈掌櫃，我給你一成乾股。」

沈掌櫃抬起頭。「姑娘此話當真？」一成乾股可比他現在的月錢多多了，以現在的進項，至少是兩倍以上，若能善加經營，三倍、四倍也可能。

「比真金還真。這是我這陣子琢磨出的經營方法，你且拿去看，有什麼不理解的，咱們再談。以後這鋪子改叫狀元齋，你帶人去做全新的點心，就叫狀元餅。」

穆婉寧說著，檀香遞了一疊紙和穆鴻嶺寫的字給沈掌櫃。

「牌匾不急著換，什麼時候製出狀元餅，咱們再換。店裡也該找人翻修一下，這裡有三百兩銀子，你看著用吧。」

說到這三百兩銀子，穆婉寧的心不由哆嗦一下。她一個月的月錢只有十兩，還是最近才提的，除去三個大婢女的工錢和日常吃穿用度，幾乎不剩什麼。

不然，她也不至於做件騎裝，都要先拿穆鴻漸的錢用著了。

眼下這些錢，是蕭長恭送來的，上次因為馬蹄鐵的事，皇帝雖然賞了不少東西，卻無法換錢。倒是蕭長恭送的東西裡，其中有個小箱子，裡面放了五百兩銀子。

再加上其他的東西，蕭長恭一口氣送了她價值快一千兩的東西，不知是該誇蕭長恭貼心，還是誇他人傻錢多，不，財大氣粗。

不過，正是因為蕭長恭送來的錢，穆婉寧才有底氣經營狀元齋。下個月就是秋闈，狀元齋能不能打響名氣，就看這個月了。

沈掌櫃接過銀子，飛快掃了穆婉寧交給他的經營方略，抬起頭來，狐疑地看穆婉寧。

「東家，您這口氣是不是大了點？」

要把狀元餅打造成但凡讀書人都要吃上一份的糕點，這不是口氣大不大的問題，而是根本不可能。

但穆婉寧並不覺得，她可是有穆鴻嶺這位連中三元的大才子當招牌，不過這理由不好跟沈掌櫃說。

「盛京城裡每到鄉試、會試，大相國寺的文昌帝君香火便特別旺盛。去的人都是想祈求自己或家人高中，可每次大考，中的不還是那些人？不過是圖個吉利，圖個心安而已。

「咱們的狀元餅同樣如此，文昌符與狀元餅多般配。再一個多月就是秋闈，正是大賣的好時機。這牌匾是我找我家大哥提的，我大哥的學問，可是連我父親也滿意，到時只要他能上榜，咱們這鋪子就算徹底打響名氣。當然，怎麼把這筆生意做好，就得沈掌櫃來了。」

沈掌櫃眨了眨眼，心中一動。「姑娘的父親是……」

「京城還有幾個穆家？」

沈掌櫃的手猛地一抖。乖乖，宰相家的女兒是他的東家，以後要是出了點差錯，可承受不起啊。

見沈掌櫃臉色瞬間白了，穆婉寧趕緊開口道：「沈掌櫃放寬心，咱們是做生意，行與不行，看的是帳本和收益，就算不行，咱們也好聚好散。我父親為官清正，我這當女兒的，也不能抹黑父親不是？」

沈掌櫃暗暗鬆了口氣，只要東家通情達理，身分越高，其實越有利。而且，這狀元齋的名字，明顯就是奔著那個真正的狀元去的。聽說宰相府的大公子是個有真才實學的，若到時真能高中，狀元齋就會是京城第一齋，而他就是第一齋的掌櫃，還有一成乾股！

拚了，這三個月，說什麼也得拿下。

沈掌櫃眼睛裡發出光來。「既然東家這麼保證，那在下便不藏著掖著，這三個月，您就瞧好吧。」

他本就是有真本事，只是前一任東家太過守成，也太過猜忌，既不許他研究新口味，也不許玩新花樣，一切都得照訂好的規矩來。

穆婉寧臉上露出笑意，點點頭。「那就有勞沈掌櫃了。這樣吧，三天後我再來，看看你們研究出什麼樣的糕點。記住，糕點不只要好吃，還要有好賣相、好寓意，配得上狀元餅這個名字。」

「東家放心，到時必能做出來。」

「好，那我靜候佳音了。」

出了未來的狀元齋，一進馬車，穆婉寧的心情再次低沈。

其實，她最近有意讓自己忙忙碌碌，無非是想沖淡因蕭長恭動刀治傷帶來的擔憂。

只是，回去的路上，穆婉寧還是忍不住去看雲香。「將軍動刀已有兩日了吧，不知道現在怎麼樣了？」

雲香也很擔心，蕭長恭是她的救命恩人，她當然希望蕭長恭平安無事。只不過，連穆婉寧都在強行壓抑心中的焦慮，她就更不好表現出來。

「要不，奴婢去侯府問問？」

穆婉寧剛想點頭，卻道：「先回府吧，我去做些點心，再寫封信給妳，這樣妳也算沒有空手上門。哪怕將軍吃不了，給安叔吃也好。」

雲香點頭稱是。

鎮西侯府裡，蕭長恭悶了快三天，簡直快憋瘋了。他一向以天為被、以地為床，現在被關在屋子裡，真是要命。

以前，就算他生病，也從沒待在屋裡這麼久。

而且，薛青河像是早知道他會受不了一樣，在動刀之前，便讓蕭長恭在全府人面前立下保證，治傷期間必須完全聽他的，否則就另請高明。

當時，蕭長恭依言把侯府裡的人召集起來，親口承諾治傷期間所有人，包括他，都得聽薛青河吩咐。

因此，雖然這會兒憋悶得不行，但薛青河不讓他出屋，他也只好忍著。

幸好還能開窗，窗戶已用一層濕潤白布擋著，但還算通風。

為了解悶，蕭長恭讓小七把以前的軍報全拿出來，按著時間順序，一條條唸給他聽。

儘管已經卸去西北大營的軍職，且請辭時說得乾脆俐落、大義凜然，但那不過是表面樣子，蕭長恭心裡是極為不捨的。畢竟那是他父母奮鬥犧牲之地，也是他打拚十年的地方。

不過，大統領的位置，不全是為了娶穆婉寧而捨的，本身也是燙手得很。

就算他再勇猛，畢竟只有二十二歲，年紀、閱歷並不足以坐穩統領之職。軍中有那麼多老將，哪裡輪得到他。

他能接任，也是機緣巧合。前任總統領舊傷復發死在任上，又恰逢北狄大軍犯境，蕭長恭臨危受命，接下了統領的重任。

其後一場大戰，蕭長恭打得北狄人丟盔棄甲，並在追擊途中一刀斬了白濯的弟弟白耀，這才有了年紀輕輕便能拜將封侯的功績。

但這不意味著他就能坐穩那個位置，自從蕭長恭回京，一直不斷有摺子上奏，要皇帝另尋穩妥的大將接管西北大營。

其實，即便沒有這些摺子，蕭長恭也想暫時退下來。武將要想活得長久，功高震主的事，還是少做為好。

他還有爵位在身，皇帝也不會真讓他就此當個富貴閒人，未來有的是差事。

「少爺，雲香姑娘來了。」

一聽到雲香來了，蕭長恭立刻來了精神，從書桌前走到窗邊。

「可是穆姑娘讓妳來的？」

雲香走到窗前。「穆姑娘命我來探望將軍，給將軍帶了點心，還有一封信。」

聽到點心，蕭長恭動了動喉嚨。這幾天，他的飲食也被嚴格控制，雖然豐盛，可味道實在寡淡。

穆婉寧的點心做得一向很好，若是能吃一塊……

「點心，將軍是不要想了。治傷期間，你吃的所有東西，都得是蒸煮過的，點心不能煮，你就忍忍吧。」薛青河的聲音很不合時宜地插了進來。

蕭長恭隔著白布，瞪了薛青河一眼，但實在沒什麼殺傷力。

「那信我總能看吧。」

「不行。」

「薛青河！」蕭長恭咬牙切齒，左臉立刻痛起來，提醒他不能有太劇烈的動作。

薛青河不為所動。「其一，將軍可是親口承諾，治傷期間，一切都要聽我的；其二，穆姑娘來信……」聲音忽然從大義凜然變得猥瑣起來。

「將軍想必是很樂意看的，我怕將軍笑得太開心，綳開臉上的羊腸線，那樣穆姑娘可就成了罪人。將軍肯定不想陷穆姑娘於不義境地，所以嘛，這信不看也罷。」

雲香沒想到薛青河有這麼無賴的一面，幾句話就把蕭長恭看信的行為說成是陷穆婉寧於不義。

屋裡的蕭長恭恨不得要撓牆了，可是又不能真撓，只能在屋裡來回踱步。

雲香聽著屋裡的腳步聲，覺得薛青河真的是個奇才，平日裡威風凜凜的大將軍，到他手裡，居然只剩下在屋裡轉圈的分。

想到蕭長恭在屋裡轉圈的樣子，雲香雖然不敢笑出聲，但肩膀卻是一顫一顫的。

蕭長恭無奈，早在動刀之前，薛青河就告誡他，這幾天不但要戒驕戒躁，更要戒喜戒怒。尤其是喜，人在笑的時候，牽動的肌肉最多，若是笑得太開心，綳開了線，傷勢可是會更嚴重的。

可是，答應容易，做到難。這幾天蕭長恭都要悶得長毛，好不容易有了穆婉寧的信，還不讓他看，這不是生生折磨人嗎？

「薛神醫不要忘了本將軍是什麼人，泰山崩於前也能面不改色。穆姑娘無非是關心我兩句，我還不至於就笑得綳開線。」

「將軍雖然有信心，在下卻是不敢冒險。」薛青河根本不為所動。

現在，蕭長恭連想咬人的心思都有了。「信，我一定要看。薛神醫既然是神醫，想想辦法吧。」

「那讓雲香姑娘唸出來好了。」

「你敢?!」

穆婉寧寫給他的信，憑什麼要唸出來讓所有人聽。他倆的第一封信，就這麼在大庭廣眾之下唸出來，穆婉寧知道了，豈不拿刀來砍他。

「其實嘛……」薛青河再次拉長了聲音。「將軍想看信，也不是不行。今日你已經有兩次忍不住要從屋裡出來，若要看信，就得保證，不到我讓你出屋的日子，不許出屋。」

「好好好，我答應你就是。別廢話了，趕緊把信送進來。」

再三保證後，蕭長恭終於如願看到了穆婉寧的信。

穆婉寧的信寫得極像流水帳，就是把一天裡經歷過的事挨個兒說了一遍。

然而，蕭長恭卻是看得饒有趣味，強板著一張臉，翻來覆去看了兩遍，還是覺得不夠，恨不得穆婉寧寫得再詳細一點，這樣他也算出門逛逛了。

「小七，把安叔請來。」

不一會兒，蕭安走到窗前，聽蕭長恭吩咐了幾句，便樂顛顛地去了庫房。

雲香回穆府時，手裡多了個盒子。

她一進清兮院，穆婉寧便急忙問道：「將軍情況如何？」

雲香滿臉笑意。「好著呢，薛神醫不讓將軍出屋，可把他憋悶壞了，就差打起來。他還說，下次姑娘寫信不妨寫得再長一點，再詳細一點，也算替他出門瞧瞧了。」

穆婉寧鬆了口氣，能覺得悶，就是好事。

「對了，這是安叔給我的，說是將軍吩咐要交給姑娘的。」

穆婉寧接過盒子，裡面是兩張書契，一張是京郊的莊子，有上好的水田四百畝，還帶一座小山丘。

另一張是鋪子，剛好在狀元齋隔壁，是一家澡豆坊。

穆婉寧不解，看向雲香。「將軍這是要做什麼？」

「將軍說了，姑娘盤鋪子練手，一家哪夠，而且光有鋪子，沒有莊子也不成，這兩個就送給姑娘練手。」

「這怎麼行。無功不受祿，我不能收，妳快送回去。」

「將軍說了，姑娘要是覺得太貴重，便先代管著，等出嫁時，一併帶回去好了。」

剎時，穆婉寧紅了臉。「八字沒一撇呢，誰說要嫁給他了。」

夕陽下，穆婉寧臉上像是染了層胭脂，這嬌羞的模樣，連雲香都覺得好看。

檀香與墨香對視一眼，眼睛裡也是藏不住的笑意。

檀香主動上前，收下盒子。「姑娘今天累了，且別想這些，奴婢先替您收著。」

見穆婉寧還要說話，檀香立刻道：「時辰不早了，墨香姊姊，咱倆伺候姑娘泡腳上藥，這樣姑娘才能好得快些。」

雲香心領神會，一彎腰，就把穆婉寧從輪椅抱到床上。

穆婉寧張了兩次嘴，但三個婢女各司其職，故意不理她，只好就此作罷。

等到床帳落下，只剩穆婉寧一個人時，板著的臉上立時布滿笑意。

兩輩子加起來，她還是第一次體會到兩情相悅的感覺，也是第一次感覺到，原來被心上人放在心上，是這樣開心的事。

直到她迷迷糊糊睡著了，腦子裡想的，都是蕭長恭那雙溫柔的眼睛。

第三十六章　危急

第二天，穆婉寧去見穆鼎。

蕭長恭的禮物太貴重，穆婉寧還沒出閣，按規矩不能有私產。周氏給的算是賞賜，蕭長恭給的，還是有必要讓穆鼎知曉。當然，周氏那邊，穆婉寧是通過氣的。

「這個蕭長恭。」穆鼎輕哼一聲。「他是繞著彎說我這當爹的小氣，怕我餓到妳呢。」

「爹爹，您千萬別這麼想。」穆婉寧一臉尷尬，她原是想知會穆鼎一聲，以免她手裡突然多出東西，惹出非議，哪裡知道穆鼎竟想到當爹的是大方還是小氣這件事去了。

「罷了，他既送了，妳就收著吧。日後出嫁了，爹多給妳一份嫁妝就是。」

「那我還是不收了，沒得他隨手送了東西，就讓爹爹多勞累。爹爹雖是宰相，但也是吃俸祿的，還有一大家子人要養，女兒不忍心讓爹爹那麼辛苦。」

「我的婉兒長大了，知道體諒爹爹。」穆鼎心裡舒坦，女兒真是越來越貼心，再想到蕭長恭，忽然覺得很不爽。穆婉寧還不到十四歲呢，蕭長恭居然就把人訂走了。

「不過，若是別人送的東西，就不能隨便收。朝裡一直有人想藉由為父得些好處，從我這裡行不通，難保不會把主意打到你們頭上。妳的母親和姨娘，我嚴格告誡了，也叮囑過妳兩個哥哥。」

穆婉寧點點頭。「女兒省得，絕不敢胡亂收東西。」

「妳心裡有數就行，不是多大的事，去休息吧。」

「是，女兒告退。」

知道蕭長恭目前無礙，穆婉寧放下心，想著馬場的意外後，雖然穆鼎親自登門謝過鐵家人，但她還沒有正式去向鐵英蘭道謝。

當日若非鐵英蘭捨身相救，穆婉寧能不能活下來，還真是兩說。

於是，穆婉寧命檀香備禮，又從蕭長恭和皇帝給的賞賜中挑選幾樣好東西，便出門去了鐵家。

「幾日不見，鐵姊姊越發英姿颯爽了。」

雖然早已得了帖子，但鐵英蘭看到穆婉寧，還是很高興。「幾日不見，妳的嘴倒是越來越甜了。妳的腳怎麼樣？走，咱們先進去，坐下來慢慢說話。」

「不急。鐵伯父可在家？若在家，自當先去見過伯父才是。」

這時，一道有精神的聲音傳來。

「我老鐵可沒那麼多規矩，穆姑娘別行禮了，腳不好就多歇著。來了我這裡，跟自己家一樣。英蘭招呼穆姑娘，妳們小姊妹好好說話，我先走了啊。」

鐵詩文風風火火地來，又風風火火地走。穆婉寧總算明白，鐵英蘭那股瀟灑脫不羈是從哪裡來的了。

自從上次穆鼎登門後，鐵詩文在同僚眼中的地位高了不少，之前不怎麼愛搭理他的，也開始熱情地跟他打招呼。

因此，見到穆婉寧，鐵詩文格外客氣。

鐵英蘭看著鐵詩文大步離開的背影，揚起嘴角。「我爹就是這樣，婉寧妹妹不用在意。盛京城裡第一批釘上馬蹄鐵的馬，全分給爹爹了，他高興得不得了，成天早出晚歸。」

穆婉寧微微一笑。「鐵伯父看著特別有精神呢。」

「可不是。」鐵英蘭也笑。「不說他了。我聽說，和靜縣主被太后叫進宮裡，好好罵了一頓呢。可惜未能親眼所見，著實有些遺憾。」

穆婉寧忍俊不禁。「看不出來，鐵姊姊也是這般嫉惡如仇的人。」

「之前和靜縣主不過是喜歡計較罷了，但那天馬場的事，她可是存心要妳的命，只訓斥一頓，還是太便宜她。」

「就知道鐵姊姊心疼我，看看我給妳帶什麼來了。」

蕭長恭替穆婉寧備的禮自然不差，皇帝賞的也都是好東西，鐵英蘭很是開心，兩人聊了好一會兒的首飾，話頭又轉到蕭長恭身上。

兩人吱吱喳喳說了好半天，眼看到了中午，鐵英蘭便留穆婉寧吃飯。

吃過午膳，穆婉寧又喝了茶，才告辭回去。

從鐵家回來後，還沒進清兮院，穆婉寧便開始琢磨，拿什麼當禮物送給穆鴻林。

那天在接風宴上，她可是親口說，要給他一份厚禮的。

她這麼做，除了當時故意氣方堯外，也確實覺得穆鴻林十歲就中秀才不簡單，值得好好慶賀一番。

穆婉寧家當不多，最近又送出不少，翻來揀去，似乎只有三皇子趙晉桓的玉珮最合適。那玉珮，她是不可能戴的，也不好贈與蕭長恭，反倒是可以送給穆鴻林。且玉質上好，價值不菲，這禮物也算拿得出手。

穆婉寧讓檀香找出錦盒裝好玉珮，然後吩咐墨香去清黎院傳話。「就說我今兒打算親自下廚，既是替鴻林祝賀，也是款待兄弟姊妹，問三姊姊要不要來幫忙。」

墨香有些遲疑。「最近三姑娘的確和氣多了，但幹活的事，她怕是不會來吧？」

「妳去問就是了。」穆婉寧胸有成竹。

穆安寧果然答應前來。

墨香回來，滿臉不可思議。「三姑娘居然還很高興的樣子。」

「祝賀的是她胞弟，三姊姊怎麼會不高興。而且方堯這事，往後還需要全家人齊心協力幫她脫困，現在有了這樣的機會，她當然樂意啊。」

不一會兒，穆安寧帶著翠鳴過來，姊妹倆坐下擬了菜單，讓雲香和墨香出去採買。

穆婉寧又拿出一疊裁好的紙。「三姊姊的字寫得不錯，今天雖是小聚，也要替鴻林慶賀，得正式些，帖子就請三姊姊代勞吧。」

「那怎麼行，這聚會是妳辦的，又設在清兮院，應該由主人寫才是。」

「都一樣的。」

「還是妳寫吧。」

兩人正在推讓時，得到消息的穆若寧也來了，一進門就聽見什麼妳寫我寫，不由納悶。

「姊姊們要寫什麼？我來寫好了。」

前幾天，穆若寧練字得了穆鼎的誇獎，這會兒正是手癢的時候。

穆婉寧與穆安寧對視一眼，眼裡都有笑意，異口同聲道：「好，就由妳寫。」

待穆若寧一一寫好請帖之後，穆婉寧吩咐檀香去各個院子送信。

這時，雲香和墨香也回來了，翠鳴便招呼穆若寧帶來的婢女進廚房，開始收拾。

穆婉寧跟穆安寧則當了監工，雖決定親自下廚，但只是做最後一步。

穆若寧抱了顆蘋果，坐在水缸蓋上，一邊啃、一邊指揮著。平時她進廚房，下人們都嫌她搗亂，王氏也覺得，穆若寧想學廚藝也不急在這個時候，等她長大一點，拿刀什麼的才更讓人放心。

因此，突然能進廚房的穆若寧格外興奮，沒一刻閒著。

「妳啊，消停一會兒吧，這樣下去，不到吃飯的時候，就要累趴了。」

穆若寧嘿嘿一笑。「不會、不會。」

眼看時辰差不多，穆婉寧和穆安寧親自捋起袖子動手，連穆若寧也炒了雞蛋。

院子裡，穆鴻嶺、穆鴻漸、穆鴻林陸續到了。

因為今天只是手足之間的聚會，所以沒有邀請長輩。穆鼎自然願意看到他們兄弟姊妹之間和睦，王氏也是如此，還特意讓小廚房做一道菜送去。

不約而同的，鄭氏、周氏也派下人送菜過來。

這下，清兮院的飯桌上可就豐盛了。

穆鴻漸最是跳脫，看到滿桌的菜，先伸手拈了一片肉。穆鴻嶺拿起摺扇要打他的手，卻被他靈巧地躲了過去。

穆鴻漸瞧見自家大哥微微板起的臉，眼睛轉了轉，手上的肉也轉個圈，直接塞進穆鴻林的口中。

「多吃點，好長個兒。」

肉已經在嘴裡，穆鴻林只好嚥下去，哭笑不得地看著穆鴻漸。

穆鴻嶺無奈，穆鴻漸就是這個性子，剛要說兩句，穆若寧便蹦蹦跳跳地跑過來，到了桌前，打量一圈，同樣伸手拈了一片肉，遞到穆鴻嶺面前。

「大哥嚐嚐，四姊姊做的，可好吃了。」

面對嬌軟可愛的妹妹，穆鴻嶺趕緊在心裡替自己找個兄弟姊妹之間無須太注重禮節的理由，張嘴把肉吃了。

他吃完，也不敢看穆鴻漸，藉口去廚房瞧瞧穆婉寧，離開飯桌。

穆鴻漸哈哈大笑，對穆若寧道：「么妹做得好啊。」

穆若寧不明所以，但看大家都在笑，也嘻嘻笑兩下，又跑開了。

不久，穆婉寧做完最後一道菜，穆家六兄妹才坐到飯桌前。
「第一杯，慶祝我們鴻林十歲就得中秀才。」穆婉寧率先舉杯。
眾人喝的都是清淡的果子酒，連穆若寧也端了一小杯。
「第二杯，預祝大哥在秋闈得中解元。」最好氣死方堯那個混蛋。當然，這個她知道就行了。
「第三杯嘛……」穆安寧插話。「感謝眾位兄弟姊妹最近的幫扶。」
穆安寧說著，心生感慨。真沒想到，有一天她也會誠心誠意地向手足道謝。
一直以來，她都覺得自己是庶女，肯定不受人待見。如今證明了，他們就是一家人。
待眾人吃得差不多了，穆婉寧讓檀香把準備好的錦盒拿出來。
「鴻林，四姊姊思來想去，也沒想出拿什麼當賀禮好，就選了這件，你看看可喜歡？」
穆婉寧說著，把錦盒遞給穆鴻林。
盒子一打開，穆安寧便愣住了，盒子裡分明是三皇子趙晉桓的玉珮。
因為這塊玉珮，她記恨了穆婉寧許久，還希望穆婉寧在馬球場上出醜。
之後的意外，穆安寧並沒有動手，但現在乍見這塊玉珮，還是覺得心情複雜；更別說，在馬場的意外之後，穆婉寧可是拖著傷腳，替她多番籌謀。
再想想趙晉桓，穆安寧的心思也淡了。吳采薇做得那麼過分，拿皇家顏面當擋箭牌，趙晉桓卻要蕭長恭大事化小，小事化了。

穆婉寧的腳傷至今未癒，和靜縣主卻只是被訓斥一頓，既沒打發人過來探望，也沒有道歉的意思。

都說皇家無情，果然如此。

穆安寧不由起了一絲狐死兔悲之感。如果當天在馬球場上墜馬受傷的是她，事情會不會有任何變化？

很顯然，不會。

「三姊姊，妳怎麼了？」穆若寧出聲詢問。

「啊，沒事沒事。」穆安寧趕緊掩飾失神的尷尬。「鴻林還那麼小，這玉珮於他來說，太貴重了，有些不符身分。」

穆鴻林趕緊點頭。這塊玉珮成色上好，水頭很足，雕工又精緻，顯然價值不菲，而且原本還是皇子之物。

「沒事，先收著。這是我僥倖從三皇子那兒贏來的，自己戴也不合適，送給你倒是正好。日後鴻林殿試時戴上，絕對風采無雙。」

穆婉寧貪心得很，家裡只有穆鴻嶺一個狀元是不夠的，最好穆鴻林也能高中。一門兩狀元一榜眼，到時她的狀元齋絕對是盛京城裡最紅火的糕點鋪子，比大相國寺還紅火。

穆鴻漸不只懂刀劍鑑賞，對玉器古玩也很有研究，拿過玉珮仔細看了看，打趣道：「四妹妹這禮可是重得很，上好的料子，又由大師雕刻。等大哥高中時，我看妳送什麼。」

「大哥的禮，我早想好了。要是二哥能中武狀元，小妹也有大禮相送。」
「好，衝妳這句話，二哥也得拚個功名回來。」
一群人頓時哈哈大笑。
待筵席散了，眾人各自回去後，穆婉寧讓檀香挑亮油燈，流水帳式地把今天發生的事寫成一封信，才揉揉眼睛，上床睡覺。
第二天一早，蕭長恭在薛青河端來的一大碗藥湯旁邊，瞧見穆婉寧的信。
收到信，蕭長恭雀躍至極，但一看藥湯，又頓覺生無可戀。滿滿一碗不說，還特別苦。
幸好有穆婉寧的信佐藥，不過看到穆婉寧做了一大桌菜時，蕭長恭立時覺得嘴裡更苦了，人家吃肉他喝藥，沒天理啊。
這苦臉倒是正中薛青河下懷，剛好讓蕭長恭不會笑出來。
薛青河對自己的妙計很是滿意。其實，信早在半個時辰前就到了，但當時藥還沒熬好，他就把信扣下來，讓雲香多等了半個時辰，等藥熬好了，再讓她送信。
蕭長恭好不容易把藥喝到最後幾口，小七走到窗外，聲音裡透著一股厭惡，稟道：「將軍，和靜縣主來了。」
蕭長恭皺眉，據傳回來的消息，吳采薇被叫進宮裡，由太后出面狠狠訓斥一頓。這件事雖未傳開，但相關的人都知道。
「她來幹什麼？」

「聽說將軍動刀治傷，來伺候湯藥的。」

蕭長恭聽了，差點沒把嘴裡的藥吐出去。這藥本來就夠難喝了，還要由吳采薇來餵，豈不是要了他的命？

小七正說著，外間起了騷動。

「讓開，我是來探望將軍的！你們這般攔著，該不會是把將軍謀害了吧！」

小七的火氣倏地冒起來，吳采薇一而再、再而三地在府裡罵人，要不是看在她是皇帝外甥女的分上，真想拿著棒子把人打出去。

正因為吳采薇的身分，外面的家丁不敢硬攔，再加上她帶來的人，幾句話工夫，便闖進了蕭長恭養傷的小院。

院子裡，薛青河、孫正瀧臉色鐵青。為了防止蕭長恭傷勢感染，這幾日，除了雲香被特許進來過之外，其他人都沒能進去。

結果，一下子湧進十幾人。

吳采薇看到太醫院醫正孫正瀧，也是一愣，沒想到皇帝竟然派他來。看樣子，蕭長恭治傷的事是真的了。

她今天來，是想確認蕭長恭的臉到底會如何。若他臉上的傷疤能去除，她說什麼也要讓母親去皇帝面前，求來賜婚的旨意。

只要賜婚旨意一下，就算蕭長恭再厭惡她，照樣得娶。

所以，即使今天狠狠得罪了蕭長恭，吳采薇也不在乎。日後成親，只要她小意伺候，又有皇帝撐腰，不信籠絡不住蕭長恭的心。

「侯爺，今日采薇前來，只為見侯爺一面，還請侯爺出來相見。」

薛青河上前一步阻止。「不行，現在正是關鍵時刻，絕不能出屋。」

吳采薇眼睛一瞪。「你算什麼東西，敢攔侯爺的駕?!」

孫正瀧對這個皇親國戚也是頭疼得很，上前道：「和靜縣主，侯爺的臉上剛剛動過刀，的確不宜見風。」

吳采薇聞言，暗暗歡喜，果然如她猜測的一樣，是為了治臉上的疤才動刀的。

現在，只要看看蕭長恭的傷好到什麼程度，就可以進行下一步了。

「那我進去也行。」

「不行。」薛青河硬邦邦地甩出兩個字，這次甚至懶得解釋為什麼。

吳采薇早看薛青河不順眼了。「你三番五次阻攔我，到底什麼意思?來人，拿下他!」

家丁喝的一聲衝著薛青河圍上去，蕭長恭的下人都是從戰場上退下來的軍士，不是吃素的，把薛青河團團圍在中間。

小七大喝一聲。「我看誰敢動!」

「你們這幫惡奴，居然敢做侯爺的主。給我拿下!」吳采薇高聲道。

就在雙方劍拔弩張的時候，砰一聲，蕭長恭黑著一張臉，一腳踢開房門，出現在眾人面前。

薛青河暗驚，心裡暗道完了。

此時，蕭長恭臉上沒戴面具，連平時纏在臉上的綳帶也拆下來，之前隆起像蜈蚣一樣的紅色傷疤確實不見了，取而代之的，是一道平平的傷痕。

因尚未痊癒，此時傷痕有些發紅發腫，但看著確實是比之前要好很多。

「既然已經看到，請縣主離開吧。今日探望的恩情，長恭銘記在心，日後定會報答。」

說到報答兩字，蕭長恭已經是咬牙切齒。

小七雙眼赤紅，看吳采薇還沒有往外走的意思，就想上前趕人。

蕭安一把拉住小七，走到吳采薇面前。「和靜縣主，請吧。」

待吳采薇離開，薛青河和孫正瀧趕緊換了衣服衝進屋，小心地清理傷口，重新換藥。

然而，即便如此，當天夜裡，蕭長恭還是發起了高燒。

第三十七章　夢境

片刻後，蕭安得到消息，在院子裡急得團團轉，幾次想衝進屋裡看看蕭長恭的情況，卻又強行忍住了。

蕭長恭昏迷，整個侯府都要聽他的，所以他絕不能亂。

可是，怎麼能不亂？他早年喪妻喪子，是老將軍將他帶回府裡，賜了蕭姓，做了管家。蕭長恭是他看著長大的，在蕭安心裡，蕭長恭就像他的兒子一樣。

現在兒子躺在病床上，他卻只能在屋外踱步，什麼力氣都使不上，怎能不急、不亂？

薛青河和孫正瀧讓小七安撫蕭安，然後一同進屋，仔細診脈。

「情況凶險啊。」孫正瀧嘆息一聲。

「將軍的身子看著壯實，實則虧空得厲害，若非臉上的傷不能等，我斷不會現在動刀。這幾天一直嚴防死守，沒想到還是功虧一簣。」薛青河說罷，一拳砸在床柱上。

孫正瀧也很難受，他雖是太醫院醫正，卻從未把病人分成三六九等，只要能治，向來盡心竭力。

可如今，竟是皇家的人，做了危害大將的事。

「罷了。薛兄，今夜我倆輪番值夜，你先守前半夜。我去寫摺子，明天一早就進宮面聖，稟報此事。」

孫正瀧說完，便出屋去了。

薛青河看向躺在床上、燒得迷迷糊糊的蕭長恭，心裡不由嘆息一聲。

你倒是給和靜縣主挖了一個天大的坑，但也把你裝進去了。這樣做，真的值得嗎？

早在幾日之前，蕭長恭便與薛青河商議，待他快好時，設計引和靜縣主前來，藉機來個病情惡化，不求多凶險，只要能唬住孫正瀧就好。到時，和靜縣主可不只挨訓斥就能了事。

薛青河自然極力反對，但蕭長恭不是真能被拿捏的人，暗地裡早讓小七通知風字頭的人，放出他動刀治臉傷的風聲。

待和靜縣主前來，蕭長恭現身相見後，薛青河想反對也來不及了。

一切都計劃得很好，除了發燒這一點。

原本的計劃是，薛青河偷偷替蕭長恭扎針，引亂脈象，以免用藥引起孫正瀧懷疑。然而，沒等薛青河動手，蕭長恭便發燒了——傷口見風，感染了。

這下，假凶險變成真危機。

第二天一早，雲香仍舊帶穆婉寧的信來侯府，卻訝異地發現，全府上下氣氛凝重。連平日看到她一定要說上兩句話的雲五，也只是沈默地向她點點頭，便一言不發地示意她跟著走。

雲香忍不住抓住雲五的胳膊。「是不是出事了？」

雲五的聲音很冷。「昨日妳走後，和靜縣主帶人闖進小院，非要將軍出來見面。薛神醫攔著，她就要派人拿下薛神醫。將軍氣不過，推門而出，結果傷口見了風，夜裡發燒昏迷，到現在還沒有醒。」

雲香先是怒極，繼而冷笑出聲，咬著牙根道：「好，真好，若將軍真有個三長兩短，我要她償命！」

雖然雲香現在是穆婉寧的人，但蕭長恭永遠是她的救命恩人，要真是出了什麼意外，她捨了這條命，也絕不會讓吳采薇好過。

雲五抬頭望向長公主府的方向，何止是已經出府的雲香，到時整個侯府不會有一個人放過吳采薇。

一路走到蕭長恭休養的偏院，雲香剛跨進院門，就看到幾乎是老了十歲的蕭安，著急地抓著薛青河的衣袖。

「將軍怎麼還沒醒？已經一夜了，你不是說早上就會醒嗎？孫太醫呢，他去哪兒了？」

雲五見狀，趕緊上前扶住他。「安叔，您定定神。孫醫正進宮了，向皇帝稟告昨日的事，而薛神醫一直在盡力醫治將軍。您要相信他，說不定過一會兒，將軍就醒了。」

雲香聽著，心都揪了起來，昏迷一夜可不是好事。

薛青河聽到動靜，忽然看向雲香。「妳今天來，帶了信沒有？」

雲香有些不明白，都這個時候了，薛青河為何還關心她有沒有帶信，但仍舊點頭。「帶了。我家姑娘每天晚上都寫一封，說給將軍解悶用的。」

「妳換衣服跟我一起進去，把信小聲唸給將軍聽。」
「這……有用？」
薛青河眼睛微瞇。「說不定會有用。」
雲香立刻點頭，只要有一線希望，她都會照辦，至於回去之後，穆婉寧會不會生氣，就不是她要考慮的了。
不過，若這封信真的有效，想來穆婉寧也不會生氣的。
雲香去了隔間，穿了一身由白布做成的罩衣，又戴上頭罩、面罩，包住頭髮和口鼻，只露出一雙眼睛，才被允許進到蕭長恭的房間。
再看薛青河，也是同樣的打扮。守在病床邊，不斷用冷水幫蕭長恭擦額頭的小七，亦是如此。
時隔幾日，雲香第一次見到動刀後的蕭長恭。
蕭長恭臉色蒼白，左臉纏著紗布，屋裡滿是濃重的藥味。
「唸。」
雲香打開穆婉寧寫的信，一看開頭四個字，便臉上飛紅。「長恭哥哥……」
薛青河醉心於醫術，年近不惑，卻沒有娶妻生子，這輩子更是第一次聽到情書這東西。饒是現在情形危急，薛青河也有點不自在，只能低頭緊盯著蕭長恭的臉，以掩飾自己的尷尬。

「昨日我又去了趟狀元齋，沈掌櫃已經帶人做出一份新的糕點，我嚐了幾塊，雖然挺好吃的，但有點膩，不太合讀書人的喜好，又讓他們繼續研製。

「你送的那家澡豆坊，我很喜歡。最近我剛從一本書裡看到一個方子，與澡豆工藝有相近之處，卻比澡豆更易成形，還能做得更大塊，消耗也慢些。你知道嗎，我們用來潔面淨手的澡豆，竟是用豬胰臟做成的，我發現時，真是嚇了一跳。

「那個方子，我已經親自送到澡豆坊，命他們仔細研製，說不定往後會有更好用的澡豆。莊子我還沒去，那地方太貴重，我覺得你還是收回去的好，澡豆坊足以讓我練手了。」

薛青河盯著蕭長恭，見他動了動眼皮，似乎是想睜開，卻睜不開。

「妳再重頭唸一遍。」

雲香立即從頭開始唸，反覆唸幾遍後，蕭長恭又沒了反應。

一天過去，藥湯灌下四、五碗，孫正瀧從宮裡回來，帶了大批藥材與皇帝口諭，命他們無論付出什麼代價，都要救回蕭長恭。

但蕭長恭仍舊沒有醒來。

到了夜裡，蕭長恭的脈象越來越危急。

薛青河咬咬牙，道：「如今已是藥石罔效，只能看將軍的意志了。去請穆姑娘吧，將軍平時最看重穆姑娘，如果穆姑娘親至，說不定能喚醒將軍，還有一線生機；就算不能，見一面也好。」

蕭安一聽，眼前立時一黑。

眾人扶住蕭安，蕭安定了定神，看向薛青河。「薛神醫有多大把握？」

此時已是深夜，若是請個普通女子也罷了，鎮西侯府的威勢還擔得起。可穆婉寧畢竟是相府的姑娘，萬一出了差錯，他們擔不起。

薛青河搖搖頭。「僅能勉力一試。」

小七卻不管那麼多，只要有希望，就要去爭，發了狠道：「大不了，我去把人擄來。」

其他人紛紛附和。「就算打上門去，也要把人請來。」

關鍵時刻，蕭安沈下了聲音。「瞎嚷嚷什麼，趕緊備車，我親自去求相爺。」

很快地，一輛馬車從側門出發，小七持著侯府的腰牌，通過宵禁，直奔穆府。

到了穆府，雲香沒帶人走正門旁的側門，而是走下人出入的小門，讓守夜的小廝不要聲張，直接把小七和蕭安帶到待客用的偏廳等候。她則進了後院，向穆婉寧稟報。

穆鼎早已睡下，迷糊中，被身邊的王氏推醒。

「夫君，鎮西侯府的管家蕭安，抱著忠國公的牌位求見。」

穆鼎立刻清醒過來，侯府管家抱著牌位求見，顯然出了大事，匆匆穿上衣服，帶著小廝去偏廳。

蕭安一看到穆鼎，便抱著蕭忠國的牌位跪下，涕泗橫流。

「相爺，老奴自知身分不夠，不得以請來牌位，還望相爺看在忠國公為國捐軀的分上，救救我家將軍。」

小七也撲通一聲跪下，對著穆鼎砰砰磕頭。

「這是做什麼？快起來。這是怎麼回事？難道是因為和靜縣主……」

穆鼎親自上前把蕭安扶起來，蕭安可是抱著牌位的，不能怠慢。

「想來相爺已經知道了，我家將軍已經昏迷一天一夜，郎中說藥石罔效，唯有看他自己的意志。平日少爺最是掛念穆姑娘，若能請穆姑娘前去相見，說不定還有機會喚醒他。」

穆鼎聽完，大吃一驚，早上他看到孫正瀧的摺子，也擔心蕭長恭，沒想到才一天工夫，人竟已到了生死關頭。

只是，讓穆婉寧這個時候前去，蕭長恭活過來還好，要是活不過來……

「相爺。」蕭安聲淚俱下。「我家將軍自與穆姑娘相識後，便對穆姑娘一往情深，要說最掛念的，除了失蹤的幼弟，便是穆姑娘了。老奴也知這個請求為難相爺，無論成與不成，鎮西侯府全府上下，都感念穆姑娘的恩德、感念相府的恩德。就……就當讓穆姑娘見我們將軍最後一面也好。」

「父親。」穆婉寧急匆匆從外面進來，因為腳痛，半邊身子靠在雲香身上，頭髮也沒來得及梳，身上披著一件玄色披風，正是之前遭人擄走、被蕭長恭送回時裹著的那件。

「爹，那日我被人販子擄走，若非將軍搭救，可能早就死了。將軍對我有救命之恩，如今他有危難，我定要去見他一面，還請父親成全。」

穆鼎看到穆婉寧的樣子，再想起那時的凶險，不由嘆息一聲。

「罷了，既如此，妳就去吧。只是……」穆鼎轉頭看向身邊的管家。「去叫二公子，不要聲張，要他趕緊穿好衣服到偏廳來。」

「是。」

見穆鼎同意，蕭安和穆婉寧都鬆了一口氣，穆婉寧這才注意到蕭安懷裡抱著牌位，仔細看了下，竟然是蕭忠國的，趕緊向牌位行了一禮，以示尊敬。

蕭家滿門忠烈，居然死得只剩一根獨苗，有大事需要求人時，還得把牌位搬出來才夠分量，多麼淒涼。

穆婉寧看向穆鼎，幸好她的父親健在，家裡仍有主心骨兒，頂梁柱。

想到這裡，穆婉寧忽然覺得很想哭，走到穆鼎身邊，抱住穆鼎的胳膊，把頭倚在他肩上，聲音裡有了一絲哽咽。

「爹，您要好好的，不要變成牌位。要是有一天您不在了，女兒……」

穆鼎被穆婉寧說得鼻子發酸，拉過她的手放在掌心。「傻孩子，胡說些什麼。」

不一會兒，穆鴻漸一臉發懵地走進來。

穆鼎示意穆婉寧攙扶蕭安往外走，把穆鴻漸拉到一邊。

「你陪婉寧去鎮西侯府，詳細的原因，她會在路上告訴你。我只要你做一件事。」

「請父親吩咐。」穆鴻漸也瞧見蕭安懷裡的牌位，立即明白，出大事了。

「無論今天在侯府發生什麼事，務必看好婉寧。明天一早，不管情形如何，都得把她帶回來。」

「父親放心，婉寧是我妹妹，我一定會照顧好她的。」

穆鼎點點頭。「去吧。」

深夜無人，小七駕著馬車在路上飛馳，鞭子甩得啪啪作響。

穆婉寧從沒坐過如此快的馬車，甚至覺得，車子下一刻就會散架。

幸好，車子夠結實，穆婉寧有驚無險地到了鎮西侯府。

進了偏院，穆婉寧先是被帶到側室，由雲香動手，幫穆婉寧換上白色的罩衣，包住頭髮和臉，才由薛青河帶著，進了蕭長恭的房間。

只一眼，穆婉寧便心疼地紅了眼眶。

前幾天還生龍活虎、活蹦亂跳的人，這會兒卻是蒼白得沒有一絲血色。

穆婉寧走到床邊，握住蕭長恭的手。那手掌曾經溫熱有力，如今卻是微涼虛浮，握在手裡，就像是握了一節枯木。

穆婉寧把蕭長恭的手放在自己的臉上，淚水滾滾而落。「求求你，不要拋下我好不好？未來我們還有好多事要一起做，如果沒有你，我就什麼希望都沒了。

「求求你，千萬不要拋下我……」

恍惚之中，蕭長恭看到了父母。

父親蕭忠國站在城牆上，身上的盔甲滿是刀痕與鮮血，血跡有新有舊，刀痕卻幾乎是新的，顯然剛剛經歷了一場惡仗。頭盔上的雙翅也掉了一邊，盔甲內襯裡，隱約還有血跡。

屋子裡，母親陳蘭纓解開身上的盔甲，把一個孩子抱在懷裡，親了又親，抱了又抱，眼睛裡是滿滿的不捨。

直到下人再三催促，陳蘭纓才狠下心，把孩子交到那人懷裡，擦了擦眼淚，整裝束甲，出了屋子。

蕭長恭知道，父親在守城，母親在託孤，但任憑他如何努力，也看不清那孩子的臉，看不清那個下人的臉。

突然間，喊殺聲四起，屋外有人慌慌張張地叫。「北狄人殺進來了！」

蕭長恭熱血上湧，不再去看抱孩子離開的下人，出聲大喊：「娘，孩兒和您一起去！」

陳氏卻恍若未聞，拔出佩劍，與衝進來的北狄人拚殺在一起。

蕭長恭看得出，母親衝殺的方向，是父親守城的位置。

然而，敵人太多了，陳蘭纓身上已經中四刀，血跡染紅了半邊盔甲，仍沒能趕到蕭忠國身邊。

另一邊，一柄重錘擊中蕭忠國的後背，蕭忠國瞬間失神，嘴裡湧出鮮血，扭過頭，隔空遙望妻子一眼，倒下了。

蕭長恭見狀，痛得撕心裂肺，卻發不出任何聲音。他只能拚命地砍、拚命地衝，可那些北狄人就像是打不死一樣，團團圍住他。

「恭兒、敬兒，你們要平平安安長大啊！」

這是蕭長恭聽到母親說的最後一句話。

隨後，是無盡的血，無盡的火。最後，是無盡的黑。

一切都完了，父母死了，他也死了。

恍惚中，一個聲音在他耳邊響起。「如果將軍實在躲不開，就別躲了。我肉厚，可以為你擋刀，我來保護你。」

他背上怎麼會有人？

蕭長恭想起來，他救了個小姑娘，正要送她回家，可是四周怎麼這樣黑？

「哥哥，救我！」

哥哥？對，他還有弟弟，弟弟沒找回來前，他不能死。

蕭長恭感覺耳邊有人說話，帶著哭腔求他不要死，不要拋下她一個人，聲音裡有著說不出的哀傷。

這聲音讓蕭長恭心裡一痛，彷彿和她一樣難過。他想告訴這個聲音，他不會死，可是任憑他怎麼努力，還是說不出話來。

眼前似乎有光透進來，有個人影在他眼前晃動，幫他擦汗，緊握著他的手，不斷叫著他的名字。

蕭長恭用盡全身力氣，總算睜開眼睛，瞧見一雙滿是淚水的眼睛正看著他，頃刻間充滿了欣喜。

「他醒了！」那聲音裡有說不出的喜悅，緊接著大哭起來。

那人臉上蓋著白布，蕭長恭立刻想起未曾謀面的弟弟，臉上也像是有層布一般，讓人看不清楚。

他痛恨這樣的白布，一伸手，扯了下來。

這下看清楚了，是那個明明沒二兩肉，卻說自己肉厚，要幫他擋刀的小姑娘。最絕望的黑暗中，正是她的聲音在說，要為他擋刀，要保護他。

那個聲音之後，他聽到了弟弟的，想起流落在外的弟弟，他不能死。

「弟弟，我要找弟弟。」

穆婉寧被這沒頭沒尾的一句話弄愣了，但隨即回神，道：「好，等你好了，我陪你一起去找。無論天涯海角，我們都把他找回來。」

此時，聽到動靜，屋子裡衝進來好幾個人。

薛青河趕到床前，把穆婉寧擠到一邊，撈起蕭長恭的胳膊，探探脈搏，又摸摸額頭，最後扒開他的眼睛看了看，才鬆口氣，如釋重負。

「沒事了，這一關算是挺了過去。」

孫正瀧也擠過來，抓住蕭長恭的手，細細診治，這才放心。「恭喜侯爺度過難關。」

小七端了熬好的稀粥來，穆婉寧接過，一小口、一小口地餵蕭長恭。蕭長恭勉強喝了半碗，便又沈沈睡去。

穆婉寧有些慌張，看向薛青河，得知蕭長恭只是睡著而已，才安了心。

折騰一夜，又經過大喜大悲，穆婉寧累極，深知自己不方便在侯府久待，便與穆鴻漸告辭回去。

剛上馬車，穆婉寧就歪在雲香懷裡，沈沈地睡了。

第三十八章　良配

吳采薇在孫正瀧進宮當日，就被皇帝下令禁足。

太后了解事情始末後，氣得直接摔了茶盞。

不過，與上次叫吳采薇進宮訓斥不同，這一次，太后懶得罵她，直接派兩位非常嚴厲的教養嬤嬤，手持懿旨，把吳采薇關進長公主府裡的一處偏院。

偏院可不像吳采薇的臥室那般舒服，兩位嬤嬤命人把偏院裡的東西搬出來，只留了些必備的用品，其他一概皆無，連伺候的婢女都沒留一個。

至於懲罰，則是每日裡除了吃飯睡覺，就是抄《女則》、《女訓》。這兩本書加起來可是不薄，抄上一遍，少說也要一天的工夫。

吳采薇何時受過這樣的苦，鬧了好幾次，卻被兩位嬤嬤直接用布單捆了，扔在床上整整一天。

這一天可把吳采薇折磨得夠狠。

七月正是天氣熱的時候，兩位嬤嬤用了一整疋布，把她從頭到腳裹得跟粽子似的。為防止她中暑，每隔一段時間再餵些水。水喝多了，自然要如廁，但兩位嬤嬤餵完水就走了，完全沒有幫她解開的意思，任憑吳采薇如何喊叫，也無濟於事。

吳采薇忍了大半天，最後還是沒忍住。

承平長公主一早就被叫進宮裡，在佛堂裡唸經。直到晚間回府時，才把咒罵不已的吳采薇放出來。

吳采薇得脫牢籠，立即要人把兩個嬤嬤拿下，可嬤嬤們也不是吃素的，早在承平長公主回府時，便出府回宮覆命了。

結果，太后連承平長公主也一塊兒禁足。母女倆各自關在自己房中，無故不得出府一步。

三天後，中樞明發詔旨，奪去和靜縣主封號，降為鄉主。

聖旨傳到長公主府，吳采薇大受打擊，當天便病倒了。

穆婉寧得知這個消息時，雖然覺得解氣，但更多的還是擔心蕭長恭。

「墨香，去看看，雲香怎麼還沒回來。」

不一會兒，墨香進屋。「雲香姊姊回來了，不過方堯出府，雲香姊姊不放心，又跟出去。她把這個交給奴婢。」說罷，將一封信交給穆婉寧。

穆婉寧這才想起，府裡還住著個方堯呢，這些天她所有心思都放在蕭長恭身上，幾乎把方堯忘了個乾淨。

不過，方堯再重要，此時也比不上雲香帶回來的信重要。

自從蕭長恭醒過來後，薛青河破例允許他使用筆墨，雖然每天最多只能用半個時辰，而且還要分上、下午，但到底是可以寫信了。

因此，蕭長恭每天都會寫點什麼給穆婉寧，算是回報最初穆婉寧每天一封信的情意。

蕭長恭的信承襲了穆婉寧的風格，全都是流水帳。

因為還是不能出屋，蕭長恭的信幾乎成了起居注，從起床開始，到吃了什麼、喝了什麼，什麼時候收到穆婉寧的信、什麼時候下床走動等等，事無鉅細，比流水帳還流水帳。

而穆婉寧也和前幾天的蕭長恭一樣，哪怕是流水帳，也看得開心不已。

只要是蕭長恭寫出來的，哪裡會有不好看的道理。

待吃過晚飯，穆婉寧開始回信。雖然也是流水帳，但內容比蕭長恭豐富多了，至少她是能出門的。

更不要說，還有和靜縣主，不，是吳鄉主被奪去封號的事情。

雖然幸災樂禍不是君子所為，但穆婉寧才不管，她可不要當那廟裡的菩薩，仇人倒楣就該拍手稱快才是，頂多不在人前顯露而已。

信將將寫完，雲香也回來了。

從雲香進門的表情中，穆婉寧便知道，方堯裝了十來天，終於裝不下去了。

「可是有收穫了？」

雲香點點頭。「方堯出了府，先是去城西的書肆，在那兒逗留一會兒，才從後門出來，去了兩條街外的石板巷，在最裡面那戶人家待了一個時辰之久。

「我早已打聽過，住那家的女人叫簡月梅，已有四、五個月身孕。兩人出來時，還郎情妾意的。」

以雲香的見識，這兩人定是多日不見，雲雨了一番。但穆婉寧尚未出閣，這話還是不要挑明的好。

「好，太好了。」穆婉寧心裡高興，總算是把簡月梅找出來，這下好辦多了。

「而且，據奴婢觀察，那女人似乎並不知道方堯住在我們府裡，是為了要結親，而是單純地想借宰相府的勢，好高中秋闈。」

不知道？這倒是出乎穆婉寧的意料。她一直以為簡月梅對方堯攀高枝的事早已心知肚明，原來居然也是被騙的。

方堯這人還真是兩頭都不撒手啊，想得倒是美！

「這幾日，妳還要再辛苦些，多去盯著簡月梅，最好是拿到方堯與她在一起的證據，以免到時對質，方堯不認帳。」

「姑娘放心，簡月梅那裡，已經有鎮西侯府的人盯著了。雲香擅作主張，還請姑娘不要見怪。」

穆婉寧搖搖頭。「怎麼會怪妳，只要能讓方堯自己退婚，這事就算妳大功一件。對了，妳盯著方堯時，有沒有看到其他盯梢的人？」

雲香露出一抹微笑。「姑娘果然心思細膩。除了我之外，跟著方堯的還有兩批人，一批是相爺派的，一批則是鎮西侯府派的，這也是奴婢這麼快就能與侯府聯繫上的原因。」

穆婉寧這才想起，之前蕭長恭的確曾說過，他會派人盯著方堯。沒想到，即使手術在即，蕭長恭仍舊把她的事放在心上。

穆婉寧心裡甜得不得了，打發雲香下去吃飯休息，自己則挑亮油燈，再次把已經寫好的信展開，把對蕭長恭的感激之情加進去。

至於父親那邊，既然已經派人跟著，便不用她去稟報。

一朝的宰相，若是連這點手段都沒有，那穆府早就不是穆府了。

另一邊，穆鼎的書房中，向穆鼎稟報的，不只是跟著方堯的人，還有一批從方堯老家趕回來的人。

「小的去見了方家的耆老，他們對方堯雖是讚揚居多，但小的聽著，似乎不情不願，因此又去找了當地學院的山長、方堯的同窗等等。這得出來的消息嘛，可就耐人尋味了。」

穆鼎撫了撫鬍子。「說。」

「山長認為方堯心浮氣躁，空談多，實幹少。而同窗嘛……」相府的下人頓了下，看看穆鼎的臉色，才繼續道：「同窗說，方堯守孝前，曾與他們吃酒，喝醉後曾提起，有一樁好姻緣等著他，憑著那姻緣，他便能平步青雲，飛黃騰達。」

穆鼎冷笑一聲，他一點都不意外，隨後問另一批人。「住在石板巷裡的女人，身分可查出來了？」

「回相爺，查出來了，是長公主駙馬的妹妹的夫家的隔房姪女。」

饒是穆鼎身為當朝宰相，又是得皇帝親口稱讚的老狐狸，也被這關係繞得有些懵。

「你再說一遍。」

「長公主駙馬的妹妹嫁給簡家長子，簡月梅是簡家三子的女兒，所以是長公主駙馬的妹妹的夫家的隔房姪女。」

「那簡月梅與方堯又是什麼關係？」

「是姨表親。方堯的母親與簡月梅的母親是親姊妹。」

「哼，好算計啊，既想向宰相府提親，又想搭著長公主那條線。那麼遠的關係，也不怕跑折了腿。」

穆鼎想明白這些關係後，還是嘆息了一聲。

當年光風霽月的狀元方淮，至死都是清高孤傲。沒承想，留下的獨子卻是如此不成器。

看來穆婉寧的推測是對的，方淮就是看出兒子不成器，才息了結親的心思。

十天已過，蕭長恭的傷口終於結痂大好，薛青河放他出了屋子。

不過，趕來探望蕭長恭的人又吃了閉門羹，因為蕭長恭一早便帶人馬出城。獵雁。

消息一傳出來，每個人都不約而同地望向宰相府的方向。

那一日馬場上，蕭長恭可是親口說過要提親的。

但穆婉寧只是庶女，許多人以為蕭長恭是一時衝動之言，沒想到堂堂鎮西侯竟然真要娶一個庶女為正妻，讓盛京中多家嫡女恨得牙根癢癢。

鎮西侯回盛京還沒三個月呢，怎麼就讓那個庶女捷足先登了？

雖然傳言鎮西侯嗜殺又陰晴不定，可是怎麼也輪不到一個庶女當侯府夫人。

七月二十四，是蕭長恭與皇帝約定的日子，大齊皇帝的第一份作媒禮出宮了。

禮分兩隊，分別由皇帝與皇后身邊的大太監帶領，前往蕭府和穆府。

穆府不是第一次接旨，一切都有條不紊，穆鼎整冠束帶，身穿朝服，跪下接旨。

「……聽聞愛卿家有愛女，名曰穆婉寧，正值議親相看之時。朕有愛將，蕭氏長恭，位列侯爵，年紀相當、智勇雙全，實為良配。特賜半塊雙魚珮，以期良緣。」

同一時間，鎮西侯府同樣大開中門，擺了香案，恭迎皇帝聖旨。領頭傳旨的，是皇帝身邊的德勝。

這樣的安排，既表達皇帝的重視，也是對吳采薇之事的補償。

「……聽聞愛卿意欲成家，朕心甚喜。穆府有女穆婉寧，聰敏靈秀，蕙質蘭心，相貌出眾，兼有才學，可為良配。特賜半塊雙魚珮，以期良緣。」

這雙玉珮由上好的羊脂玉製成，晶瑩圓潤，呈太極陰陽魚形，合起來便是一個圓形。寓意陰陽合合，圓圓滿滿。

穆府裡，傳旨太監把半塊雙魚珮交到穆婉寧手中。雖然穆婉寧知道蕭長恭要給她驚喜，但完全沒想到是這樣的驚喜。

皇帝親自作媒，還送了禮，這份榮耀，在全盛京也是獨一份的。日後成親時，絕對能吸引所有人目光。

另一邊，蕭長恭接到玉珮，當即掛在腰上，與穆婉寧送的荷包一左一右，看著有些滑稽，但他就是喜歡。

既有了御賜玉珮，蕭長恭也不耽擱，和德勝客氣幾句，把人送走後，就讓蕭安再次清點禮單，直奔穆府。

所謂擇日不如撞日，皇帝作媒的日子，提親正好。

而且，不必找媒人了，他親自去提。

宰相府裡，穆鼎剛帶著全家人送走傳旨太監，人還站在府門前沒進去呢，就看到蕭長恭戴著面具、滿臉喜氣地騎馬而來。

再看馬上綁著的，分明就是一對大雁。

穆鼎氣得直咬牙，知道蕭長恭心急，但沒見過這麼急的。

要不是穆婉寧還小，這會兒來的怕不是馬車，而是抬人的花轎了。

「讓他去正廳候著，誰都不許招呼他，今兒我非跟他擺擺老丈人的譜不可。還有，鴻嶺、鴻漸、鴻林，等會兒到正廳來，得讓這小子知道，宰相府的女兒可不是那麼好娶的。」

穆鼎說罷，袍袖一甩，回了後院，留下一院子面色古怪的人。

待穆鼎走遠後，穆鴻漸第一個憋不住，直接笑出聲來。

隨後就是滿院的大笑聲，連有些古板的穆鴻嶺也藏不住笑意。

雖然提親時長輩應該在場，兄弟在場不合規矩。但是，按規矩，提親應該由媒人來提，可沒有準新郎親自來的道理。

既如此，雙方也別講究那些虛禮了，直接過招吧。

兩個大舅子，一個小舅子，再加上老丈人，四堂會審，這下熱鬧嘍。

卻說穆婉寧在後院，聽聞蕭長恭竟然直接來提親，也覺得好笑，又覺得歡喜。那個人可是把她拉出火坑，給了她未來的希望。

如今，未來離她又更近了一步。

「檀香，墨香，我們去廚房。聽爹爹的意思，將軍有得等呢，咱們做些茶點送去。」

墨香上前扶住穆婉寧，穆婉寧的腳走路已經無礙了，但墨香還是不敢大意。

檀香也幫忙攙扶，嘴巴上卻不饒人。「姑娘放心，大將軍身體好著呢，就算餓上幾個時辰，也餓不壞的。說不定將軍一聽姑娘要給他做吃的，他就飽了呢。」

穆婉寧臉紅，作勢抬手要打她。「看我打不打妳這個口無遮攔的丫頭。」

檀香裝作害怕的樣子，往墨香身後躲，穆婉寧繞過墨香伸手，主僕三人在院子裡打鬧了起來。

「咳咳。」

聽到有人清嗓子，三人停了下來，發現居然是周氏，檀香、墨香立刻行禮，穆婉寧也行了一禮，趕緊走到周氏身邊。

「祖母怎麼來了？」

周氏板起臉。「看看妳這樣子，都有人來提親了，還像個野丫頭似的。還有，妳這腳可都好了？」

穆婉寧聽完，知道周氏這是關心她，而非生氣，思緒轉個彎，頓時哎喲哎喲叫了起來。

「祖母不說還好，這一說，還真疼了。」

周氏立時緊張起來。「快快，司棋趕緊扶四姑娘進屋。」

張姑姑趕緊上前扶住穆婉寧。

穆婉寧見周氏著急，換了笑臉。「嘿嘿，騙您的。」

周氏拿手指點了穆婉寧半天，不知該說什麼，最後還是笑出聲來。「妳啊，真是一刻也不肯消停。」

一眾人進了屋，穆婉寧親自端茶給周氏。「祖母有事，為何不叫人讓婉兒過去，何苦親自走一趟。」

「妳還說，我還不是為了能讓妳少走幾步路，誰知道一進院子，就看到妳們玩鬧。早知如此，我就先讓妳在府裡走上幾圈，再去我那裡。」

穆婉寧心裡感動，上去摟住周氏的胳膊。「我的祖母最最最好了。」

周氏故意扭過頭去。「馬屁精。」

有周氏在，穆婉寧自然是不能去做茶點，便陪著周氏說話。

結果，蕭長恭在正廳裡枯坐了一炷香工夫，手邊只有一碗早已涼了的茶水，更沒人過來招呼他。

蕭長恭不由有些納悶，往常他來，相府裡的人可不是這樣啊，難道是因為他今天還是戴著面具出門的原因？

因為傷口剛結痂不久，所以薛青河讓蕭長恭戴面具出門。

反正，蕭長恭也戴習慣了，有這個面具，很多表情不必費心掩蓋。而且很多時候，他不用故意擺威風，便能讓手下人聽話，方便得很。

更不要說，這副面具，還有另外一處不為人知的用途。

可是，以前來宰相府，他也是戴著面具，為何今日待他這般冷淡？

「安叔，你說……這穆府是什麼意思？」

蕭安老神在在地端起茶盞喝了一口。

「少爺，您要娶人家女兒，而且陛下剛作了媒，您連氣都不讓人喘就上門了，此時穆大人怕是把我們打出去的心都有。」

蕭長恭啞然。「有那麼嚴重？」

「您想，日後若是穆姑娘替您生了嬌小可愛的女兒，剛剛長大，還沒及笄，就有人上門提親，您做何感想？」

蕭長恭想了想，如果有一個像穆婉寧那樣嬌小可愛的女兒，奶聲奶氣地喊他爹爹，然後便有人不長眼地要提親……

「我看誰敢，我打斷他的腿！」

蕭安笑咪咪地往椅背上一靠，閉上眼睛。當年他剛有女兒時，也是這樣想的，孰料……

唉，過去那麼多年的事，不想也罷。

第三十九章　熱鬧

「長恭說得好啊。」穆鼎剛走到門口，就聽到蕭長恭說想要打斷人家的腿，心裡覺得舒服多了，這小子還算有點良心。

蕭長恭和蕭安趕緊起身行禮，可是穆鼎的話，蕭長恭實在不好接，只能站在那裡賠笑。

隨後穆鴻嶺、穆鴻漸、穆鴻林一一上前見過蕭長恭，然後雙方分賓主落坐。

「今日鎮西侯前來，有什麼事嗎？」

蕭長恭趕緊站起身。「岳父大人，小婿今日……」

噗！穆鴻漸被嗆到，茶水直接從鼻子裡噴出來。

穆鴻嶺抬眼看房梁，一臉的無奈。

父親說要給蕭長恭下馬威，還把他們兄弟拉來當陪襯，結果人家上來，岳父大人叫了，小婿也自稱了。

什麼下馬威，人家壓根兒沒理會。

穆鼎早在書房裡領教過這一招，這一次算是見怪不怪。

「既然陛下都說鎮西侯是小女的良配，那自然就是。不過，婉寧與家母感情深厚，家母想多留她幾年。不如這樣，等婉寧滿十八歲後，再成親如何？」

此時，穆鴻漸已經用小廝遞來的手帕擦乾臉，聽了父親的話，幸災樂禍地看向蕭長恭。

嘿，要比臉皮厚，蕭長恭還真不夠看。他爹是誰？那可是皇帝都稱讚的千年老狐狸。

蕭長恭也有些傻了，本以為這件事已是板上釘釘，結果釘子是釘了，最後一榔頭竟然敲到了四年後去，算是徹底領教到了當朝宰相的厲害。

蕭安趕緊上前，躬身一禮。「相爺勿怪，我家少爺的確心急了些，但也是誠心誠意。今日前來，除了表達求娶之意，也是為了答謝穆府在危急之時，對侯府的援手之恩。

「穆姑娘年紀尚小，相爺跟老夫人想多留幾年，也是人之常情。婚期全憑相爺做主，侯府絕無異議。」

穆鼎點點頭，這話說得才像那麼回事。他倒不介意蕭安插嘴，現在蕭府只剩蕭長恭一根獨苗，蕭安雖是下人，卻是亦親亦僕。

而且，那日蕭安捧著牌位的樣子，實在讓人同情。

蕭長恭趕緊接話。「是，這次著實兇險，若不是有婉……穆姑娘，小婿能不能挺過來還不好說。」

穆鼎又是一陣無奈，合著小婿兩個字順口是吧，還沒完了。

穆鴻林從進屋開始，便一言不發，一直仔細觀察著蕭長恭。

雖然他臉上的面具駭人，但每每提到穆婉寧時，目光裡都流露出一絲溫柔。不像方堯，每次看到穆安寧，眼睛雖然發光，發的卻是財光，不是柔光。

皇帝的作媒禮已下，這婚事容不得反悔。但知道一直關心他的姊姊有了良配，總歸是讓人高興，他也能安心了。

穆鼎坐在上首，打量著蕭長恭，還待說點什麼，讓他多著急一會兒，結果周氏身邊的張姑姑就進來了。

「老夫人聽聞鎮西侯來了，想請去見見。」

得，老夫人這是怕孫女婿吃虧，心疼了。

穆鼎擺手。「既如此，長恭就去見見家母吧。」

蕭長恭一躬到底。「小婿告退。」

瞥見穆鼎臉上又抽了一下，蕭長恭心裡直樂。嘿嘿，不管穆鼎答不答應，反正這個自稱，他叫定了。

蕭長恭跟著張姑姑，到了周氏的靜安堂。周氏坐在主位上，穆婉寧則站在一邊。

見了面相威嚴的周氏，蕭長恭不由一愣，霎時想起自己的祖母。

祖父早年戰死，一場大敗，使得原本熱鬧的家族只剩下兩個嗷嗷待哺的幼子。

祖母哭了一夜，第二天，便神色如常地指揮家僕籌備葬禮。安葬夫君、長子之後，便閉門謝客，專心哺育兩個幼子。

所幸，兩個幼子平安長大，蕭忠國更是少年成名，撐住了門楣。

可惜，祖母操勞太過，又過於思念祖父，在蕭長恭七歲時便去世了。

此時乍見與祖母面容相似的周氏，想到家族數十年間的興衰，還有流落在外的幼弟，蕭長恭不禁眶發紅，對周氏行了大禮。

「長恭見過祖母。」

周氏聽到蕭長恭語帶哽咽，心裡不由感慨。「起來吧。是不是想到你祖母了？」

見蕭長恭微微點頭，周氏道：「我與你祖母很是相像，未出閣時也有些交情。只是她出身將門，性子剛烈，你祖父遭難時，硬是不肯求助，非要關起門來過自己的日子，後來，交情也就淡了。」

蕭長恭驚訝地看著周氏，連穆婉寧的目光中也露出驚奇，她從未聽周氏說過這一段。

「這有什麼奇怪的，盛京的圈子就這麼大，年紀相當的姑娘，未出閣前多少有來往。」

「長恭一時失態，還望祖母見諒。」

「你祖母都叫了，我還有什麼諒不諒的。過來坐，吃飯沒有？餓不餓？司棋端碗燕窩粥來。別覺得這是女人吃的，男人一樣能吃。婉兒說你大病初癒，最適合吃這些滋補之物。」

待張姑姑端來燕窩粥後，周氏又叮囑道：「你先少少吃上一碗，墊墊肚子，午膳時再多吃點。」

然後，她轉頭吩咐張姑姑。「去和相爺說一聲，午膳我也要過去，叫他們幫我準備幾樣清淡的。」又去看正在喝粥的蕭長恭。「今兒祖母陪你們一起熱鬧熱鬧。」

張姑姑喜道：「是，奴婢這就去命人準備。」

周氏一向喜靜，已經多年不和外人一起吃飯，平日也多是自己用膳，最多留穆婉寧和幾個孫輩陪她。

穆婉寧笑道：「祖母不輕易與外人吃飯，將軍可是頭一個呢。」

蕭長恭聽了，臉上露出笑意。「多謝祖母。」

剛開席時，除了穆婉寧和周氏外，其他女眷還是有些畏懼蕭長恭，即便蕭長恭目光溫柔，但面具實在太過駭人。

穆婉寧已經看過蕭長恭摘下面具的樣子，傷疤不很明顯，整個人也是丰神俊美、神采非凡。但不知為何，蕭長恭只肯在穆婉寧面前摘下面具，其他時候仍是戴著的。

這當中，穆安寧對蕭長恭最是心虛。

不管如何，那匹差點讓穆婉寧喪命的馬，正是她騎的。

蕭長恭見到穆安寧，原也沒打算給好臉色，一來穆婉寧告過狀，二來那天要不是穆安寧慌亂中大力勒韁繩，那馬本可以輕易越過穆婉寧的。

不過，穆婉寧此時已不是最初向蕭長恭告狀的心境，偷偷用眼神暗示他幾次，又親熱地拉著穆安寧說話，蕭長恭的表情才和緩些。

如果今日只是提親，按習俗帶一對大雁就好了，聘禮要在納徵時才送。但蕭長恭這次來，還有道謝之意，因此給眾人都帶了禮物。

他傷勢危急的那一夜，穆鴻漸送穆婉寧過去，蕭長恭特意選了柄削鐵如泥的佩劍送他，喜得穆鴻漸愛不釋手，當即掛在腰上。

穆安寧得了幾疋好料子。東西雖好，她卻不開心。

穆婉寧已經有了良配，不但位高權重，還有皇帝作媒，而她非但沒有著落，還被居心叵測的方堯糾纏。
同是姊妹，誰又比誰差呢？即便穆安寧已放下與穆婉寧作對的心結，仍舊不是滋味。
被穆安寧評為居心叵測的方堯，此時正在客院裡生悶氣。
按說，此時他應該待在書院才對，離秋闈只剩十來天，正是該做最後努力的時候。俗話說：臨陣磨槍，不亮也光。
但是，方堯一點都不想去。
因為是穆鼎親自送來的人，起初白鹿書院的同窗還敬他三分，加上他所呈的文章確實不錯，對他很是客氣。
但時日久了，方堯的資質就暴露出來，大家看他的目光，就有些玩味了。
都是走科舉路子的，言不對文的尷尬，稍微一想，便明白是怎麼回事。
隨後，方堯在秋闈前上門提親、方母在相府又哭又鬧的行徑，不知怎地也在書院裡傳開，讓大家對他由尊敬變成了鄙視。
方堯受不得這個氣，書院越去越少，近幾日更是以照顧母親為由，待在穆府的客院裡，打算多找些機會與穆安寧親近，還能博得孝順的好名聲。
不過，他這想法注定是白費的。若是前一世的穆婉寧，還有可能被騙，遇上穆安寧，那真是想都不要想。
穆鼎對此一清二楚，只是故作不知，由方堯折騰。

不過，外院與內院的門禁更加森嚴，上次在花園裡的偶遇，再也不可能發生。

方堯很是氣悶，見不到穆安寧，他縱有千般招數也使不出來。厚著臉皮寫了幾封信，沒出客院，就被攔下來了。

穆鼎知道後，特意找人傳話，提醒方堯學業要緊，臊得方堯一連兩日沒出院門。

今日倒是個好機會，主院裡正在招待蕭長恭，要是他能出席，不僅可以在大人物面前露臉，還能與穆安寧見面。

而且，蕭長恭雖然位高權重，卻只是一個武將，還戴著那麼醜的面具，他只要打扮得體，立時能顯出讀書人的風雅。

他一出場便把蕭長恭比下去，那穆安寧豈不立刻對他一見傾心？

因此，方堯早早換上那身月白色長袍，備好摺扇，等著下人來請他列席。

可是左等右等，他也沒見人來。待到忍不住向小廝打聽時，才知道筵席已經過半，而且周氏也破天荒地出席了。

方堯氣得摔了茶盞。反正茶盞是穆鼎的，摔了也不心疼。

哼，同樣是提親，蕭長恭來了，周氏那老不死的又是請人去叫，又是親自列席；他來了，只淡淡見過一面了事。

堂堂相府，竟然也是個看人下菜碟的地方。

方母知道方堯心裡不平，趕緊勸道：「堯兒切莫把心裡想的表現出來，所謂小不忍則亂大謀，咱們還在相府裡，得處處小心才是。

「今日受的氣，暫且記下，待日後娶了三姑娘回去，想怎麼搓揉她出氣，還不是你說了算。且讓他們囂張去吧，日後有的是讓他們難受的時候。」

方堯聽了，氣順了些，不過他想的不是搓揉穆安寧，而是只要能娶到相府的女兒，日後不但沒人再敢看不起他，還有機會當官。更別說相府家大業大，能撈上許多好處。只要能借到宰相府的勢，他就能做人上人。今日受的氣，到時必加倍奉還。

方家母子說著狠話，卻不知伺候他們的小廝正在窗外冷笑，這樣的歹毒心思，還想娶穆安寧，作他娘的春秋大夢去吧。

不到半炷香工夫，方家母子的對話，便傳到了穆鼎的耳朵裡。

饒是筵席氣氛極佳，穆鼎在聽完後的一瞬間，目光也冷得像是浸了冰渣。

想搓揉他女兒，也得問他答應不答應！

「吩咐下去，今日就行動。」

「是。」

與此同時，簡月梅正在屋裡做活。

她已經有五個月的身孕，肚裡的孩子逐漸有了胎動。只是，她的臉上卻不見將為人母的喜悅，而是有著淡淡的愁色。

方堯非要中了舉人之後才迎娶她，實在讓她的心踏實不下來。

中舉哪是那麼容易的事？多的是三、四十歲才考上舉人的，萬一方堯那時才中舉，難道她要等他到那時？

而且，方堯根本不是個愛讀書的人。

在渝州時，方堯因為守孝，不能去書院，但也沒見他在家苦讀，反而整日圍著她轉，或與婢女廝混在一起。且一出孝期，方堯就摸進了她的房裡。

這樣的人真能中舉，甚至中狀元嗎？

簡月梅嘆了口氣，她知道方堯不是靠得住的，但父母早亡，大房容不下她，不去投奔遠在渝州的二姨媽，也就是方母，說不定會被大房的人當成貨物，隨意嫁了。

可是，方母也不是善心人，不勾住方堯，懷上他的孩子，她現在人在何處，實在難料。

但凡簡家大房能記得些親戚情分，收留她，她也不至於淪落於此。

甚至，如果她能與簡月婧一樣，以駙馬家表姑娘的身分跟吳采薇交好，她有信心比蠢笨的簡月婧做得更好，更能討吳采薇歡心。

只要能擠進吳采薇的圈子，她怎會愁嫁？就算當高門府第的妾，也比現在這樣強。

不過，聽聞吳采薇被奪了封號，降為鄉主，簡月婧也多日沒有出門了。

想到這裡，簡月梅又覺得解氣。等方堯考上舉人，日後再中狀元，她便是狀元夫人，到時還不知誰看不起誰呢。

她正兀自作著白日夢的時候，婢女走進來，神色慌張。

「夫人。」這稱呼是方堯定的，為的是安簡月梅的心，簡月梅也喜歡聽。「奴婢去買菜，聽巷子口的大嬸說，老爺……他……」

一聽與方堯有關，再看婢女不安的表情，簡月梅不由急了。「哎呀，到底說什麼，妳倒是快說啊！」

「她說，方老爺去宰相府，是要提親的。」

「什麼?!向誰提親？他憑什麼提親！」簡月梅猛地站起。方堯住進穆府，她心裡一直隱隱覺得不踏實，沒想到真有貓膩。

「說是宰相穆大人與故去的方大人曾口頭有約，日後有同年紀的子女，要結為兩姓之好。而且方老爺手裡還有當年穆大人留的信物，因此穆大人才留方老爺住下。」

簡月梅頓時覺得天旋地轉，一下子跌坐在床上。

婢女趕緊上前扶住她。「夫人，您別急，興許這只是那些長舌婦人胡說的。咱們把老爺請回來，一問便知。」

「對，妳快去如意坊的文林書肆傳消息，要他回來一趟。」

婢女得了簡月梅的吩咐，又安慰她兩句，便去文林書肆了。

文林書肆得到消息，打發一個小廝上宰相府報信，說方堯訂的書到了。

這一切，全被守在暗處的風九看在眼裡。

方堯收到消息時，正在琢磨著要不要出去找簡月梅溫存一番，反正穆府也不會叫他去吃席，還不如去尋點快活。

於是，方堯吩咐了小廝幾句，出了穆府。

方堯前腳出府，後腳雲香便跟上了。一同跟著的，還有穆鼎安排的人手。

不得不說，此時方堯也算是大人物了，有好幾批人馬盯著他。

雲香剛出府沒多久，與風九接上頭，互通消息後，各自分開。風九繼續跟著方堯，雲香回府向穆婉寧稟報。

穆鼎的動作，風九看在眼裡，跟過去是想瞧瞧熱鬧，好去回稟蕭長恭。

此時，蕭長恭正向穆鼎和周氏告辭。

按他的心意，巴不得在穆府待到晚上，與穆婉寧一起吃了晚飯再走。

但他是來提親的，若在府裡待太久，難免會惹閒話，只得依依不捨地走了。

另一邊，方堯興沖沖地進了城西的文林書肆，裝模作樣看了一會兒書之後，便從後門溜出去，直奔石板巷。

然而，方堯一進門，迎接他的，卻是簡月梅的撒潑打滾。

婢女走後，簡月梅放心不下，自己出門打聽，結果聽到的比婢女說的還讓她絕望。

她頭上的那支梅花簪，是方堯先送給穆安寧，穆安寧不要，才轉送給她。

方堯每次回石板巷，都是走文林書肆的後門。文林書肆送消息給他，用的都是「訂的書到了」的藉口，分明是說她見不得人！

簡月梅撒起潑，連方母也要甘拜下風，當下給滿腦子雲雨心思的方堯，來了個一哭二鬧三上吊。

方堯惱羞成怒。「娶妳？娶妳有什麼好處？妳爹是宰相嗎，妳能給我帶來官職嗎？妳是有田還是有產？什麼都沒有，我為什麼要娶妳？」

簡月梅霎時止住了哭聲，不敢相信她聽到的話。雖然她跟著方堯是不得已，但再怎麼說，她也是沒名沒分地跟了他，還懷了他的孩子。

可是，方堯居然說出這麼絕情的話。

「我跟你拚了！」簡月梅說完，抓起針線簍子裡的剪刀，衝方堯扎去。

方堯看到簡月梅上前，更加惱怒，一把握住她的手腕，壓下剪刀，甩手一推。

若是平時，推這一下或許沒什麼，但簡月梅心情激動，又懷有五個月的身孕，頓時站立不穩，驚叫一聲，摔倒在地，隨後肚子一陣疼痛，雙腿間傳來一股溫熱。

「不好了，夫人小產了！」婢女看到血跡，驚叫起來。

這一叫，方堯也慌了神。再怎麼樣，簡月梅肚裡的孩子可是他的啊。

第四十章 解約

正慌亂時，一道威嚴的聲音在門外響起——

「方賢姪這裡，可真是熱鬧啊！」

方堯一聽嚇得轉頭看。

穆鴻林年紀雖小，眼睛卻幾乎要冒出火來。這樣的人居然要娶他的胞姊，他恨不得向穆鴻漸借一杆長矛，在方堯身上扎出十幾二十個窟窿。

穆鴻漸臉上仍然帶笑，只是那笑，方堯怎麼看，都覺得嚇人。尤其進門後，穆鴻漸的手，便一直握在佩於腰間的長劍上。

至於穆鼎，方堯連迎視他的勇氣都沒有。

隨後被推進來的，正是方母。

簡月梅沒見過穆鼎等人，但穆鼎身為一朝宰相，氣勢之強，直接嚇住了她，這會兒看到方母，才哭叫起來。

「孩子，我的孩子啊！」

方母瞧見簡月梅身下的血跡，立刻撲過去。對於子嗣，她可是比方堯還要看重，但簡月梅流了這麼多血，分明是孩子不保的跡象。

方母的眼睛轉了一下，立刻大聲喊道：「堯兒，快去叫郎中！」

方堯當即明白她的用意，立刻轉身向外跑。

穆鴻漸哪裡會讓方堯在這個時候跑出去，在房門處攔住他。「方世兄不必驚慌，請郎中的事，自有下人去辦。此間的好戲，沒了世兄，可就少了很多趣味。」

方堯以為這是穆鼎不准他請郎中的意思，道：「穆伯父，此事當中有許多誤會，但眼下人命關天，還請伯父開恩，讓小姪去請郎中。」

方母立即附和。「穆大人，人命關天，一刻都耽誤不得。」

穆鼎冷笑一聲，衝外面揮手，一名郎中揹了藥箱走進來。

穆鴻漸仍然是一臉嚇人的微笑。「此人乃盛京醫館的名醫，人品和醫術，絕對比你們母子還可信。」

方母聞言，頓時跌坐在地。穆鼎帶著郎中來，根本是計劃周詳，看來他們母子的一切，早已被人看透了。

穆鼎把裡屋留給郎中醫治簡月梅，自己走到院裡，負手站著。

方家母子情知躲不過，也跟了出來。

「當年，我與方淮兄可謂一見如故。方淮兄雖出身寒門，但學識、人品皆是上等。先皇欽點他為狀元，也是無人不服。

「如今，你身為他的兒子，都幹了什麼？」

方堯從小到大聽的都是這樣的話，什麼父親是狀元，要他努力，要他爭氣，不要給父親抹黑等等。

父親說、母親說、長輩說、鄰里說，人人都這麼說，彷彿他唯有考上狀元，才不會成為他爹的恥辱。

可是，狀元哪裡是人人都能當的？狀元的兒子，一定能成為狀元嗎？

方堯的叛逆就是那時養成的，那般光芒萬丈的爹，對於資質平庸的方堯來說，帶來的只有痛苦與壓抑。

「夠了，你們每個人都是我爹如何，我要如何，我爹他再是狀元，不也最多是個五品的知州，同年的官哪個不比他升得快？

「說到底，這世道比的還是權勢、背景。學問當不了飯吃，不然一個榜眼憑什麼當宰相，我爹是狀元，為什麼最多當個知州？」

「放肆！」穆鴻漸上前一步，鏘的一聲，身上的寶劍出鞘。

敢當他的面直呼穆鼎的名字，真是活得不耐煩了。

穆鼎擺擺手，看著方堯猶自不忿的臉，心裡對他的最後一絲情分消失殆盡。「你說得沒錯，學問不能當飯吃，但學問是做人的根基，是做人的底線。

「你爹初入官場時，的確因為太過剛直，受了些排擠。可你以為你爹只有做知州的本事嗎？你錯了，當年先皇不是沒有把他調回盛京的心思，但他想憑自己的能力幹出一番成績，再回京。若非父母喪期，丁憂三年，又染上時疫，你爹又怎會只是一個知州？

「說到底，是你不曾了解過你的父親，而是想當然的，把你自己的挫折歸結於沒能擁有的權勢與地位。」

方堯被穆鼎一番話說得愣住，一直以來，他都覺得父親窩囊、沒用，空有狀元的名頭，卻處處受人排擠。

沒承想，當朝宰相對他的評價竟如此之高。

只是，這有什麼用，他爹死了，死的時候只是一個五品知州，他方堯現在仍然是什麼都沒有。

穆鼎心裡嘆息一聲，無奈搖搖頭，轉而看向方母。「方淮兄的信，是你們偽造的吧？有如此不成器的兒子，方淮兄絕不會同意結親的。那塊玉珮，不過是方淮兄留的念想，卻在他死後被你們利用了。」

方母暗驚，差一點要點頭承認，但看了呆若木雞的兒子一眼，又狠下心來。

「你胡說八道，那信是我親眼看到我們家老爺寫的。你當上宰相，眼界高了，見我們方家沒落，就想悔婚。我告訴你，這事沒門兒，你不答應結親，我就要讓全盛京城知道穆家的嘴臉，知道你這個當朝宰相的嘴臉。」

穆鴻林聽了，惱怒得恨不得上去打人。他雖是庶出，也是從小讀聖賢書長大的，猛然間見到如此無恥的人，不由氣得渾身發抖。

穆鴻漸看到穆鴻林的樣子，知道他是關心自己的胞姊，伸手按住他顫抖的肩膀，小聲道：「別急，看我的。」

「咳咳。」穆鴻漸清了清嗓子，讓方家母子看向他。「方伯母若是執意將此事鬧大，我們穆府也不攔著。是非曲直，相信明眼人都看得出來。

「只是，鬧大之後，消息難免會傳到盛京學政的耳朵裡。這學政嘛，方伯母可能不了解，乃是掌管天下學子的所在，但凡有行跡不端的，都可以報予學政查實。

「若是學政知道了方世兄尚未成家，就與表妹有染在前，又欺婚、騙婚在後，不知這秀才的功名，還能不能保得住？一旦被學政革除功名，方世兄此生便與仕途無緣了，方伯母可要三思啊。」

穆鴻漸說完，方母的臉色一下子難看起來。

穆鴻林的表情卻是興奮無比。

被革除功名的人，即使天下大赦，也是遇赦不赦，終生不能再入科舉。

如果是那樣，方堯這輩子算是完了，方家也再無崛起的可能。這種結果，連方堯這個口口聲聲學問無用的人，也承受不起。

穆鴻林看了看方家母子的臉色，忽地上前一步，朗聲道：「玉珮拿來，此事我們穆府便不再追究。」

方母不敢貿然相信，穆鴻林還太小，他的話未必算數。

穆鼎心裡有些意外，穆鴻林向來不是多話、擅自做主的人，不知為何今天突然做了決定，但他還是點了點頭。

見穆鼎點頭，方母這才相信，不情不願地從懷裡掏出玉珮。

「還有書信。」

穆鴻林上前拿了書信與玉珮，遞給穆鼎，見穆鼎點頭，才扭頭道：「從今以後，你們方家與我們穆府，再無瓜葛。」

這時，郎中也從屋裡出來。「人沒事，孩子沒了。藥方在此，如無必要，不必再診。」說完，向穆鼎行了一禮，離開院子。

郎中是半個讀書人，看不起方家這樣的行徑。

回府的馬車上，穆鴻林跪在馬車裡向穆鼎請罪。「剛剛孩兒逾越了，還望父親原諒。」

穆鼎瞇起眼睛。「既知逾越，為何還要那麼說？」

「一來，此時是要回信物、解除婚約的最好時機。二來……」穆鴻林頓了一下，聲音裡有了恨意。「以方家母子的人品，若是就此失去科舉的機會，必定會四處造謠，說是宰相府挾私報復。

「方堯是個誇誇其談之輩，不能赴考，反而讓他有了吹噓的底氣。他考不了科舉，吹得再高，也不會被人戳破。父親雖是宰相，行事難免有人不服，若是日後方堯被有心人利用，也是個隱患。

「今日，我們不追究此事，便是給方堯吃定心丸，讓他去考秋闈，但以他那點才學，是絕對考不上的。就算考上，到時學政追究起來，一樣能革除他的功名，又與宰相府何干？」

穆鴻漸聽得一陣陣發愣，剛才穆鴻林還氣得直發抖，像隻落水的鵪鶉似的，怎麼一轉眼就變成老謀深算的小狐狸了？

穆鼎撫掌笑道：「說得好，聖賢書要讀，但不能死讀。對君子坦誠相交，對小人也要有雷霆手段。今日你們表現得都很不錯，為父甚慰。」

穆鴻林得了穆鼎的誇獎，放下心裡的忐忑，等會兒回到家裡，把這樣的好消息告訴穆安寧，穆安寧一定會高興地跳起來吧！

穆安寧確實高興得差點跳起來，下午她還在為方堯的事煩心，想著就算最好的結果，也得等秋闈放榜後，方堯看到落榜，才會主動解除婚約。

孰料，到了傍晚，穆鴻林忽然告訴她，婚約解除了。

穆安寧幾乎不敢相信自己的耳朵，反覆確認了幾遍，又看到穆鴻林拿回來的信物，這才完全相信。

「解除了？真的解除了，真是太好了！」說到後面，穆安寧的聲音裡甚至有了一絲哽咽，她可是差一點就被穆鼎許配給方堯了。

要不是穆婉寧出現，阻止了穆鼎，她的人生真不知道會變成什麼樣子。

這段日子裡，之前的好朋友一個上門來安慰的都沒有，反倒是她一直沒怎麼在乎過的家人，給了她最大的支持。連只有八歲的穆若寧，也曾拉著她的手，告訴她不要著急。

「姊姊，妳怎麼哭了？這件事過去了。馬上就是秋闈，接著春闈。待春闈放榜，讓父親和大哥在考中的人當中選人品、相貌都好的給姊姊說親，日後姊姊何愁沒有好日子過。」

穆安寧被穆鴻林這和穆鼎如出一轍的口氣逗笑。「你才多大，就想給自己選姊夫了？倒不如說說你喜歡什麼樣的，姊姊也好提前幫你物色。」

穆鴻林臉上頓時紅成一片。「我還小呢，不急。」

穆安寧打趣他。「人家都說大哥是狀元之才，可要我看，我胞弟也不差，怎麼也能是個探花。到時候，盛京不知多少媒人要搶著幫我們鴻林說親，我這做姊姊的，當然得提前看好，省得到時挑花了眼。」

穆鴻林大窘，起身作勢要走，被穆安寧一把拉回來。「別走，我幫你量量尺寸。再過幾天就是秋闈，到時送大哥去考場，咱們都要穿新衣服，替大哥助陣。」

穆鴻林聽了，這才點點頭，讓穆安寧替他量身了。

另一邊，清兮院裡，穆婉寧得到的消息，可是比穆安寧聽說的詳細多了。

穆鴻林到底是讀聖賢書的，不好把方堯描述得太齷齪。

但風九就沒這份顧忌，向蕭長恭稟報完，不只傳了口信，又飛快寫了封長信，把方堯母子的醜態繪聲繪色說了一遍，末了還不忘突出穆鴻漸的聰明狡猾，與穆鴻林的年少有擔當。

穆婉寧看得開心得不得了，直嘆未能親眼所見，實在太遺憾了。

不過這還不夠，那對母子可沒存什麼好心思，如今不過是所謀沒有得逞，並不代表就受到教訓，真就這樣放過他們，也太便宜。

雖然穆鴻林說了宰相府不追究，但沒說過別人不追究。比如那些最愛聽閒話、嚼舌根的茶館閒人們。

看著手裡風九傳來的信，穆婉寧有了主意。

還有那個吳采薇，她可是差點把蕭長恭害死，如今不過是革去封號，人還是好好的。

穆婉寧可不打算就這麼嚥下那口氣，正好一起收拾了。

「雲香，妳抽空問問將軍，等秋闈過後，能不能安排我見風九。」

雲香有些詫異，但還是點頭應下。

穆婉寧又低頭看看手上的信，看到簡月梅沒了孩子，心裡不由嘆息一聲。

最可惜的，就是這個孩子了，畢竟孩子是無辜的。

雖然簡月梅這一世還未有什麼惡行，更是被方堯騙得很慘。但穆婉寧一想到簡月梅前世做下的事，便再也生不出一丁點憐憫之心。

前一世，簡月梅一碗安胎藥害了她一屍兩命，連肚裡剛懷上的孩子是男是女都不知道，就一命嗚呼。

這一世，簡月梅也算是得到報應了。她自己選的路，怪不得別人。

秋闈將近，整個穆府忙亂起來。

穆鴻嶺被寄予厚望，現在終於要進考場，王氏整個人焦躁起來。

秋闈是連考三場，每場三天，這三天中，吃喝拉撒睡都要在那間狹小的號舍裡，因此要一次帶足三天的吃食。

八月正是天氣炎熱的時候，無論什麼吃食，放上三天都要變餿，因此考生多只帶乾糧。

王氏只能在乾糧上打主意，可乾糧就是乾糧，再怎麼玩花樣，也不如在家吃的好。

「母親，別忙了，您好好幫我蒸一鍋饅頭就是。就算再苦，也不過九天，等我考完了再多吃些，就補回來了。」

王氏無奈地嘆口氣，有些憐惜地摸摸穆鴻嶺的頭。「是娘沒用，讓我兒吃苦了。」

穆鴻嶺正準備再勸，王氏身邊的劉嬤嬤走進來。「四姑娘來了。」

王氏有些不高興。「她來幹什麼？」

「四姑娘說，她給大公子做了些饅頭，可以帶進考場吃。」

饅頭？王氏一聽，更加不耐煩。「饅頭還用她來蒸？再說這也早了點，還有幾天才進考場呢，現在送有什麼用？」

穆鴻嶺對劉嬤嬤道：「讓四妹妹進來吧。」轉頭跟王氏說：「婉寧向來聰明，肯定不會只送饅頭，大概是有什麼新鮮玩意兒。」

「多謝大哥誇獎。」穆婉寧剛走進來，便聽到穆鴻嶺說她聰明，當下也不客氣，直接應了下來。

穆鴻嶺一看到穆婉寧，就先笑了出來。「妳啊，就不知道謙虛兩個字怎麼寫。說吧，這饅頭裡有什麼古怪，值得妳親自送？」

穆婉寧示意身後的檀香走近，接過她手裡的托盤。「大哥掰開一個，不就知道了？」

托盤裡有好幾個饅頭，白白胖胖的，還冒著熱氣。

穆鴻嶺伸手拿了一個，狐疑地掰開，看到饅頭中間還有餡。「這是……臘肉？」

「沒錯，大哥不妨嚐嚐，看看可還吃得？」

穆鴻嶺咬了一口，肉香混著饅頭香，竟然格外好吃。咬一口之後，又咬了第二口。

「這半個給我，我也嚐嚐。」王氏看兒子愛吃，立刻生出興趣。

雖然饅頭裡夾肉仍比不得在家吃的菜，但再怎麼樣，也比乾饅頭強。

「還真的挺好吃。可這東西能放上三天嗎？」

穆婉寧點頭。「臘肉本就不容易變味，又包在饅頭裡蒸熟，只要不掰開饅頭，放上三天也無礙。我已經試過了，這個就是三天前蒸的。」

這回，王氏搶先接過，那饅頭果然像是放了幾天的樣子，有些乾硬，掰開之後，裡面的肉除了看上去乾一點，好像沒什麼變化。

王氏用指甲捏了一點肉放進嘴裡，點點頭。「沒壞。」

「眼下還有幾日工夫，剛好可以再試試，母親也能放心，免得到時出了岔子，讓大哥吃壞肚子或挨餓。」

這下，王氏開心了，看穆婉寧又順眼起來，連連點頭。「好孩子，難得妳想著這些。饅頭就留在這裡吧，這幾天我再看看，也讓廚房多做一些。」

穆婉寧又行一禮。「那不打擾母親和哥哥了，婉寧告退。」

「好，好，去吧。」王氏滿臉笑意，看著穆婉寧退出去的背影，再次想起劉嬤嬤說的話，穆婉寧沒有同胞兄弟，誰對她好，日後她的回報就落在誰身上。

這臘肉饅頭，不就算是回報？而且鎮西侯已經上門提親，日後穆婉寧便是侯府夫人，要是她向著自己兒子，可是大大的助益。

當晚，王氏臨睡前跟穆鼎說，年底祭祖時，可以把穆婉寧記在她名下。這樣，穆婉寧就可以由庶女變嫡女，既抬了穆婉寧的身分，也全了鎮西侯的面子。

穆鼎早有此意，聽到王氏提了，遂順水推舟應下來。

第四十一章　送考

距離秋闈只剩七天時，狀元齋和新淨坊同時傳來消息——試作成功了。

狀元齋就是穆婉寧的糕點鋪子，新淨坊則是蕭長恭送給她的澡豆坊。

穆婉寧接手鋪子之後，就把在書上看到的新澡豆方子送過去，若是能試作成功，鋪子就改名叫新淨坊。

這會兒，來傳話的夥計自稱是新淨坊的人，看來是製出了成品。

想到又能再次把看到的東西變成真實，穆婉寧有點坐不住了。

「走，我們去看看。」

新淨坊是蕭長恭的產業，所以裡面的夥計大多都是從戰場退下來的，除了看上去一臉凶悍之氣外，還幾乎個個帶傷。雖然沒有柴洪那麼誇張，但也絕不是普通夥計。

澡豆坊的掌櫃名叫呂大力，一條腿微瘸，看起來與其說像掌櫃，還不如說是哪個幫會分舵的舵主，簡直不像個生意人。

想來也是，從戰場上退下來的，打北狄人興許是一把好手，卻不擅長做生意。

幸好呂大力雖不善經營，但製澡豆的手藝很好，這家澡豆坊才得已生存下去。

這次能只憑一個不甚精準的方子，便研製出新的澡豆，也是多虧了呂大力的手藝。

新淨坊的人正在坊裡幹活，聽夥計說穆婉寧到了，一下全湧到前面來。

這可是未來的將軍夫人，蕭長恭已經上門提親。之前不知道時，還有夥計覺得心裡不痛快，他們想跟著蕭長恭幹一輩子，結果突然被送出去。

現在嘛，這點不舒服全沒了。跟著將軍夫人也一樣是跟著將軍，而且將軍上陣殺敵，夫人在後方管錢，沒毛病。

「見過夫人、姑娘、姑娘、東家……」眾人一齊見禮，但喊的稱號卻是亂七八糟，叫什麼的都有。

穆婉寧聽得哭笑不得，這一鋪子的人，全都是勇悍有餘，圓滑不足，敢進這鋪子買東西的，也稱得上是勇士了。

雲香趕緊上前一步。「這是我們穆姑娘。」

「是，見過穆姑娘。」眾人總算異口同聲了。

呂大力把穆婉寧一行人請進後面的屋子，拿出試製的新品。

「穆姑娘，這是根據您送來的方子做出來的。我們試了一下，確實比澡豆好用，而且一塊能用好久。」

呂大力說完，遞上一塊淡黃色的長方塊，大小和巴掌差不多。

一個夥計端來一盆清水，穆婉寧按著呂大力的說法，先用水沾濕手，然後揉了那黃色的方塊，很快就起了白色泡沫，用清水洗淨後，果然覺得手上乾淨不少，連她出門時抹的護手膏脂都被洗掉了。

而且，以往的澡豆只能用一次，用過就要倒掉。這種黃色的長方塊卻是用過之後還能再用，而且一次所用，幾乎看不出消耗。

「果然不錯。起名字沒有？」

呂大力憨厚地搖搖頭。「等姑娘取呢，我們全是大老粗，取不出什麼好聽的名字。」

「此物製作時用了豬的胰臟，就叫……香胰皂吧。」

「好。」呂大力趕緊點頭，至於香胰皂好在哪裡，他就不知道了。

「不過，現在你這個還名不副實，既不香，也不好看。東西雖好，但外型上，也得下點功夫。」

呂大力面露難色。「姑娘，要說製澡豆，不，製這香胰皂，難不倒我，但要說好看……我是真沒轍。」

穆婉寧早知道呂大力會如此說，心裡微嘆，對其他人道：「你們先下去，我有話與呂掌櫃單獨說。」

其他人都走了出去，唯有呂大力站在原地，神情頗為忐忑。

「呂掌櫃請坐，單獨留下你，是有些話想跟你說。你是跟著將軍上過戰場的，按理，他的人，我不該換。」

呂大力點頭，不敢接話，生怕說錯什麼，丟了吃飯的差事。

「但就我這些天的觀察，呂掌櫃著實不是善於經營之人。」

呂大力急了，站起身。「姑娘，我……」

穆婉寧抬起手。「呂掌櫃先別急，聽我把話說完。你雖不善經營，但香胰皂是你做出來的。雖然有方子，但甚是模糊，能做出來，你居首功。於情於理，我不能換你。」

這下換呂大力迷惑了，這又是要換，又是不換的，到底是什麼意思？

穆婉寧示意呂大力坐下。「我且問你，這香胰皂的方子，除了你之外，還有誰知道，人可靠得住？」

一問這個，呂大力立即道：「回姑娘的話，當時姑娘曾囑咐過，這方子務必要保密，因此試製時，僅有三人在場。除了我之外，另外兩個是我的幫手，也都是跟將軍上過戰場的，絕對可靠。但這最後的用料方子，只有我知道，他們倆不甚清楚。」

這就是呂大力的智慧了，他知道自己不善經營，就把方子的關鍵握在手裡。

「好，你做得很好。我看你確實對製皂有興趣，不如這樣，這個掌櫃你別幹了，我另找人接替。別急，也不是就不要你了。從今天開始，你專門負責製皂，日後我要賣許多不同種類的香胰皂，到時可都要你出力。

「那兩個助手，既然你認為靠得住，那就帶起來。以後新淨坊絕不只一家，你一個人是做不過來的。至於工錢，暫時按你做掌櫃的，若是日後做得好，我可以給你一成乾股。」

呂大力的眼睛瞬間亮起來，他本就不喜歡當掌櫃，更喜歡和澡豆打交道，如今可以專心製皂，工錢還不變，未來還能有乾股，簡直喜出望外。

「冒昧問姑娘一句，怎樣才算做得好？」

穆婉寧微微一笑。「我要你製出三種皂，分別洗面、洗身體、洗衣。三種皂各加入不同藥材，有不同的顏色、外型。

「顏色和外型，你不必管，我自會找人幫你。其實這也不難，你只是還沒入門而已。只要這三種讓我滿意，我就給你一成乾股。我要把新淨坊做成京城第一坊，你那一成乾股，可是值錢得很。」

呂大力雖不擅經營，但也是當過掌櫃的人，稍微一算就知道，如果真有一成乾股，掙的錢便不只現在這點了。

「姑娘放心，在下一定不讓姑娘失望。」呂大力當即抱拳拱手，算是應下了新的差事。

穆婉寧鬆了口氣，呂大力畢竟是蕭長恭的人，能妥善換位置是最好的。不像狀元齋的沈掌櫃，她說換就換，完全沒有顧慮。

不過，就目前來看，沈掌櫃確實幹得不錯，她也算是撿到寶了。

「對了，你派人去請隔壁鋪子的沈掌櫃過來。」

呂大力應下，親自跑了一趟。

不一會兒，沈掌櫃進來，滿臉困惑，不明白澡豆坊的東家請他來做什麼。

見穆婉寧居然坐在主位上，沈掌櫃這才反應過來，早聽說這家澡豆坊換了東家，沒想到是換成了穆婉寧。

「見過東家，不知東家叫在下來有何事？」

穆婉寧先讓沈掌櫃試試新出的香胰皂，待他稀奇完，才開口道：「沈掌櫃覺得，這香胰皂可賣得出去？」

「不知本錢幾何？」

「自然比澡豆要高上一些，但也只多了三成。」

沈掌櫃當即眼睛發光。「這可是好東西啊，大大的好東西！本錢雖多些，卻十分耐用。就是外觀差了點，若能做得精緻好看，不僅能賣得好，還可以抬高價錢。」

呂大力一聽，覺得不愧是穆婉寧找來的人，想法都是一樣的。

穆婉寧也十分滿意。「如何做得精緻好看，怎麼賣出去，可就要看沈掌櫃了。」

沈掌櫃愣了一下。「東家的意思是？」

「狀元齋和新淨坊，我打算都交給你來做。條件不變，兩個鋪子各一成乾股。不過你也別高興得太早，這新出的香胰皂，不出一個月，盛京城便會有其他鋪子賣，而且不只一家，到時如何不被打垮，便看你的本事了。」

沈掌櫃沈思一下。「不知這製皂的技術……」

穆婉寧指指旁邊的呂大力。「第一塊香胰皂就是呂掌櫃做出來的，日後製新皂，還需要你們通力合作才是。」

沈掌櫃放下心來，有技術就不是難事，當下信心滿滿道：「一個月的獨占，足夠了。」

隨後三人計劃了一番，議定了新皂的做法，然後穆婉寧又去了趟狀元齋，看看新出來的糕點。

這次的糕點香甜中帶著清新的茶香，好吃不膩，又與讀書人清高自恃的特色契合，讓穆婉寧非常滿意。

「這狀元餅是受了前朝人喝茶之法的啟發。他們喝茶，是將茶碾碎熬煮，連茶帶湯一起喝下去，不像我們只喝茶湯，不吃茶葉。

「我選取茶葉中嫩的部分，細細碾碎，加到糕點之中，同時摻入蜂蜜，便有這甜中帶澀，澀中帶香的味道了。」

「沈掌櫃果然是個人才，能得沈掌櫃相助，真是婉寧的福氣。」

「東家過譽了。」

距離秋闈還有五天時，狀元齋與新淨坊，一起出了一款禮盒。

禮盒分左右兩部分，左邊是狀元齋的新品狀元餅，右邊放的是新淨坊最近研製出的香胰皂。盒子上，還繫著大相國寺的文昌符。

香胰皂淨身沐浴，狀元餅祈求好運，文昌符保佑高中，堪稱赴考必備。

只是，這香胰皂到底是什麼東西？

路人多有疑惑，沈掌櫃也不急，直接在門口擺了十個水盆，邀請他們來洗手。

這一洗，大家立時發現香胰皂的好處，一塊的價錢雖高些，但比起澡豆，卻是耐用許多。算下來，其實是大大省錢，於是新淨坊立時被擠得水泄不通。

除了試用的淡黃色香胰皂之外，店裡還擺出梅蘭竹菊四種造型的皂，同時兼具顏色與香味，被命名為四君子皂。

有君子，自然少不了專為姑娘們準備的美人皂。

美人皂也稱玫瑰皂，做成花瓣的樣子，淡紅色，上面還細細刻出花蕊，帶著淡淡的花香，一擺出來，就吸引了姑娘們的目光。

至於四君子皂，正是放在狀元禮盒中的皂。君子與狀元，堪稱絕配。

馬上就是秋闈，哪個學子不想有個好兆頭？

狀元禮盒討喜，價錢又頗為實惠，半天工夫，準備好的一百份就賣完了。

沈掌櫃喜出望外，呂大力則是目瞪口呆，果然人跟人就是不一樣，沈掌櫃一出手，便比他強。

「沈兄果然是高手，我呂大力心服口服。」

「呂掌櫃過謙了，能這麼快做出這幾種皂，沒有你可是不行。」

兩人說著，哈哈大笑起來。

此時，穆婉寧也捧著她選出最精緻的一盒狀元禮盒，送到穆鴻嶺面前。

「預祝大哥旗開得勝，高中解元。往後還有會元、狀元。」

穆鴻嶺笑著搖搖頭。「妳啊……」

他向來不喜滿口獻媚之詞的人，但這也有分，若從穆婉寧嘴裡說出來，便只覺得歡喜。

「出門前，妳嘴巴上是抹了蜜吧？」

「妹妹不過是說了句實話，大哥不要冤枉人。」穆婉寧叫屈。
穆鴻嶺大笑出聲，接過禮盒。「那多謝妹妹吉言了。」
當晚，不只穆鴻嶺，全家人都用上狀元盒中的四君子皂，也吃了新的狀元餅，算是一起為穆鴻嶺祈福。
因此，香胰皂徹底收服了全家的心，連穆鼎也嘖嘖稱奇。穆婉寧又送了王氏、鄭氏不少玫瑰皂，穆安寧、穆若寧也有份。
另一邊，鎮西侯府也收到了穆婉寧送去的四君子皂，還有沒加香料和藥材的胰皂，用來打賞下人。
蕭長恭拿到香胰皂後，也不矯情，痛痛快快地洗了個澡。
「我家娘子做的，就是好。」
接著，他又命全府人都要洗，算是替穆婉寧捧場。
鐵府裡也接到穆婉寧送來的香胰皂禮盒，鐵英蘭捧著雕刻精緻的玫瑰皂，都有點捨不得用了。
「早知道，就不叫婢女去排隊啦。」
如今穆婉寧可是皇帝為媒的準侯府夫人，有了好東西，居然還能想著她，讓鐵英蘭既高興又感動。
鐵詩文的反應可比鐵英蘭直白多了。「有了穆家姑娘這份情意，日後就算為父去了，也不必擔心妳受欺負了。」

鐵英蘭最不喜歡鐵詩文說這些，當下連呸了三聲。「爹爹別胡說，日後您還要幫我看孩子、抱孫子呢。再說一次，我就十天不理你。」

「好好好，不說了。妳也不知羞，親還沒成，就讓爹爹抱孫子啦？」

鐵英蘭頓時脹紅了臉。「哼，不跟你說了，我試試這香胰皂去。」

鐵詩文哈哈大笑，拿起另一盒裡的四君子皂中的竹皂。「俺老鐵也試試。

八月初，秋闈開考。

穆府除穆鼎外，全府的人齊齊來到貢院，為穆鴻嶺送考。

「祝大哥高中解元。」穆若寧最先開口。

「祝大哥旗開得勝。」穆婉寧緊隨其後。

「祝大哥金榜題名。」穆安寧也上前祝福。

穆鴻漸上前。「好話全讓她們說盡了，我實在不知道說什麼，就祝大哥得償所願吧。」

穆鴻林看他一眼，得意地開口道：「祝大哥一鳴驚人。」

穆鴻漸一砸拳，他怎麼沒想到呢。

穆鴻嶺看著弟弟、妹妹們，滿臉笑意，又看看淚眼婆娑的母親，接過她手中的臘肉饅頭，對大家揮揮手。

「都回去吧，後天我就出來了。」

畢竟一場考試就是三天，赴考的考生都會讓家人回去休息，但送考的人不看到學子進考場，又怎麼捨得走。

貢院前，早早排起了長隊。要入貢院可不是簡單的事，每個考生，無論家世背景如何，都要接受徹底搜身，最嚴格時，連帶的乾糧都要一一掰開，看看有沒有夾帶小抄。

不過，最近十年的秋闈、春闈都很清明，並沒有發生舞弊案。

加上秋闈正是天氣熱的時候，考生們穿得少，又不需要帶棉被，最多察看衣服裡沒有夾帶東西，並不會連帶的乾糧也掰開。

穆婉寧就是知道這一點，才會做臘肉饅頭。

此時蕭長恭也在貢院，頂盔束甲，腰間佩劍，再加上半張布滿獠牙的面具，往那兒一站，便生出一股威勢。

但凡被他目光掃過的考生，都有一種喘不過氣來的感覺，連見過蕭長恭多次的穆鴻嶺，也是心頭微凜。

穆婉寧還是第一次看見蕭長恭這副模樣，雖然不至於像其他人一樣畏懼，卻對平日裡叫的那聲「將軍」，有了更深刻的感受。

這樣的蕭長恭，或許不只為她帶來生機，也曾給邊關無數百姓、將士帶來希望吧。她的夫君，可是一位大英雄、大將軍呢。

蕭長恭早瞧見了穆婉寧，但職責在身，不好上前搭話。這次，皇帝就是借他那張面具來嚇唬人的，他當然得把門神扮演好。

因此，蕭長恭一直威嚴地站著掃視全場，唯有對上穆婉寧眼神的剎那，才露出一抹微笑，隨即垂下嘴角，恢復了不怒自威的氣勢。

穆婉寧可不用裝得那麼辛苦，得了蕭長恭那個笑容後，開心得不得了，臉上笑得極甜，看得蕭長恭又差點移不開眼。

第四十二章　方子

一會兒後，穆鴻嶺進了考場，穆婉寧等人便準備回去。

然而，她的眼角餘光掃過剩下的隊伍時，看到了方堯。

此時方堯早已沒了在穆府時的意氣風發，站在隊伍裡，垂頭喪氣，不敢抬頭見人。

穆婉寧立刻別過眼，不願再看。她真是見方堯一次噁心一次，尤其想到上一世她居然和這樣的人睡在同一張床上，便渾身起雞皮疙瘩。

蕭長恭也看到方堯了，石板巷裡的事，雖是穆鼎親手解決，但風九是誰啊，在穆婉寧那裡，他都差點寫出話本了，蕭長恭這裡更不可能放過。

蕭長恭聽的，可是風九聲情並茂地表演，再找個拉弦的，都能直接去茶館說書了。

蕭長恭掃視全場，但眼角餘光卻是時時留意穆婉寧，看到她那厭惡的神情，還有什麼不明白的，當下對身邊的小七使眼色。

小七立刻會意，轉身退下。

很快地，等到衛兵檢查方堯時，不僅比其他考生嚴格，而且動作頗為粗暴，不僅讓他脫得只剩中衣，連饅頭都挨個兒掰開。

後面的考生，以及剛檢查過的考生，看方堯的目光便很玩味了，敢情這是個舞弊的？

方堯敢怒不敢言，瞧見穆府人和蕭長恭時，就心裡直發毛，甚至沒敢抬頭，就怕他們發現他。

結果，還是來了這麼一齣。幸虧這次不敢帶小抄，不然依這種查法，真能搜出來。

算了，能赴考就好，說不定這次就中了呢。

檢查完所有考生後，蕭長恭指揮手下封了貢院的大門，秋闈正式開始。

與這場秋闈相關的人，全都緊張起來。

不過，緊張也分人，穆鴻嶺便絲毫不緊張。

他頗有天賦，又家學淵源，加上從十餘歲開始就手不釋卷，此時下場，已是準備萬全。

就如穆婉寧說的那樣，這次穆鴻嶺是奔著頭名解元去的。不然以他的功底，三年前就可以赴考，根本不必等到現在。

緊張的，則是場外。

狀元齋和新淨坊幾乎是不眠不休，但狀元禮盒仍舊不夠賣，訂單甚至排到了十天後。就算出了考場，也要等放榜，買了是求心安，更別說裡面的香胰皂著實好用。甚至連方母都去買了一盒，用來替方堯祈福。

另一邊，穆府的氣氛也是緊張得不得了。穆婉寧每天都被王氏拉著，待在周氏的靜安堂拜佛祈福，在一旁跪著的還有穆安寧和穆若寧，穆鴻漸和穆鴻林也未能倖免。

甚至，府裡連落啊、不中啊的詞都不許說。

周氏很無奈，她本就好靜，現在天天有一群人擠在她院裡，著實心煩。

但再怎麼樣，也是為了她的長孫，而且最多不過九天，忍忍便過去了。

三天後，王氏淚眼婆娑地迎回穆鴻嶺，隔天一早又是同樣的送考戲碼，依此重複兩回。

九天過去，穆鴻嶺終於考完回家，王氏的一顆心算是落地一半，立刻安排家宴，幫穆鴻嶺接風洗塵。

「四妹妹的臘肉饅頭可是幫了我的大忙，每天吃飯時，都挺開心的。我隔壁那位就不同了，一到吃飯，便唉聲嘆氣，我聽著都想送他一個饅頭了。出來時，他還說，半年之內都不想再看到饅頭。」

穆婉寧笑意盈盈。「那是他吃不得苦，怎能與哥哥比。就算沒有臘肉饅頭，我相信大哥也不會像他那樣。」

這會兒，王氏看穆婉寧是越來越順眼。「妳這孩子就是會說。來，多吃點，這些日子，你們辛苦了。

「不過，也不能鬆懈，放榜之前，你們都要誠心為鴻嶺祈福，聽到沒有？」

穆若寧臉上剛有點喜色，此時又垮了下來。這幾日天天跪，她的膝蓋都跪腫了。

穆鴻嶺不明所以，看向穆鼎。

穆鼎笑道：「你母親為求你能高中，日日拉著他們幾個為你誦經祈福，每天都要跪上一個時辰。」

穆鴻嶺立刻接話。「那怎麼行，若寧跟婉寧還小，一個時辰下來，腿要跪腫了。」

穆若寧淚眼汪汪地跑過去，抱住穆鴻嶺的胳膊。「還是大哥心疼我。你看啊，現在還腫著呢。」說完對著穆鴻嶺拉起自己的裙角。

穆鴻嶺最看不得妹妹這樣，當即把穆若寧抱到腿上，一邊給她揉腿、一邊看向王氏。「母親不必這樣，這次考完，兒子心裡很有把握，她們幾個有這番心意就好了。」

穆若寧坐在穆鴻嶺懷裡，道：「就是就是，就算不誦經，我們也是日日盼著大哥高中。對吧，四姊姊？」

穆婉寧點頭。「何止這樣，我連作夢都是盼著哥哥高中解元的。」

話一出口，全家人都笑出聲來。

今天周氏也來了，指著穆婉寧笑。「我看，全家人加起來，也比不上四丫頭這張嘴，忒會說。」

與此同時，秋闈結束，蕭長恭向皇帝交差，後面封卷、閱卷的事，便不必他來操心了。回到府裡，蕭長恭立刻差人去穆府送消息，明天約在新淨坊見面。

穆婉寧說要見風九，他可是記在心裡的。

有穆鴻嶺求情，王氏總算放過穆婉寧三姊妹，穆婉寧得以一清早就出門，直奔新淨坊。到了新淨坊，穆婉寧沒急著議事，先帶著蕭長恭與風九在鋪子裡逛一圈，又去隔壁的狀元齋轉了轉。

新淨坊的人還不覺得如何，畢竟大多數的夥計都見過蕭長恭。

狀元齋的人可就不同了。

蕭長恭是當下最炙手可熱的侯爺，雖然看著讓人生畏，但仍舊覺得激動，覺得跟著眼前的東家幹，真是大有好處，不僅能見大人物，更重要的是，這幾日的工錢可是雙倍。

都逛完了，穆婉寧才與蕭長恭找了處安靜的地方坐下來。

「你就是風九？」

風九上前一步。「風九見過姑娘。」

「你傳回來的內容，我看了，寫得很好。我覺得你很有寫話本的天賦，我這裡有兩個故事，你來看看。」

穆婉寧說著，遞出兩張紙。

這兩個故事，一個是前朝書法家的。書法家是才子，娶了自己的表姊，本是夫妻恩愛，但公主卻一意要嫁給他，非得逼他休妻再娶。書法家為了躲避這門婚事，甚至不惜用艾草燒傷雙腳。

可聖旨已下，書法家不得已與元配和離。僅一年，元配鬱鬱而終。書法家再娶之後，雖做了高官，但也於四十多歲的年紀英年早逝。

第二個故事，就是前一世穆婉寧在方家的經歷，只不過仍然借用了前朝的人物，更凸顯方堯的虛偽勢利，當然也少不了方母與簡月梅的惡行惡狀。

「這兩個故事，你拿回去潤色，看看怎麼講出來更吸引人。這其間，你儘量物色有名的說書先生，把這兩個故事在每間茶館裡說上一遍。所需銀錢，你自去找沈掌櫃支取。」

風九仔細看了故事，心裡盤算幾下，有了主意。

「姑娘放心，這件事，風九必能替您辦得漂漂亮亮。」

蕭長恭也湊過去看了，立刻明白穆婉寧的用意。第一個故事顯然是影射吳采薇，為他出氣的；第二個，自然是為了收拾方堯。

想到自家媳婦也是有手段的，蕭長恭心裡高興，就該這樣。而且，還沒成親呢，她就知道維護夫君了。

饒是這會兒還戴著面具，蕭長恭的笑意也滿滿溢了出來。

短短半個月，新淨坊的香胰皂就風靡了整個盛京城。

除了那些達官貴人、高門府第喜歡之外，連平民百姓也會買塊最便宜的、不加香料和藥材的胰皂回去用。

以往，澡豆是貴人才能享用的東西，現在這種胰皂與澡豆一樣，能洗手、洗臉，還能洗衣服，價錢卻便宜許多，大家都想試試。

新淨坊生意紅火，自然引起許多人的注意。光明正大一點的，上門買方子；下作的，便賄賂夥計套方子；想不擇手段，便直接派人上門偷方子。

總之，小小的新淨坊，半個月內成為了萬眾矚目的地點。

幸好，新淨坊的夥計都是跟蕭長恭上過戰場的，雖然不如一般夥計圓滑會說話，但論守口如瓶卻一個頂倆，防起外人相當謹慎。

而且，剛剛穆婉寧帶了蕭長恭在鋪子裡走了一圈，威懾效果也很好。

蕭長恭還把風三派來了，此人最擅長防守，帶著幾個風字頭的新人和原來的夥計，硬是把新淨坊守得密不透風。

穆婉寧看到聲勢造得差不多了，不打算考驗人性太久，向穆鼎稟報後，由蕭長恭出面，進宮面聖。

這半個月，皇帝對穆婉寧想出的香胰皂頗感興趣，稍微暗示一下後，穆鼎立刻呈了一份上來。不僅有皇帝的，連後宮的妃子、公主也是人手一份。

皇帝不僅每日用來洗手潔面，還命內務府加緊研究，看看能不能仿製出來。

聽聞蕭長恭進宮，皇帝立刻召見。

一同而來的，還有穆鼎與穆婉寧，按照規矩跪拜。

穆婉寧在面聖前，特意學了進宮的禮儀，此時應對倒是得體。

蕭長恭早已把面具摘下來，正對皇帝。

「長恭的傷，倒是比之前好了不少。」

「謝陛下關懷，多虧陛下賜下的藥材，臣才能躲過此劫。」

皇帝擺擺手，又看向穆鼎。「穆大人怎麼也來了？」

穆鼎道：「陛下為小女覓得良配，臣自然要來謝恩。」

皇帝順勢轉頭看向穆婉寧。「小丫頭，我雖是第一次見妳，但妳的名字，朕卻是聽說多次了。前有馬蹄鐵，後有風靡京城的香胰皂，妳可是厲害得很啊。」

穆婉寧趕緊答話。「謝陛下誇獎，臣女愧不敢當。此為香胰皂的方子，乃是臣女的謝媒禮。」說罷，從袖口中取出一本摺子，雙手舉過頭頂。

這摺子是她向穆鼎討的，寫的時候頗覺有趣，沒想到重生一次，她不僅有了完全不一樣的人生，居然還有了給皇帝寫摺子的機會。

德勝上前接過，檢查兩下後，才遞給皇帝。

皇帝對於穆婉寧的乾脆有些意外，他剛開了個頭，穆婉寧便馬上把方子呈上來，完全沒有猶豫，想來是早已打算好的。

就是這方子……

皇帝看穆婉寧一眼。「穆家丫頭莫不是誆騙朕，這香胰皂是用來洗除油垢的，為何還要添加燒融的豬脂，這不是越洗越油嗎？」

穆婉寧早料到皇帝會有此一問，微微一笑。「陛下說得是，起初臣女在雜記上看到方子時，也覺得作者胡說八道。單碾碎豬胰臟那一條，就讓臣女受不了，更別說還要加豬脂跟白糖。故而當時看過，也就放下了。

「直到前段時日，蕭將軍託我代管一家澡豆坊，我好奇地去看了澡豆的製法，發現澡豆中，竟然真有碾碎的豬胰臟。

「於是，臣女又想起這個方子，既然作者寫了豬胰臟，或許加豬脂也是有道理的，便命人按方子試試，哪怕失敗了，也只當滿足好奇心。沒想到，最後真的做出來了，而且比澡豆更耐用，算是意外之喜。」

皇帝聽完，也來了興趣，命人把用來洗手的四君子皂拿過來，仔細觀察。

「想不到朕每日用的東西竟然含有豬脂，著實有趣得很。」

於是，皇帝又細看了摺子一遍，才發現方子的後面，還有一條注解。

「妳建議朕賣方子？」

「是，香胰皂的製法並不複雜，原料也隨處可見，可謂本錢低廉且耐用，兼之有滌垢去污之能。若能傳出去，不僅對百姓有利，還有預防疫病之功效。」

皇帝點點頭，關於防治疫病這一條，在香胰皂流行之後，便有太醫向他稟報。

「天下之大，不僅盛京一城，若是獨占方子，臣女可以掙很多銀錢，但推廣此物，卻可能要十數年，甚至數十年之久。

「若向天下公開販售方子，不僅可以讓香胰皂早日普及，所得銀兩也可為陛下分憂。」

皇帝眉頭一挑。「怎麼，這錢妳不要？」

穆婉寧笑道：「不是不想要，實在是這錢與臣女無關。一來，這方子是臣女在雜記上看來的，原作者已不可考，但到底是他人之物，此番臣女已經是借花獻佛了。

「二來，這方子於民有利，又是送給陛下的謝媒禮，所得銀錢自然歸陛下所有。」

皇帝向來臉厚心黑，若這方子是穆鼎或蕭長恭送來的，他二話不說便收下。

可是，面對穆婉寧這樣一個半大的小姑娘，他就不好那麼直白地收禮了。

「罷了，朕不好太占妳的便宜。近日剛收回一座京郊的溫泉莊子，雖然不大，但泉眼算是京郊溫泉中的上品，就賞了妳吧。」

穆婉寧一聽，喜出望外。前一世，她很想去體驗冬日裡一邊欣賞皚皚雪景，一邊泡在溫泉中的感受。

只可惜，直到她被害死，也沒能親眼看到溫泉是什麼樣子的，更別說去泡一泡了。

沒想到，這一世，她不但有機會了，甚至連莊子都變成了自己的。

「謝陛下，日後臣女有了好東西，一定再給陛下送來。」

皇帝忍俊不禁，心情不由更加舒暢。

蕭長恭沒說話，任由穆婉寧發揮，見穆婉寧把皇帝哄得高興，心裡也很歡喜。

穆婉寧越是能在皇帝面前露臉，他們的親事就會越穩固。

哪怕吳采薇和承平長公主仍不死心，皇帝也不會因為顧及情面，而打了自己作媒的臉。

可以說，穆婉寧已經是他板上釘釘的媳婦了。不過，最後一榔頭，還得等一年半後，穆婉寧及笄了才能敲。

三日後，皇帝便用上了由內務府趕製出來的香胰皂。

內務府專門負責皇家內務，相當於皇家的大管家。

既然是服侍皇家，所要呈的東西，當然是最好的。因此，內務府在做香胰皂時，不僅捨得用料、敢用料，還額外添加許多藥材，既有清潔之能，又有護膚之功效。

皇帝親自試用後，點點頭。「不錯，做得很好。方子可有問題？」

內務府總管躬身答道：「沒有問題，不但細節清楚，很多注意事項也標明瞭，的確是誠心實意，只要照著做，這香胰皂一定能做得出來。」

「好，那就由內務府出面，公開販售方子，每份……三萬兩吧。」

三萬兩聽著數目不小，但對於那些大商號、商家來說，真不算什麼。

而且香胰皂比澡豆便宜、效果還好，哪怕是平民百姓也能用得起。若是全天下的百姓，每家每戶買上一塊，這能賺多少錢？

三萬兩，可能一年就賺回來了。而且這可是皇帝賣東西，不看僧面，還得看佛面呢。

因此，消息一出，立刻有數十封摺子遞到內務府，遠在江南的大商戶，更是連夜派人進京買方子。

十天工夫，香胰皂的方子，便售出三十三份之多，整整九十九萬兩白銀。

這數字，連皇帝也愣了一下。「德勝，你再重唸一遍，多少？」

「回陛下，共三十三份，九十九萬兩白銀。差一萬兩就一百萬了。」

「好，好啊！」皇帝興奮地拍桌。「國庫一年收入不過千萬兩白銀，光這一項，就得了一百萬兩。」

有了這一百萬，無論是應對饑荒災年，甚至修堤築壩，都能寬裕不少。

而且，這錢不是稅收，不必入國庫，可入皇帝的私庫，這樣一來，皇帝對這筆錢的用途，便自由許多。

國庫每年能收千萬兩白銀，皇帝也有固定收入。可是偌大一個國家，偌大一個皇宮，真是處處都需要錢。

一百萬兩比起一年國庫收入雖然不多，但也能讓皇帝手頭闊氣不少。

皇帝在自己桌上看了看，指著一對玉屏風，吩咐道：「德勝，你親自把這個送去穆府，就說朕今天高興。」

德勝笑意滿滿。「是。」

第四十三章　狀元

穆婉寧一連得了皇帝兩次賞賜，又兼有狀元齋和新淨坊，在盛京城不大不小地引起了一陣波瀾。

一時間，人人或嫉妒，或羨慕。尤其是之前覺得穆婉寧身為庶女，不配嫁給蕭長恭的人，此時更覺得惱恨。庶出的女兒，什麼時候也能有這麼好的運氣了？

還有，雜書就這麼好看，先是馬蹄鐵，然後是香胰皂？

一時間，盛京城裡再次掀起了看遊記、雜記的風潮。

隨著方子的販售，盛京城中很快有了各式各樣的皂坊，但香胰皂這三個字，到底是從新淨坊這裡叫出來的，後來的人無論怎麼想，名聲上也要比老字號的新淨坊，差上那麼一點。

尤其四君子皂和玫瑰皂，宮裡的貴人們也用過，哪怕盛京城裡有了更高級的皂，新淨坊裡的皂仍是供不應求。

畢竟，誰不想和皇帝、皇后用一樣的東西呢？

吳采薇一連被關在府裡好些天，又因為被褫奪封號而大病一場，等到病癒，才聽說穆婉寧在盛京城裡大出風頭的事。

不僅如此，原來在她名下的溫泉莊子，也被收回去，改賜給穆婉寧。

吳采薇氣得差一點又躺回病床上。

那座溫泉莊子，可是她好不容易求來的，因為有這個莊子，每年冬天，她不但能舒服地泡澡，還能藉此邀請不少京城貴女前去。

她能有現在的交際圈，有一半是溫泉莊子的功勞。

現在，這些都成為穆婉寧的了，氣得她心想，那莊子雖好，到底是皇家財產，給了穆婉寧，也得看穆婉寧能不能留得住。

穆婉寧自然不知道吳采薇的心思，此時她正在穆鼎的書房裡，手裡捧著莊子地契，和他說話。

「這溫泉莊子，女兒覺得，還是歸在父親名下的好。」

穆鼎看看她。「這是為何？」

「這畢竟是皇家財產，陛下御賜，但難免會惹人說嘴，尤其吳鄉主，肯定不會這麼輕易地善罷甘休。若是歸於父親，可免除不少麻煩。

「而且，聽郎中說，這溫泉對身體甚有好處，尤其冬日浸泡，不僅可以舒筋活血，還能延年益壽、祛病消災。

「這麼好的東西，當然得讓全家人一起享用。若是放在女兒手裡，祖母、父親、母親就算過去，到底不如像自家一樣自在，畢竟女兒是晚輩。尤其大哥、二哥，他們總不好說去妹妹的莊子裡泡澡。

「但若是父親名下的，便無礙了。不但長輩們自在，想住多久就住多久，兄弟們也不必有所顧忌。」

穆鼎聽完，微微點頭，臉上滿是慈祥的笑意。女兒貼心，又想得周到，還懂得孝順他，他這個當父親的，實在沒有什麼不滿意了。

「婉兒能如此想，為父甚慰。這莊子且不說價值幾何，單是這份御賜殊榮，就不是一般人能得到的，妳可捨得？」

「有什麼捨不得的，給的又不是別人。再說這莊子在父親手裡，和在我手裡，沒什麼分別。難道給了父親，父親還能不讓我去？」

穆鼎大笑。「好，既如此，為父就收下了。當然也不會白收妳的，回頭父親尋個差不多大小的莊子，待妳出嫁時，好好給妳添一筆嫁妝。

「另外這莊子的管事權，我也交給妳。現在妳有鋪子練手，但莊子還沒有，先學著管。有什麼不懂的地方，父親、母親、祖母都可以問，千萬別因為面子的問題拉不下臉問，到時吃虧的還是妳自己。」

穆婉寧笑得極甜。「爹爹真好。」

「哼，馬屁精。」

於是，後來有言官在朝堂上提出，穆府四女無德無名，不配擁有皇家財產，請皇帝收回成命時，卻愕然發現，莊子的主人早已變成了穆鼎。

莊子乃是御賜，若是轉送給別人，自是不妥。可是，女兒獻給父親，除了說一句孝心可嘉之外，還真說不出什麼來。

而穆鼎又是一朝宰相，無德無名之說，也就不成立了。

穆鼎心裡冷笑，就算這莊子不歸他，堂堂一朝宰相還護不住女兒的私產，那才真是讓人笑掉大牙的事。

於是，言官被皇帝罵了一頓，又表揚穆婉寧一番，讚穆鼎教女有方，溫泉山莊的事便算就此塵埃落定。

吳采薇聽到消息，再次差點氣得吐血。

「我就不信，我乃堂堂長公主的女兒，還鬥不過一個小小的庶女。哼，就算宰相之女又如何，也不過是替皇家看門的狗。」

蕭長恭是她選定的人，誰也別想搶走！

到了放榜之日，黃榜剛貼出來，人群立刻圍得水泄不通。

穆家人出門時算早，但仍舊沒能搶到位置。

下了馬車後，穆鴻漸一馬當先在前面開路，穆婉寧三姊妹緊跟在後，穆鴻林壓陣，防止姊姊、妹妹被人群擠散。

至於穆鴻嶺，倒像是有些害羞，跟著母親王氏站在人群後面，瞧著弟弟、妹妹激動不已地去替他看榜。

但穆鴻嶺的名字實在太好找了，頭名解元，根本不用去看第二張榜。

幾人一眼就看到穆鴻嶺的名字，然後齊齊爆出歡呼。

「大哥中了，解元！」

周圍立時傳來羨慕的目光，再一看榜上的名字，才知道眼前幾人是相府的公子和姑娘。

提到相府的姑娘，立時有人聯想到最近火紅的新淨坊與狀元齋，隨後又有人想起，狀元齋匾額的落款，似乎就是穆鴻嶺？

這事漸漸在人們心裡發了芽，加上黃榜張貼的時日久，狀元齋和新淨坊風頭正健。等更多看榜的人去過狀元齋之後，便發現這一回的秋闈解元，正是替狀元齋提字的人，而且是先提字，後中解元，這可是大大的好兆頭，大大的喜氣啊。

於是，狀元齋的禮盒又大賣了，數量翻了一倍。

只要家裡有讀書人的，都會去買一份。就算今年秋闈已過，但能沾解元的福氣，還是要沾的。

當然，也不是所有人都服氣。

難免有些人陰陽怪氣，覺得狀元齋說大話，甚至出現了流言，說穆鴻嶺能高中解元，是因為有一個當宰相的爹。

吳采薇就是這股流言的推手，她恨上了整個穆府，只要與穆婉寧有關的，都看不順眼。

不過，沒等穆府人反擊，這次的主考官就不高興了。秋闈的解元是他定的，這流言是什麼意思？

於是，主考官一封摺子上到皇帝面前，請求徹查流言，並且邀請朝中閣老重新閱卷。

皇帝向來對科舉十分重視，畢竟這是為國舉才，唯有手下能幹，他才能實現宏圖偉略。

因此，一接到摺子，他立刻下令，嚴查流言。

這一查，居然查到他外甥女頭上。而且，吳采薇並非是聽到風聲，或有什麼證據，完全是信口開河。

理由嘛，皇帝用腳趾頭也能想出來，無非是出於嫉妒。

皇帝直接摔了茶盞，他這個外甥女，什麼時候變得這麼不讓人省心了？

先是馬場之事，拿皇家顏面當了遮羞布，緊接著硬闖鎮西侯府，害得他的大將在閻王殿前晃了一圈。現在竟然造謠，說科舉舞弊，真是無法無天了。

本已經離開長公主府回宮的教養嬤嬤，再次手捧太后懿旨，回到了公主府，同時帶去的，還有太后掌嘴二十的懲罰。

這一頓耳光打得吳采薇嘴角冒血，整張臉紅腫起來。

連痛帶氣之間，吳采薇又是一病不起。

承平長公主心疼女兒，進宮求情，卻被太后一通怒罵，三月內禁止入宮，閉門思過。

然而，流言之勢已成。雖然澄清了並無徇私舞弊，但仍舊有一群人聚集到狀元齋門口，要求狀元齋把匾額換了，理由是穆鴻嶺還沒考上狀元，不能以狀元為名。

穆婉寧氣笑了，看著站在面前的沈掌櫃。「門口那些人，有認識的嗎？」

「有，京中那幾家有名的糕點鋪子，都派了夥計混在人群裡煽動鬧事，想來是覺得咱們搶了他們的生意，藉此打壓。」

「倒是打得一副好算盤。」

外面叫囂聲音更大了，穆婉寧倏地站起身，抬手制止想勸她別露面的沈掌櫃。

「跟我出去，有些話不說清楚，還真當我狀元齋好欺負。」

此時，狀元齋門前已經聚集了二、三十人，有讀書人，也有一些偽裝的讀書人。

所謂偽裝的讀書人，是指那些人穿的雖是長衫，但穆婉寧總覺得他們下一個動作，就是把抹布搭在肩上，然後高喊一句有客兩位，貴人裡面請之類的話。

穆婉寧出來，沒急著說話，而是掃視眾人一眼，直到人群安靜下來，這才開口。

「看你們個個穿長衫、搖摺扇，裝出讀書人的派頭，卻不幹讀書人的事。自己考不上狀元，卻對著一塊牌匾說三道四，真是快把我的牙酸倒了。

「你們覺得狀元齋名不副實，就要我把匾額摘掉。難道我摘了，你們就能考上狀元？有在門前鬧事的工夫，還不如回去多背兩頁書，省得我一個女子替你們臊得慌。

「還有，若只有我大哥考上狀元才能叫狀元齋，那吉祥街是不是得真吉祥才能叫吉祥街，否則叫不了了？」

人群裡立刻有人反駁。「吉祥街是虛指，妳那狀元卻是實指，家裡沒有狀元，憑什麼叫狀元齋？」

「就是就是，沒有狀元就不能叫狀元齋！」有人附和了。

穆婉寧輕哼一聲，目光犀利地看著說話的人。「誰說穆家沒有狀元的？前朝洪武二十四年，先祖曾高中狀元。我大哥思慕先祖，以先祖為榜樣，題了狀元齋三個字，有何不可？」

鬧事的人群立時傻了，洪武二十四年，那是快一百年前的事了，她還敢拿出來說嘴。

雖說盛京城裡不乏拚祖先、比闊氣的人，但直接比拚一百年前的，實在是不多。

見人群的聲勢落了下去，之前挑撥的人再次出聲。「好漢不提當年勇，祖上的闊氣也好意思拿出來說？」

穆婉寧聽了，看沈掌櫃一眼。

沈掌櫃上前，低聲道：「是祥意齋的人。」

穆婉寧點點頭。「我當是哪家偏要跟狀元齋過不去，原來是祥意齋。祥意齋的名號，應該也有百年歷史，不也天天叫得歡？怎麼不見你們說這是百年前的名號，不能拿出來用？

「還有，既稱祥意，那是不是但凡你們那兒發生點不祥意的事，就該把牌匾換了？」

說到最後一句，穆婉寧強調了一下「不祥意」三個字，面上雖是帶著笑，但說出來的話，可是十足十的不懷好意。

這下，連祥意齋的人也不敢說話了，生怕穆婉寧真使壞，搞點什麼「不祥意」的事，那才是偷雞不著蝕把米。

其他家夥計同樣不敢說話，各家各戶的名號，都是以吉祥如意的寓意取的，若要較真，恐怕半條吉祥街的牌匾都得換了。

看眼前的人不說話了，穆婉寧見好就收。「行了行了，都散了吧。學問不行的，趕緊回家背書；生意不行的，回鋪子招呼客人去。

「至於那腦子不行的，回家好好想想，狀元齋摘不摘匾，改不改名字，與你們有什麼關係？怪不得你們的書都讀不好，腦子裡都是漿糊。」

立刻有人發出笑聲，先前鬧得最歡的那群人，終於灰頭土臉地走了。

穆鴻嶺知道狀元齋門前發生的事後，當下也是哭笑不得。「我這四妹妹真是一肚子歪理，那些去圍剿狀元齋的人就夠不講理了，婉寧倒是比他們還胡來。」

穆鴻漸往椅背上一靠。「要我說，四妹妹這樣挺好，這叫惡人自有惡人磨。」

此時穆婉寧卻沒有白天當眾修理人的豪氣，而是一副做錯事的樣子，站在穆鴻嶺面前。

「大哥，對不起，是妹妹給你添麻煩了。」

別看穆婉寧白天罵得開心，但面對穆鴻嶺，還是心有愧疚。穆鴻嶺可是憑真才實學考中解元，現在因為她的生意，反而被潑了髒水。

穆鴻嶺灑脫一笑。「與妳無關，只要我是父親的兒子，就算沒有狀元齋，這樣的流言也會有人說。」

穆鼎也點點頭。「嶺兒說得是，所謂不遭人妒是庸才，那樣的流言不必放在心上。」頓了一下，轉頭看穆婉寧。「倒是妳，百年前的事也好意思說出來。」

「有什麼不好意思說的，先祖的榮光也是榮光。只要後輩子孫不是只念著這點榮光，而是努力精進，又有什麼好避諱呢？

「等到大哥高中狀元，人們只會說穆家果然書香門第，百年前能中狀元，百年後照樣是狀元。」

穆鼎看著穆婉寧扠腰昂頭的樣子，心下好笑，指著穆婉寧。「妳這歪理，真是一套一套的。不過此事應對得算不錯，值得誇獎。」

穆婉寧笑著上前，摟住穆鼎的胳膊。「那是當然，也不看看我是誰的女兒，誰的妹妹。」

穆鴻漸當即笑道：「妳該不會是馬屁精投胎的吧？」

穆婉寧對穆鴻漸扮了個鬼臉。「二哥哥這是嫌棄我，不願意認我這個妹妹了？」

穆鴻漸一臉寵溺的表情。「認，哪能不認呢，這麼好的妹妹，不認豈不虧大了？等我考上武舉，還盼著妹妹送禮呢。」

一屋子人頓時全笑出聲來。

與穆府的其樂融融不同，此時的方家可謂一片慘澹。

方堯毫無意外地落了榜，任憑方母在榜前看瘦了脖子，也沒看到他的名字。

方堯頗受打擊，赴考之前，他知道自己學問不高，但心裡還是抱著一絲僥倖。萬一他得了哪個大人青眼，就一飛沖天了呢？

只能說，方堯這般想法，也是瞎想。

落榜後的方堯，整日在家裡借酒澆愁。方母亦唉聲嘆氣，這時再看簡月梅，越發不順眼起來。

他們母子初來京城時，是何等的前途光明，兒子是宰相府的準女婿，雖客居宰相府，但也是人人恭敬。

只要一直住到秋闈，考官都是勢利的，看在宰相府的面子上，會給兒子舉人的功名。結果，就因為一個簡月梅，婚事告吹不說，兒子的功名也沒了。

最初收留簡月梅時，方母便打算讓她做方堯的妾。後來簡月梅懷了孩子，她也沒說什麼，畢竟是方堯的種。

現在，簡月梅的孩子沒了，更是因此落下病根，往後子嗣艱難，那要她還有何用？

因此，方母對待簡月梅是一天比一天壞，天天想著的，都是怎麼變本加厲地折磨她。

至於簡月梅還是她外甥女這件事，方母早就忘了個乾淨。

簡月梅也沒想到，自己的姨母一朝變臉，竟不比她聽過的黑心惡婆婆差到哪裡去。

至於方堯，簡月梅根本沒抱希望，能對懷著孕的表妹說出娶妳何用的男人，能指望他什麼呢？

可是，她沒有退路。跟了方堯，沒了他嫁的可能，除非她願意嫁個殺豬或種地的。

想嫁讀書人，嫁入高門府第，已然徹底失去了機會。

第四十四章　六妹

秋闈放榜後，穆婉寧這邊忽然清閒下來。

蕭長恭被皇帝派去京郊的兵營練兵，直到過年都不能回來，穆婉寧連去蕭府騎馬都沒了興致。

狀元齋和新淨坊已經步入正軌，沈掌櫃的經營能力逐漸得到發揮，兩個鋪子打理得有聲有色，根本不需要她操心。

穆安寧也恢復到處赴宴的日子，經過方堯之事後，她的風評好了許多，而且再加上成為鎮西侯連襟的好處，即使穆安寧是庶女，也照樣搶手。

穆婉寧把一疊邀請她參加賞菊宴的帖子扔到一邊。「這些讓三姊姊去就好了，我就不去了，免得三姊姊說我搶了她的風頭。」

事實上，也的確如此，在那些有意結親的人眼裡，穆安寧的確搶手。但對於其他人來說，還是更願意親近穆婉寧，畢竟那是未來的侯府夫人。

而且，最近新淨坊又推出菊花皂與楓葉皂，不但能用來潔面，還可以保養皮膚。

可是新淨坊的新皂每月只賣一百份，賣完後若是還想買，就得等到兩個月後。

不過，京城的達官貴人們，誰肯落於人後？

因此，一眾貴女見到穆婉寧，就把她圍在中間，想方設法地要從她這裡買些香胰皂。

想到這裡，穆婉寧不由再次感嘆，她重生之後，運氣真是好得不得了。祖母順手給她盤的鋪子，竟然讓她撿到了沈掌櫃這塊寶。

「姑娘。」雲香上前。「如果最近覺得悶了，不如出去走走？將軍送過一個莊子給您，莊子後面還有一小塊林子，這個時候正值收穫多的時候，咱們撿蘑菇，再打些野味，既能散心，又能飽口福。」

一聽說有吃的，穆婉寧還沒什麼反應，檀香的眼睛就亮了起來。「雲香姊姊說得對，咱們出了城，便有理由推了這些帖子。」

穆婉寧嘴角含笑。「我看是妳饞了才對。也好，自我重……病好之後，還沒出過城呢。最近天氣正好，咱們出去走走。」

於是，穆婉寧去向周氏和穆鼎稟報，不過理由變成了臨近秋收，要去察看莊子的收成。

周氏點點頭。「也好，往後妳也是別人府裡的當家主母，這些事情遲早都要學起來。早些經手，省得到時手忙腳亂。」

穆婉寧臉上一紅。「祖母說什麼呢，孫女只是覺得，不能辜負將軍讓我代管的心意。」

周氏忍不住笑。「行行行，妳說什麼就是什麼。去了莊子不比在城裡，一定要多帶家丁與人手，可不要再出現那次的事情了。」

穆婉寧點點頭，當街被擄的事，真的不要再來一次了，幸虧那時遇到蕭長恭，不然穆婉寧這次重生就不是幸運，而是悲劇了。

雲香看看相府的護衛，暗暗皺眉。文官家的護衛比起武將家的，就是要差上不少。

別說比不了蕭長恭的親隨，連府裡那些從戰場傷退下來的老兵，也是個個比他們強。此去莊子，路上需要半天，若遇到山匪之類，根本來不及反應。

因此，在徵得穆婉寧的同意之後，雲香直接去了鎮西侯府，向蕭安借人。

一聽穆婉寧要去蕭長恭送的莊子，蕭安臉上立刻布滿笑容。

「好，好，應該去，以後也方便管嘛。這樣，府裡留下一半的護衛看家，其他的，妳們帶走，路上務必要小心。」

雲香趕緊擺手。「用不了那麼多，安叔挑十個好手借給我就行。人太多，莊子裡住不下，而且姑娘也不喜歡吵鬧。」

「也行，就依妳。」

一會兒後，穆婉寧收拾好出城時，就在城門口看到鎮西侯府的人，一行十人騎著馬，揹著弓箭，高興地等在城門前。

陪未來主母去莊子散心，可是既露臉又輕鬆的好事，還能去山裡弄點野味，打打牙祭。

不過，他們是高高興興，城門處的人卻覺得寒意陣陣，因為打頭的，就是刀疤臉柴洪。他不笑時，就夠嚇人了，這一笑，方圓十里之內，沒人敢上前。

柴洪倒是不在意，只要穆婉寧不嫌棄就行。

果然，穆婉寧一挑簾子，臉上帶著笑意。「我當是誰，原來是柴大哥。這次出門，就辛苦你們了。」

柴洪因為這一聲「柴大哥」樂開了花，臉上的笑容更加燦爛，或者說，更加恐怖了，在馬背上拱手。

「姑娘客氣了，這是我等分內之事。」

隨後，柴洪一擺手，其餘九人立刻把穆婉寧的馬車護在中間，緩緩出城而去。

柴洪在退下來前，本是一名校尉，自然就是這十人小隊中的領頭。

剛出城門，十個人中的八個沒了蹤影，只有柴洪騎著馬，走在穆婉寧的馬車一側，以及跟在最後面的劉大。

穆婉寧挑起車簾，一邊欣賞城外的風景、一邊聽柴洪說話。

「八個人分成四隊，兩人一哨，前後左右都有人，但凡有異常，會立刻發出警報。咱們這十個人，再加上相府的護衛，就算遇到山匪，也能打得他們哭爹喊娘。」

雖然京郊不可能真有山匪出沒，但柴洪還是忍不住搓了搓手掌，看那樣子，竟像是真盼著有山匪，好讓他打上一場。

雲香探出頭來。「柴大哥，你還是盼些好事吧。真有了山匪，就算能打退，讓姑娘受了驚嚇，你說將軍會怎麼收拾你？」

柴洪聽了，立時縮了縮腦袋，臉上堆起恐怖的笑容。「我只是說說，嘿嘿，說說。」

自從看過蕭長恭的臉後，穆婉寧對各種傷疤再也不感到害怕，此時哪怕柴洪笑得神鬼退散，也沒什麼反應。

穆婉寧不怕了，檀香就不怕；檀香不怕了，趕車的大壯也就不怕了。

而且大壯不只不怕，心情還特別舒暢，現在檀香可是坐在與他一簾之隔的馬車裡，他覺得自己都能聞到她身上的香味。

一路走了大概一個多時辰，穆婉寧坐在馬車裡，覺得有些累了，便問車外的柴洪。「還有多久才能到？」

「快了，應該用不上一個時辰。姑娘可是累了？不如下車歇歇，正好也到中午了，咱們吃點東西再走，反正咱們也不急，傍晚前趕到就行。」

穆婉寧也覺得自己是出來玩的，早到晚到無所謂，遂點點頭。「也好。」

一行人停下，穆婉寧下車走動，檀香、墨香幫護衛做飯，雲香則跟著保護穆婉寧，此處畢竟不比城裡，萬一從哪裡竄出點什麼，嚇到穆婉寧就不好了。

正散步賞景時，穆婉寧注意到不遠處的小路上，有個婦人抱著孩子匆匆走路，身後還跟了兩個壯漢和一個婆子。

隱隱地，還聽到那孩子在哭喊。「我不要跟妳走，妳是壞人！我要哥哥，哥哥救我！」

這哭聲聽得穆婉寧心裡直發顫，不由往前走了幾步，想看得更清楚些。

這時，另一邊忽然竄出一道身影，猛地撲向抱著孩子的婦人，婦人有些意外，但似乎頗有身手，一個閃身就躲過了。

那身影看上去是一個瘦弱少年，一撲不中後，失去先機，被後面跟上的壯漢打倒在地。

少年被打得起不了身，可他雖然挨打，嘴裡喊著的卻是——「還我妹妹！」

小女孩眼看哥哥被打，急了，對著婦人的臉就是一頓狠抓，婦人的臉上很快被抓出一道道血口。

婦人覺得臉上一痛，伸手一抹，居然見了血，登時惱羞成怒。「妳這小蹄子敢抓我的臉，真是活得不耐煩了！」

她說著，把小女孩往地上一扔，抬起腿來，往她的肚子踹了一腳。

事情發生得太快，穆婉寧來不及制止，眼見小女孩痛得捂著肚子，連叫都叫不出來。

穆婉寧氣血上湧，不顧一切往前跑去。那孩子倒地的模樣，像極了前一世她被方母毒打時的樣子。

「住手！」

看到穆婉寧急急地跑上前，雲香只好跟上。

柴洪也瞧見了，打幾個手勢，立時有人去截後路。

打孩子的婦人被穆婉寧的叫聲喊住，本想扭過頭來喝罵，但看著穆婉寧衣著華麗，到了嘴邊的髒話又嚥回去。

婦人衝身邊的婆子使眼色，讓她把孩子看好，自己則整整衣服，攔在穆婉寧身前。

「貴人有所不知，這兩個孩子，都是我明月樓的賣身僕役，還沒教好規矩，就被她跑了。衝撞貴人，小人給貴人賠不是。」

「她胡說，我不是……」小女孩一張口，就被旁邊的婆子捂住嘴巴，還在她身上狠狠掐了一把，疼得她悶悶地叫。

另一邊，少年看妹妹吃虧，怒吼一聲，想爬起來，卻被兩個壯漢死死按在地上。

如果這婦人不提明月樓，穆婉寧或許還會有所遲疑，但一聽到明月樓三字，頓時覺得她非管這件事不可。

當初，她就是被南邊娼館的人盯上，差點被當街擄走，若非蕭長恭出手相救，這會兒她還在不在人世都難說。

現在，相似的一幕在她眼皮子底下重演，被她遇見，斷沒有袖手旁觀的道理。

「好個明月樓，光天化日之下竟敢擄人！柴洪，拿下他們；雲香，妳把孩子抱過來。」

婦人上前一步。「我看誰敢動！好說好商量，還給你們臉了？也不去打聽打聽，明月樓是誰的產業，敢動明月樓的人，真是活得不耐煩了！」

柴洪自然知道明月樓是什麼地方，不多說，直接上前踹倒婦人，高喊一聲。「拿下！」

青樓的家丁怎會是侯府護衛的對手，很快地，兩個壯漢再加一個粗使婆子，全被擒住。

小女孩剛從婆子手裡掙脫出來，便飛快跑到少年身邊，跪倒在地，邊哭邊叫哥哥。

少年吐出兩口帶著血和土的唾沫，艱難地從地上站起來，對著穆婉寧道：「多謝恩人搭救我兄妹二人，大恩大德……咳咳……」

「別說話了，你先坐下來。柴洪，你們當中可有人會看傷的，替他看看。」

柴洪點點頭，一招手，立刻有人跑上前，檢查少年的傷勢。

穆婉寧看著哭得像個淚人似的小女孩，輕聲安慰。「乖，別哭了，跟姊姊去那邊的馬車裡，讓姊姊看看妳身上有沒有受傷。」

小女孩搖搖頭，仍舊繼續哭，不肯離開少年。

少年衝著小女孩點點頭。「別哭了，去吧，哥哥沒事。」

小女孩這才勉強擦擦眼淚，一步三回頭地跟著穆婉寧去了馬車裡。

上了馬車，穆婉寧解開小姑娘的衣服一看，見腰間有一處明顯的瘀紫，肚子上也有一片隱隱的青印。

顯然，前一處是掐的，後一處是踢的。這傷痕看得穆婉寧額頭青筋直跳，沒想到這些人的心竟然這麼狠，對著一個小女孩也能下得了狠手。

「雲香，妳去把那婦人和婆子打一頓，照著這樣的傷，給我打個十處、八處出來！」

「是。」

馬車外的雲香應下，不一會兒，便傳來悶悶的叫聲，和拳拳到肉的聲音。

穆婉寧這才覺得心裡的氣順了些。前一世，她的身上經常出現這樣的傷，此時一見，便感到止不住的憤怒。

雖然那兩個婆子並非方母，但也算多少出了氣。

此時，小女孩也不哭了，跪在車廂裡，就要給穆婉寧磕頭。「謝謝姊姊替我報仇。」

穆婉寧趕緊攔住，沒讓她磕頭，扶她坐好。「現在姊姊要幫妳上藥酒，可能有些疼，但會讓妳好得更快。妳忍著些，如果太疼了就告訴我，好不好？」

「好，六妹不怕疼……嗯……」

穆婉寧剛下手，小女孩就叫了起來，讓她心裡有點慌。「檀香，妳來吧，我手重。」

檀香接過藥酒，穆婉寧掏出自己的帕子，沾了些水，幫小女孩擦臉。「妳叫六妹？」

「嗯……我叫竹六妹……」小女孩果然堅強，雖然換檀香來也是一樣的疼，但到底沒有叫出聲來，反而是一字一句回答穆婉寧的問題。

「那妳家大人呢？」

「爹娘都死了，哥哥就是大人。」說到這裡，已經止住淚水的竹六妹，眼圈又紅起來。

穆婉寧心裡莫名一顫，沒了爹娘，一個少年帶著一個女娃，這日子該是怎樣的苦法？

「那你們的家在這附近嗎？」

竹六妹搖搖頭，語氣更加低落。「我們從甘州來，要找哥哥的哥哥，可是走了好久，也沒找到。」

穆婉寧不忍再問。三年前，甘州才被蕭長恭從北狄人手裡收回來，這對兄妹先前在北狄人手下討生活，現在又千里迢迢來尋親，這一路的苦，怕是言語不能形容。

說到哥哥，就想起少年剛剛挨的打，竹六妹又忍不住哭起來，穆婉寧只好幫她擦淚。

這時，檀香上完了藥酒，穆婉寧伸手取過一盤點心，放在竹六妹面前。「餓了吧？先吃幾塊墊墊肚子。」

六妹抽抽鼻子，勉強接過盤子，拿起一塊，咬了一口，覺得又香又甜，當下顧不得難過了，抬起頭看向穆婉寧。

「我能給哥哥送一塊去嗎？他挨了打，得多吃些。」

穆婉寧說不清為什麼，忽然間覺得鼻子發酸。「妳儘管吃，馬車上還有。等會兒妳哥哥過來，妳吃多少，大姊姊就給妳哥哥多少。」

竹六妹一聽，立刻把手裡的半塊塞進嘴裡，咕噥著說：「那我要多吃些才好。」

檀香的眼眶也發紅了，她在賣身進府前，也是窮人家的孩子，知道有口好吃的不容易，兄弟姊妹間不爭不搶就很難得了。沒想到，眼前的小女孩居然能一直想著她哥哥。

看到竹六妹的頭髮亂了，檀香找出梳子，替她梳頭髮。

有這樣惦記哥哥的妹妹，也不枉那少年剛剛因為她被打得那麼慘了。

這時，柴洪走到車廂外稟報。「姑娘，那少年想要見您。還有，那幾個人怎麼辦？」

「帶他過來吧；那幾個人先捆實了，回京後派人送去京兆尹府。京郊雖不比京城，但光天化日下就想擄人，也實在太大膽了。」

柴洪點點頭，退下去辦。

穆婉寧帶著竹六妹走下馬車，少年也在護衛的攙扶下走過來。

竹六妹見狀，立時鬆開穆婉寧的手，跑向少年。「哥哥，你好點沒有？」

之前少年被打得滿臉血污，此時已經被清理乾淨。見竹六妹的小臉同樣乾淨，頭髮也梳整齊了，心裡感動，拉過她的手，鄭重地向穆婉寧行禮。

「多謝恩人搭救我們兄妹。」

竹六妹聽了，也轉過身來，學著哥哥的樣子向穆婉寧行禮，樣子頗為可愛。「多謝恩人姊姊。」

穆婉寧滿臉笑意，擺擺手，剛想說話，卻看見少年抬起頭，剎時如遭雷擊，愣在當場。眼前的人竟與蕭長恭如此相像！

穆婉寧直愣愣地盯著少年看，雖然身體有些瘦弱，嘴角又有青腫，但眉眼間與蕭長恭極為相似。

尤其那眼神，看人時就像是一頭孤狼，唯有看著竹六妹時，才流露出一絲溫柔，簡直像極了蕭長恭。

難道，他就是那日蕭長恭醒來時要找的弟弟？

穆婉寧按下心中的激動，不動聲色道：「不必多禮，遇到了這種事情，自然要出手相助。聽你倆的口音，似乎不像盛京人氏。」

「我們是來找哥哥的哥哥的，大姊姊認不識哥哥的哥哥？」竹六妹一派天真爛漫。

少年卻喝住她。「不許胡言。」

穆婉寧心裡一震，剛剛在馬車裡，聽到這話並未放在心上，但現在聽來，卻像是直指蕭長恭。

竹六妹被少年喝止，癟了癟嘴，又不敢違逆他，只小聲嘟囔。「我沒胡說。」

穆婉寧越看，越覺得眼前的少年很可能就是蕭長恭失散多年的弟弟。

第四十五章　三衡

這對兄妹是從甘州來的，當年蕭忠國夫婦正是在甘州殉國，蕭長恭唯一的弟弟也在那時下落不明。

據說那孩子失蹤時剛滿三歲，十年過去，倒是與眼前人的年紀對得上。

穆婉寧看向少年。「不知這位小哥的哥哥姓甚名誰，或許我認識也說不定。」

少年依然是一副拒人千里之外的樣子。「茫茫人海，怎麼會有那麼巧之事，不勞恩人費心了。我們兄妹已蒙大恩，不敢再多叨擾，就此告辭。」

他說罷，拉著竹六妹的手，就要離開。

當年義父曾告誡他，他的父母是大人物，雖然不知道是誰，但無論誰來打聽，都絕不可透露半句，以免被有心人聽了去，招來殺身之禍。

穆婉寧當然不願他們就此離去，即使眼前的人不是蕭長恭的弟弟，也想留住他們，哪怕給一頓飽飯，讓他們安安穩穩歇上幾日，養養傷也好。

「說起來，我還不知道你們叫什麼名字。」

少年遲疑一下，義父臨終前曾叮囑他萬事小心，不可過於輕信他人。但穆婉寧救了竹六妹，若連名字都不說就離開，確實有些說不過去。

「我姓竹，名三衡，此乃舍妹六妹。恩人高義，我們兄妹定會銘記於心。」

即便穆婉寧已經知道竹六妹的名字，但聽到少年也姓竹，不由還是微微一嘆。

可惜不是姓蕭。

等等，蕭字上面雖然是草字頭，但同音的簫卻正好是竹字頭，而且下面的字，若用最簡單的寫法，不是正好可以寫成三橫六豎？

怪不得叫三衡、六姝，這兄妹倆的名字，分明是應了一個簫字。

簫、蕭同音，是不是暗指竹三衡就是蕭家遺落在外的兒子，蕭長敬？

穆婉寧強行按下心中的激動，再看身邊的雲香和柴洪，卻沒看到什麼異樣。

真是的，蕭長恭沒事在府裡也戴什麼面具，若是肯露臉，說不定早把弟弟找回來了。

不過，這一切都是穆婉寧的猜測，暫時不好說出去，眼下最重要的是把竹家兄妹留在身邊，然後派人去叫蕭長恭來認人。

雖然蕭長恭自己也沒見過，但穆婉寧也不知道還能找誰來認了。

「竹小哥請留步。既然明月樓敢在京郊如此囂張，想必是有所倚仗，你們若還在附近逗留，遲早還會遇見，到時難免吃虧。

「而且，令妹被那婆子踢了一腳，萬一內裡有損傷，她這麼小，可是要落下病根的。」

聽到竹六妹受傷，竹三衡立即蹲下身，掀開她的衣服，果然在肚皮上看到一大片瘀青。

「該死！」竹三衡的眼裡閃過一抹狠辣。敢動他妹妹，他絕不會放過他們。

「你放心，那兩個婆子，我已經讓人下手打了一頓，身上的傷只重不輕。」

竹三衡想起不久前聽到的慘叫，心裡稍稍舒坦了些。

「多謝恩人。」

「我看不如這樣吧，我在這兒不遠有個莊子，你們跟我去莊子歇息一晚，我再請郎中給令妹看病。若是無事便好，萬一有事，也好早些醫治。」

竹三衡遲疑一會兒，最終還是憂心竹六妹，點了點頭。

看到哥哥點頭，竹六妹立刻興奮地跳起來。她從未見過親娘，父親一直說，她娘親是天底下最溫柔、最漂亮的女人，可她怎麼想，也想不出那應該是什麼樣子。

現在看到穆婉寧，竹六妹覺得，娘親應該就是這樣了。

竹六妹拉著竹三衡的手，看向穆婉寧，又看竹三衡，一時間覺得兩邊都好，都捨不得。

穆婉寧見狀，覺得像是看到了自己的小時候，心裡一片柔軟，衝竹六妹招招手。「來，把這些點心拿給妳哥哥吃。」

竹六妹立刻跑向穆婉寧，拿了點心，又跑回竹三衡身邊。跑到一半，才想起還沒有道謝，趕緊站住向穆婉寧行禮，才又跑向竹三衡。

「哥哥，這點心可好吃了。」

竹三衡心裡疑慮未去，不敢隨意吃東西。但轉念一想，若眼前的人真要害他們兄妹，直接讓人拿下就是，倒不必費心下毒。

接著，檀香端來一碗野菜湯，以及一些乾糧與肉乾。竹三衡道了一聲謝接過，用勺子舀湯，輕輕吹過後，才餵竹六妹喝。然後又細心地撕開乾糧和肉乾，一口口餵竹六妹吃。

待竹六妹吃飽，竹三衡才就著妹妹喝剩下的湯，吃掉剩下的食物。

穆婉寧一直觀察著竹三衡，看到他這麼呵護妹妹，心裡滿意。她可不希望蕭長恭找回來的弟弟，是心性歹毒之人。能這樣溫柔地對待妹妹，想來應該不會是壞人。

至於之前閃過的那一抹狠辣，穆婉寧倒是能理解。一個半大孩子帶著一個更小的孩子，沒點狠勁，怕是根本活不到現在。

甚至連竹三衡現在表現出的疏離和警覺，穆婉寧也很是欣賞。小心駛得萬年船，她那次被擄，不就是因為太過相信別人嗎？

當然，沒有那次，也就遇不到蕭長恭了。

一行人吃過飯後，再次出發，一同帶上明月樓的人。

萬一明月樓的人是因為知道什麼，才對竹家兄妹動手，說不定能問出可以佐證的消息。

穆婉寧對於竹家兄妹的照顧，讓三個婢女多少有些納悶，柴洪更是不能理解。但穆婉寧是主，他們是從，不好多話。

穆婉寧尋了個空，把柴洪叫到一邊。

「姑娘有什麼吩咐？」

「你可知將軍在哪裡練兵？」

柴洪點點頭。「京郊的大營，快馬過去，離這兒大約一個時辰。」

「你派個人給將軍送信，讓他務必抽空到莊子來，就說我有重要的事情對他說。若是方便，最好再帶個郎中。」

柴洪點點頭，招過劉大，耳語幾句，劉大微微點頭，衝穆婉寧抱拳，騎馬飛馳而去。

回到馬車上，穆婉寧看到雲香不解的目光，知道她們心裡好奇，她為什麼那麼做。

剛好，穆婉寧也想找人說說心裡的猜測。「雲香，妳可見過將軍不戴面具時的樣子？」

雲香不明所以，但還是回答。「只見過一、兩次，將軍不怎麼喜歡以真面目示人。」

「妳覺得竹小哥與將軍，可有相像之處？」

經穆婉寧這麼一提醒，雲香也忽然覺得有同感。「之前還不覺得，但經姑娘這麼一說，確實很像，尤其是眉眼的部分。」

穆婉寧點點頭。「可能我看將軍不戴面具的時候多一些，第一眼看到竹三衡，便覺得他與將軍非常相像，年紀又對得上，還是從甘州來的，或許真讓我遇上了也說不定。」

三個婢女裡，墨香根本沒見過蕭長恭面具下的樣子；檀香見過一次，但只記得駭人的傷疤，此時想破了頭，也想不起蕭長恭到底長什麼模樣。

「此事不要聲張，待將軍親自看過後再定奪。兩人如此相像，就算不是將軍的弟弟，今日相遇，也算是緣分，我們多照顧一些，讓他們兄妹少吃點苦，也是好的。」

雲香點點頭，仍有憂色。「若是真的，將軍不知會有多高興。就是怕萬一不是真的，讓將軍空歡喜一場。」

聽到這裡，穆婉寧也覺得忐忑起來。說到底，這事太過匪夷所思，哪怕有那麼多巧合，穆婉寧也是放心不下。

「停車，我要再去看看那對兄妹。」

「姑娘，我陪妳去吧。」雲香攔住穆婉寧，她的職責是保護穆婉寧的安全，無論竹三衡是誰，現在他都是陌生人，不可不防。

穆婉寧想到竹六妹純真的眼神，搖搖頭。「那馬車小，四個人坐著就太擠了，而且也不方便說話。」

「姑娘，說句冒犯的話，防人之心不可無。」

穆婉寧想了想，最終還是點點頭。「那妳跟我來吧。」

另一輛馬車裡，竹六妹正依偎著竹三衡睡著。她年紀小，挨了打後一直在強撐，幾乎是剛上馬車，便昏昏沈沈地睡了。

竹三衡也有些困倦，卻不敢睡。雖然穆婉寧看上去不像壞人，但她身邊的護衛可不是善類。以他觀察，那些人都是上過戰場的。

能有這樣的人做護衛，想來身分不低。大人物不全是壞的，但若一朝翻臉，想要他們兄妹的命，也是輕而易舉之事。

竹三衡正想著，馬車緩緩停住，他立時警覺，把懷裡磨得利又薄的竹片刀握在手中。

「我來看看六妹怎麼樣了。」穆婉寧一挑車簾上了馬車，後面跟著的是雲香。

竹三衡微微鬆口氣，不動聲色地把刀藏起來。「舍妹受了驚嚇，剛上車就睡著了。」

穆婉寧點點頭，坐在竹三衡身邊，放下車簾，馬車繼續緩緩向前。

「睡著了也好，有些事，我想問問你。」

竹三衡心裡一緊，神情鎮定。「恩人請問。」

「我聽六妹說，你們本是甘州人，來京城是為了找哥哥。不知你們的哥哥今年多大年紀，姓甚名誰，或許我可以幫忙打聽。」

竹三衡聽了，眼睛一瞇，更加警覺。穆婉寧問了第二次，難道她知道什麼？

想起義父的叮囑，他的眼睛立時透出凶狠的光來。

義父不許他對人說出自己的身世，只說讓他等待哥哥找他。

至於找到後如何確認，當年義父臨終之時曾說，他的父母留下一句話：只要兄弟相見，自有相認的辦法。

「我們兄妹與恩人無親無故，蒙恩人搭救，已萬分感激，尋親之事，不敢再麻煩您。」

穆婉寧對於竹三衡的態度倒不意外，但他的態度越疏遠，穆婉寧越覺得他可能就是蕭長恭的弟弟。

畢竟，若要尋的哥哥只是平頭百姓，便沒必要這麼遮遮掩掩，拒人於千里之外了。

穆婉寧正想著怎樣才能從竹三衡嘴裡多問出一些話，卻忽然聽到一聲哨響，緊接著是柴洪洪亮的大嗓門。

「敵襲！防禦！」

幾輛馬車立刻被趕離官道，聚集在一起，穆婉寧所在的馬車在最裡面，再往後就是一片茂密的樹林。

隨後，四周有人影閃動，除了相府的護衛，之前在外放哨的人也迅速趕回來。

早在哨聲一響，雲香就跳下車去察看，又上了車。

穆婉寧挑起車簾看看外面，問雲香。「怎麼回事？」

雲香一臉嚴肅。「後面的暗哨傳回消息，有一隊人馬朝我們這兒來了，人數很多，個個手裡都有兵器，來者不善。」

竹六妹也被驚醒了，雙手抓著竹三衡的衣服。「哥哥，怎麼了？」

「沒事，別怕，哥哥在呢。」

穆婉寧本想出去看看，卻被雲香按住。「姑娘別出聲，柴洪已經說了，待會兒若是不好，讓我帶著姑娘先走。」

穆婉寧驚住了。

很快地，一隊人馬出現了，一馬當先的是個身穿銀絲長袍的男人，不過袍口大敞，裡面也不見中衣，整個人袒胸露懷地騎在馬上。

穆婉寧微微詫異，眼下早已入秋，如此穿著不冷嗎？

再看來人披頭散髮，眼神迷離。穆婉寧不由暗驚，這人莫不是服了五石散？

五石散也稱寒石散，最初用來治療發燒，但很快就被發現，服用之人會感覺飄飄欲仙，因此之前很是流行過一陣。

後來，隨著藥方改良，藥性越來越猛，更容易讓人上癮，這種藥就被朝廷禁了。

服用五石散有個特徵，就是怕熱。哪怕是三九隆冬，也要儘可能少穿衣服。

眼前的人如此打扮，或許是服用五石散之故。

跟在車隊後面的明月樓的人，看到來人後，立刻叫了起來。

著銀袍的人名叫來興臣，輕蔑地瞥那幾個人一眼，目光閃過一抹狠戾，提起手裡的鞭子，對著那幾個人一通狠抽。靠他最近的那個人，瞬間滿臉血痕。

「廢物！讓你們辦點事都辦不好，要你們何用？」他說著，又狠抽了幾鞭，直抽得那人滿地打滾，哀號不已。

來興臣抽得累了，拿起馬背上的酒袋，灌了一大口，這才正眼看向穆婉寧的車隊，眼神中瘋狂不減。

「敢動我明月樓的人，都活膩了是嗎？全部給我拿下，有敢反抗的，格殺勿論！」

穆婉寧沒想到來人居然這麼囂張，張口就要拿下他們。而且來的人足足有三十人之多，手裡兵器閃著寒光，端的是殺氣騰騰。

穆婉寧這行人中，雖然也有二十人，但只有從侯府調來的十人能打。相府的人除了三個婢女和大壯，剩下的五人只是尋常的家丁，真要拚殺起來，未必頂用。

柴洪對場上的局勢看得可比穆婉寧清楚，來人的刀劍個個都是精品，比他們手裡的鐵片刀強多了。若是真動起手來，就算侯府的人能以一敵三，穆婉寧也會陷於險境。

當下，柴洪鏘的一聲抽出佩刀，雙眼射出精光，吼道：「此乃鎮西侯府車駕，有不怕死的就上前來！」

這一嗓子中氣十足，殺氣也十足，對面蠢蠢欲動的幾人聽了，立刻站住不動。

他們都是明月樓養的打手，手下沒少沾人命，自是窮凶極惡之徒。但他們做的事，向來是以多壓少、欺軟怕硬，哪裡比得柴洪這種真正上過戰場的悍卒。

而且，鎮西侯府的名聲，還是很響亮的。

穆婉寧躲在馬車裡，暗暗佩服柴洪的機智，這一聲既直接報出鎮西侯府的名號，又提了士氣，一舉兩得。

「我當是哪家的人這麼不長眼，敢搶我明月樓的人，原來是有鎮西侯府撐腰。不過，別人怕他蕭長恭，我卻是不怕的，不就是個侯爺，他見到小爺照樣得磕頭！」

穆婉寧聽不得有人誣衊蕭長恭，立時想走出馬車，問問來人，若鎮西侯府不夠，加上宰相府夠不夠？

結果，穆婉寧剛起身，雲香便一把按住她，低聲道：「姑娘千萬別動，此人是護國公的獨子來興臣，性情最是乖張暴戾，傳聞他好服五石散，每次服用必出京殺人取樂。今日撞到他，怕是無法善了。」

穆婉寧立即擔憂起來，沒想到真讓她猜中了。服用五石散的人，與其說是正常人，還不如說是個瘋子。萬一動起手來，自己手下的人未必擋得住。

想到這裡，穆婉寧在車廂裡翻出一件墨綠色披風，蓋在竹六姝的身上，然後看向竹三衡。

「待會兒若是亂起來，你揹著六姝，儘量往人少的地方跑。實在跑不動，就躲進樹林裡，這顏色不容易被發現，但不要躲太久。待沒人追擊後，再往西南方向跑，那邊是京郊大營，跑到那邊就安全了。」

竹三衡深受震動，看向穆婉寧。「那您呢？」

「我是相府之女，別看他叫得狠，就算真能抓到我，他們也不敢動我。但你們不同，一旦落到他們手裡，敵強我弱，我未必護得住你們，所以你們務必要走。」

竹三衡深深看了穆婉寧一眼，又看看懷裡的竹六妹，點了點頭。

穆婉寧雖是恩人，竹六妹卻是他生死相依的妹妹，哪怕穆婉寧有此禍事，是因為他們兄妹而起，他也只能為了妹妹，當一回小人。

雲香顧不得避嫌，開始脫自己的外衣。「姑娘，您趕緊與我互換衣服，來興臣非常理可度之，姑娘千萬不能落到他手裡。待會兒，您跟著竹小哥一起離開，奴婢替您頂在這裡。」

「不行，我不能拿妳的生命冒險，萬一來興臣發現妳是假的，真會一刀殺了妳。我在，他還會有所顧忌。」

「恩人。」竹三衡突然出聲。「我覺得這位姊姊說得對，她身上有武功，足可自保，但您卻不行。而且，若您真的落到他們手裡，後果會更嚴重。」

雲香讚賞地看竹三衡，這副沈著冷靜的樣子，真是像極了蕭長恭。

「竹小哥說得對。姑娘，快換吧，晚了就來不及了。」

第四十六章 解救

穆婉寧仍舊不肯讓雲香替她留在這裡，正要說話，卻聽來興臣又在高喊——

「鎮西侯府的人，護著的卻是宰相府的馬車。那車裡的該不會是蕭長恭的相好吧？堂堂一個侯爺，非要娶個庶女。也罷，今兒本公子倒要瞧瞧那庶女有哪裡好，若是真的國色天香，本公子不介意先嚐嚐鮮！」

來興臣說罷，一陣狂笑，他的手下更是一通淫聲穢語。

「把他們給我拿下，今兒小爺開恩，婢女都賞你們了，我就要正主。我倒要瞧瞧，蕭長恭看上的人，到底是什麼模樣！」

柴洪聽得雙眼赤紅，所謂主辱臣死，他護送的未來主母被人如此輕薄，今日他就是拚著性命不要，也得替穆婉寧出了這口氣。

見對方舉著明晃晃的刀衝過來，柴洪手向懷中一探，摸出一物，然後一拉引線，用力拋向天空。

隨著平地驚雷般的炸響，柴洪手中長刀指向來興臣，怒吼一聲。「殺——」

來興臣被這聲炸雷嚇了一跳，便看到柴洪像頭惡狼一樣往他襲來，頓時慌了手腳。「攔住他！」

鎮西侯府的其餘八名護衛，也隨著柴洪爆出怒吼。他們都是從一場場惡戰中倖存下來的，不足十人的聲音，硬是喊出了百人之威。

很快，雙方人馬纏鬥在一起，鮮血像不要錢一樣噴灑開來。

柴洪被幾人聯手擋住，來興臣退在陣後，看著場中的廝殺，神情越發癲狂。「把他們統統殺光，等小爺我嚐過鮮了，我讓你們每個人嚐嚐相府姑娘的滋味。」

雲香聽著車外動靜，眼神一緊。「來不及了，現在就走。快，下馬車。」

與此同時，正在樹林裡練兵的蕭長恭聽到一聲熟悉的炸響。

他抬頭，見一抹紅煙出現在天空之中。

紅煙，最最緊急的求救信號，非將不能用，非死不能用。

緊接著，不遠處有藍煙炸響，這是支援的意思。

兩處用的都是蕭長恭在西北大營規定的信號，可蕭長恭本人卻好好地在這裡。

蕭長恭瞬間想到他最不想見到的可能。「小七，放藍煙，叫全部的人集合！」

嗖嗖兩下破空聲，讓柴洪心裡大定。

第一聲，他知道是之前跑去送信的劉大傳的，此時距他出發不久，也就一炷香工夫，應該很快能趕回來。

第二聲才是讓柴洪驚喜之處，那處藍煙不但與劉大位置極近，更是一炸雙響——那是蕭長恭代表中軍的特有信號。

「兄弟們，堅持住，將軍距我們不過一箭之遙，援兵很快就來了。」

這兩聲炸響，對於侯府護衛來說，自然明白是什麼意義，當下士氣大振。

相府的家丁雖然不懂，但自己人剛扔出一顆響雷，便接連有兩聲回應，聽聲音還真的不遠，加上柴洪如此肯定，當下也提起了精神。

雲香臉上也立時有了喜色。「太好了，將軍離我們不遠。」

可是，沒等她高興太久，外面的廝殺聲猛然激烈起來。

對方看出他們有了增援之意，來興臣喊得更加瘋狂。「把他們全殺掉，一個不留！有膽敢不盡力的，回去後必殺你們全家！給我殺！」

另一邊，雲香拉著穆婉寧剛下馬車，就傳來破空之聲，幾支箭瞬間射到車壁上。

下了馬車，一股血腥味撲面而來，場面遠比穆婉寧想像的還要慘烈。

竹三衡卻像是沒看到一樣，用披風擋住竹六姝的眼睛，彎下身子，小心地貼著馬車邊緣，往樹林裡走。

檀香和墨香也下車，躲在馬車後面，看到穆婉寧向她們招手，立刻跟上。

柴洪瞧見穆婉寧，當下高喊。「相府護衛，保護姑娘先走；侯府護衛聽令，死戰！」

穆婉寧心裡震動，當下腳步一頓，就想回頭。

她只是一個後宅女子，不想看到這些好不容易熬過戰場凶險的士兵，為保護她而死去。

「恩人，您若回頭，他們就白死了。」竹三衡猛地一拽穆婉寧的手腕，眼神凶狠，也透露出決絕。

穆婉寧狠狠一咬嘴唇。「走。」

然而，這情勢哪裡是穆婉寧想走就能走的，來興臣見到一眾女眷出逃，立刻分了一隊人前來追趕。

柴洪等的就是這個時機。對敵之中，最怕的就是陣腳鬆動，來興臣不懂，可柴洪卻是懂得不能再懂。

於是，這隊人剛剛轉頭去追穆婉寧，柴洪便帶著人來了一波衝殺，直接斬了五人，再次堵住來興臣的路。

加上剛才所殺的人，此時來興臣已經折損十餘人，剩下的十七、八人看著一夫當關、萬夫莫敵的柴洪，心裡已經生出懼意。

這是在戰場上面對生死的懼意，要不是他們平日手上沒少沾血，此刻早已潰不成軍。

然而，柴洪也不輕鬆，他們雖是悍卒，但到底是傷退之人，體力已經跟不上。更別說兵器的差距實在太大，柴洪手裡的長刀，只砍兩人就已經捲了刃，其他人的也差不多。

反觀來興臣帶來的人，手裡的刀劍，幾乎沒有損傷。

若非兵器太差，柴洪至少還能再斬兩人。

此時，對面雖然死了十餘人，但柴洪這邊也只剩下六個，還有兩個重傷，連柴洪身上也中了兩刀。

來興臣又在後方瘋狂叫喊，揚言若有不盡全力者，回去後必殺光全家；殺人者，賞黃金十兩。

黃金十兩就是一百兩白銀，普通人一年也掙不到一百兩銀子。

在威脅家人和高額賞錢之下，來興臣的手下，再次蜂擁而上。

十七對六，兵器又差，兩個重傷的侯府護衛很快就倒下了。十名來興臣的手下圍困柴洪和剩下的人，其他手下由來興臣帶領，去追穆婉寧。

柴洪的身邊，只剩下三個人。雖然對方不再拚死搏殺，可是若想突圍，前去保護穆婉寧，已是不能。

遠遠地，來興臣瘋狂的叫聲又傳來。「男的都殺了，女的留下，老子要慢慢玩！」

護送穆婉寧等人逃跑的，是相府的五個家丁。因大齊對鐵器管制甚嚴，普通家丁沒有刀劍，只有普通的棍棒。

除此之外，唯一一個男人，就是趕車的大壯。大壯拎著當武器的，是馬車上用來墊腳的長條板凳。

眼看來興臣和七名手下越追越近，五個家丁對視一眼，握緊手裡的棍棒，齊齊站住。

「姑娘若能回去，還望善待我等家人。」

大壯也頓住了腳步。他沒有家人，是穆鼎順手撿來的，唯一不捨的就是檀香，張了張嘴，最終還是什麼也沒說，和護衛一起轉過身去，面對來興臣等人閃著寒光的刀劍。

如果他能活下來，有的是機會；如果活不下來，何必讓檀香傷心。

檀香的眼淚一下子湧了出來。

雲香知道，這幾人根本頂不住，狠狠地握了握拳頭。「竹小哥，姑娘就交給你了。」說罷，抽出匕首，帶頭衝殺過去。

穆婉寧已經咬得嘴唇見血。她記得清楚，雲香說她擅長跟蹤潛匿，這樣的人並不長於正面拚殺。

難道就因為一個吃了藥的瘋子，他們一行人全要死在這裡？

一個遲疑的工夫，已經有一個家丁倒下。他們平時最多是拿著棒子嚇唬人，或在打板子時當打手，根本沒有真正拚殺過。

來興臣的手下卻是沾過人命的，再加上刀劍精良，一個照面，又斬殺了一人。

眼見剩下幾人凶多吉少，穆婉寧猛地拔下頭上的簪子。「不跑了！這樣跑下去，等到護衛被殺光，我們還是要死。

「與其這樣，不如一起上，說不定人多還能多撐一下。只要能等到將軍的救援，我們都還有活命的機會。

「三衡，你帶著六姝從那邊走，記住一定要往西南方向跑，那是將軍來的方向。」

檀香一把抓住穆婉寧。「姑娘，您跟竹小哥走，我替您去。」

「我不走。今天我若自己走了，往後一輩子都不安心。」

竹三衡本不想回頭，甚至做好了帶著竹六姝悄悄離開的準備。

但見雲香一個女子都握了匕首上前拚殺，穆婉寧一個千金大小姐也要拔下簪子衝去，而檀香看著比穆婉寧還小，同樣也是悍不畏死。

竹三衡覺得穆婉寧說得對，若今天走了，往後一輩子都不安心。

看來，他終究還是做不成小人。

「都給我閉嘴，拚命也輪不到妳們。」竹三衡大喊一聲，把竹六妹往穆婉寧懷裡一塞。「看好我妹妹，我就護妳們周全。」說罷，便衝上去。

竹三衡手裡拿著的，是他一直藏得很好的竹片小刀。

大齊民間對刀具、鐵器管制得非常嚴，他不過一介流民，費盡心思也弄不來半塊鐵，更別說一把刀。

因此，為了防身，竹三衡只能拿鋒利的竹片磨成刀。

雲香的身手很好，可相府的家丁實在不堪一擊，再加上兵器完全處於劣勢，雖然以奇異的招數殺了一人，但代價卻是身上掛彩。

倒是大壯，仗著天生力氣大，長條凳胡亂拍擊，反而抵擋了一陣。

只是，對方手裡握著打造精良的刀劍，待到竹三衡衝過來時，雲香身上已經受了三處的傷，大壯腿上也挨了一刀。

竹三衡的身手比雲香更加詭異，完全不按套路出牌，剛一交手，對方便吃了大虧，其中一人被竹三衡一刀割了喉嚨。

來興臣氣得哇哇大叫，揮舞著一把削鐵如泥的長劍，對竹三衡砍來。

可憐竹三衡的竹片小刀，磨了許久，只發光一瞬，便被來興臣一劍砍斷，連帶著還有他的半個髮髻。

好在竹三衡身法靈動，來興臣卻是剛剛過了五石散的藥勁，此時已是強弩之末，揮砍兩下之後，便沒了力氣，又退到後面壓陣。

竹三衡乘機穩住身子，從地上撿了一把對方的長劍，繼續拚殺。

此時，另一邊的官道上，蕭長恭一路瘋狂抽打馬背，跟上他的只有小七和幾個親兵，其餘步卒全被遠遠地甩在後面。

此地雖非戰場，但他的手下仍用了非將不能用、非死不能用的信號，這便說明，遇險的只可能是那個說她肉厚，可以為他擋刀的人。

婉兒，妳可千萬別出事！

此時，劉大也在道上策馬狂奔，只恨自己為什麼跑那麼快，後方忽然遇險，竟然趕不及救援。

忽然間，他感覺後面也響起馬蹄聲，想到他發了回應的藍煙後，蕭長恭的藍煙也跟著出現，立時激動起來，讓馬兒跑慢些，往後大喊：「可是將軍趕來了？」

蕭長恭聽出劉大的聲音。「是我！前面什麼情況？」

劉大一邊策馬、一邊說了穆婉寧救人又差他送信的事，最後道：「明月樓的人囂張得很，我看八成是他們來報復。」

蕭長恭聽完，心裡大驚，果然是穆婉寧出了事，而且對方居然是明月樓。

這段時日他待在京郊大營，沒少聽說明月樓的劣跡。來興臣仗著他是護國公的獨子，在京郊橫行霸道，四處強搶民女，有膽反抗的，直接就遭了毒手。

而且來興臣狡猾得很，每次殺人後都會毀屍滅跡，活口則扔進明月樓，根本出不來。若有人指控，便來個死不認帳。

京郊大營和京兆尹府，先後派了多支隊伍巡查，就是為了抓到他的把柄。

沒想到，這一次，竟然是穆婉寧遇到了來興臣。

蕭長恭眼神中露出一絲凶光，若穆婉寧有什麼閃失，他絕對會下手廢了來興臣。

又跑了一會兒，蕭長恭猛地抽了抽鼻子。

血腥味！

這種味道，他再熟悉不過，任何一個戰場上，揮之不去的，都是這種味道。

「快，再快點！」

馬車後面的小樹林裡，竹三衡手裡的劍又斷了。

他氣喘吁吁地站著，鮮血已經染紅半個身子，髮髻被削斷，整個人披頭散髮，眼睛閃著狠戾的光芒。

與他並排站著的雲香強撐著，身上透紅，臉上卻極度蒼白，肩膀上還有一支斷箭。

他倆的身後，正是一手握著髮簪、一手摟著竹六姝的穆婉寧，以及守在兩邊，同樣握著髮簪的檀香與墨香。旁邊地上，是大腿上鮮血如注的大壯，手裡的條凳只剩下一塊木板。

相府的五名護衛，全倒在大壯前面，無一倖免。

來興臣的手下只剩三個，可他們對上穆婉寧幾個傷的傷，弱的弱，實在綽綽有餘。

來興臣覺得身上有些沒力氣，從身上摸出一包粉末，當著穆婉寧的面，直接倒進嘴裡，再解下腰間的酒囊，將裡面的酒一口氣喝乾。

很快地，他恢復精神，眼神中的癲狂越發強烈。

「前面這兩個殺了，後面的，尤其是中間那兩個，給小爺留著。細皮嫩肉的，正好用來發散藥性。」

竹三衡雙目赤紅，之前他一直不明白，為什麼明月樓非要搶走竹六姝。雖然竹六姝算是美人胚子，但年紀還小，青樓也不是白養人的。

原來，竟然是為了滿足來興臣這變態的嗜好。

「來興臣！」穆婉寧憤恨至極。剛剛幾名家丁倒下時，曾把目光轉向她，她明白，那是他們最後的心願，要她回去厚待他們的家人。這目光像是一把把刀，扎在她的心上。

「我爹是大齊宰相，我未來夫君是陛下親封的鎮西侯，若你今日退去，宰相府、鎮西侯府與護國公府還有轉圜的餘地；若你一意孤行，我爹和鎮西侯絕對不會放過你。」

「哈哈哈哈哈，笑話，我憑什麼退？再說，宰相府算個屁，今兒皇帝老兒用你，你就是宰相；明天不用了，小爺一口氣就能把你們吹飛！

「蕭長恭是侯爺，可小爺我是公爺！公爺懂嗎，蕭長恭見了我，一樣要彎腰行禮。就算我現在享用了妳，他連屁都不敢放一個！」

檀香氣得渾身發顫，握著簪子就要衝上前。「我和你拚了！」

來興臣大笑。「和我拚，妳也配？」出聲吩咐手下。「殺了她！」

手下立刻張弓拉箭，對準檀香。

穆婉寧想也沒想，一把將檀香拉到身後。前一世，檀香就是為她而死的，這一世她絕不允許這種事再發生一次。

「來興臣，有能耐你就往我身上招呼，欺負幾個下人算什麼本事！」

「妳以為我不敢？不過就是個妾生的，還真當妳是相府千金了，要不是蕭長恭對妳有意，給小爺我暖床都嫌髒！」來興臣又大吼。「放箭，先殺一個給我助助興！」

檀香拚命想擠到穆婉寧身前，穆婉寧則用盡全力把檀香按在身後。墨香不知所措，只好死死抱住穆婉寧，用身體護著她。

眼見弓弦已經拉滿，雲香和竹三衡對視一眼，就要往前衝。

忽然間，一道破空聲響起，穆婉寧本已經做好中箭的準備，卻發現應聲倒下的，並不是她身邊的人，而是對面正搭弓射箭的手下。

一聲暴喝響起——

「來興臣，敢動我的人，老子扒了你的皮！」

穆婉寧望向聲音來處，逆光之下，看不清人，但那副銀質面具，卻在閃閃發光。

第四十七章　憤怒

一人一馬飛馳而來，來興臣慌忙往後逃竄，把僅有的幾個手下推到蕭長恭的馬前。

蕭長恭手裡的，可不是柴洪那柄砍兩下便捲刃的鐵片刀，正在練兵的他，手裡拿的，是兵部打造出來的新刀劍，當下手起刀落，連砍三人。

這場面太過血腥，饒是檀香、墨香看到蕭長恭激動不已，但也被人頭翻飛的場面嚇得臉色慘白，歡呼聲全被嚇了回去。

倒是大壯叫出聲音。「將軍來了，我們得救了！」

檀香這才緩過神來，有了力氣，撲到坐在地上的大壯身邊。「大壯哥，你沒事吧？」

看到檀香眼睛裡滿滿都是關切，大壯覺得腿上的傷不疼了，露出憨憨的笑容。「沒事，沒事。」

雲香瞧見蕭長恭後，便往地上倒去。將軍已到，她的職責可以暫且放下了。

竹三衡也鬆一口氣，一屁股坐在地上。鎮西侯是誰，他沒聽過，但他曉得，收復甘州城的，是一位戴著銀面具的將軍。

此時有他在，他們這一行人應該是得救了。

穆婉寧亦覺得雙腿發軟，這種鬼門關前走一遭的滋味，當真不好受。

蕭長恭看穆婉寧一眼，見她無礙，略略放心。「小七，去把來興臣捆了。」

隨後，他看到一個披頭散髮的少年坐在地上，知道這少年是保護穆婉寧一行的人。

「小兄弟不錯，先歇著，咱們稍後再敘話。

「其餘人，跟我殺人！」蕭長恭說出這句時，聲音已經極冷。

「是！」

來興臣的手下剩得不多，雖有七、八人困住柴洪，可是柴洪擔心穆婉寧遭來興臣的毒手，硬是以同歸於盡的打法，殺掉了幾個。

剩下的人面對如戰神降臨般的蕭長恭，根本不是對手，剛一照面，就被蕭長恭和劉大斬於馬下。

劉大砍完最後一個人，抬頭見到柴洪血紅的身子和慘白的臉色，心道不好，趕緊飛身下馬，撲到柴洪身前，抱住了他搖搖欲墜的身體。

柴洪對劉大露出一個慘然的微笑，扭頭看向蕭長恭。「將軍，屬下護衛不力，望將軍……」話沒說完，手卻就此垂下。

「老柴！」

蕭長恭只覺一股恨意充斥胸間，恨不得再去砍兩個人，可是柴洪那已經沒有了光芒的眼睛，還在看著他。

蕭長恭強忍心裡的痛楚，深深地吸了一口氣，道：「柴洪護衛有功，回去之後，必……」語帶哽咽，仰頭看天。「必有封賞。」說罷，伸出手，蓋住柴洪的雙眼。

都說一將功成萬骨枯，即使他現在當了將軍，仍舊無法接受部下死在自己眼前。這種事，再多次，也不可能習慣。

是日，護送穆婉寧去莊子的鎮西侯府護衛與宰相府家丁，共十五人。除了送信的劉大得已倖免，其他人無一生還。

穆婉寧在柴洪等人的屍體旁邊枯坐了半天，任憑周圍人走來走去，也無動於衷。

那些家丁赴死之前的眼神，以及柴洪在城門前燦爛又恐怖的笑容，不停地在她眼前晃來晃去。

來興臣就是個瘋子，因為他的瘋狂舉動，竟搭上了十四條人命。

那可是十四個活生生的人啊！

來興臣的手下，也同樣拚殺殆盡。僅剩的幾個活口，居然是之前被柴洪綁住的人。搏殺之時，因為無人顧及他們，反倒得以活命。

早上出門，柴洪還站在城門口咧嘴大笑，如今一天未過，卻只剩一具徒留餘溫的屍體。

柴洪，以及那十三個人，是為保護她而死的。

她重生一次，只想報仇，沒承想卻累得別人為她送命。

蕭長恭看穆婉寧跌坐在那裡，整個人像丟了魂一樣，心疼不已。他知道穆婉寧心裡的痛，那樣的痛，他在過去十年間，曾經不斷經受著。無法用任何言語安慰，只能默默承受。

但蕭長恭不打算讓穆婉寧一個人承受，至少他可以陪著她。

蕭長恭走到穆婉寧身前，一把將穆婉寧摟在懷裡，用披風裹住，不由分說，抱著她進了馬車。

隨後，在場的所有人，都聽到馬車裡傳來的、撕心裂肺的哭聲。

竹六妹也眼淚汪汪地抱著竹三衡。她雖然年紀小，卻也知道許多人死了，死了便再也活不過來，像她爹一樣。

此時，竹三衡半邊身子都是紅的，竹六妹語帶哭腔道：「哥哥，你千萬不要死。」

竹三衡身上滿是鮮血，幸好並沒有傷到要害，只是失血太多，脫了力。他避開受傷的胳膊，用沒血的那隻摟住竹六妹。

「六妹乖，哥哥沒事，那都是壞人的血。」

雲香被抬進另一輛馬車裡，墨香一邊剪開雲香的衣服、一邊把傷藥往那些駭人的傷口上倒。但看到那截深深扎進肉裡的斷箭時，強自鎮定的她仍是慌了神。

墨香奔出馬車，抓住之前在蕭長恭身邊見到的小七。「雲香肩膀上有斷箭，怎麼辦？」

小七聽到是雲香，遲疑一下，但還是咬牙道：「拔。」

墨香嚇住。「我、我不敢。」

「帶我過去，我來。」

過了大概一炷香工夫，蕭長恭所帶的步卒到了，劉大指揮他們清理現場。

此時小七已經為雲香拔出斷箭，想著反正該看的、不該看的全看到了，遂又替雲香上藥，扯了自己衣服的內襯，幫雲香包紮好，這才下了馬車。

結果，他一下馬車，便看到有人在那裡吐，沒吐的也是臉色發白，不敢直視。

京郊大營的兵，很多只剿過匪，並未上過戰場，當下看到這麼慘烈的情景，一時間都有些受不住。

「看看你們這點出息，還不如那些姑娘呢！」

此時，穆婉寧還在馬車裡，墨香在照顧雲香，留在外面的，只有陪著大壯的檀香，和抱著竹三衡的竹六妹。

兵丁們這才發現，現場居然還有兩個姑娘，全愣了。

這年頭，姑娘都這麼厲害嗎？

「劉大，你帶一隊人，好好收殮咱們弟兄的屍體。先帶到莊子去，之後咱們務必替他們找個好風好水的地方。

「其他人把剩下屍體堆好，四周灑上石灰，防止有野獸偷吃。這些都是重要的物證，萬一損毀，我就讓你們頂上。」

「是。」

一切收拾好之後，蕭長恭留下一隊人看守現場，一隊護送柴洪等人的屍體去莊子安置，他則帶了剩下的人，護送穆婉寧回城。

等他們回城時，城門早已關閉了，但蕭長恭有皇帝御賜的腰牌，哪怕是半夜，也一樣能入城。

而且，發生了這麼大的事，得立時向皇帝稟報，也不可能去做別的。

穆婉寧痛哭過後，一直有些呆愣地坐在馬車裡。這時，馬車忽然移動，她一個趔趄，倒在蕭長恭懷裡。

「婉兒，妳沒事吧？」蕭長恭輕輕環住穆婉寧，同時伸手去握穆婉寧。正是仲秋的天氣，穆婉寧的手卻十分冰涼。

穆婉寧忽然道：「不對。」掙扎著從蕭長恭的懷裡坐直身體。

蕭長恭趕緊扶住她，以為她還沈浸在柴洪等人死去的悲傷裡。「別多想了，事情已經過去，再想也無濟於事。」

「不，你說，來興臣為什麼能來得那麼快？我們是中午吃飯時遇到竹家兄妹，稍作休息後就出發了。出發沒多久，來興臣便帶了大批的人攔住我們。這前後，也就半個時辰。

「他肯定不是從城裡來的，時間對不上，而且他來的時候，五石散藥性正在發作，更不要說他讓手下擄人是為了……」穆婉寧說到這裡，狠狠磨了下牙，這來興臣不只是個瘋子，還是個禽獸！

「所以，那附近一定有供來興臣休息享樂的地方，我們現在趕緊過去，說不定能找到更多的罪狀。證據越多，越容不得他抵賴！」

蕭長恭看著穆婉寧蒼白卻又激動的面容，知道她此時還悲痛到無法平靜下來，只能想一些事情來排解。

「妳說得對，我已經派人沿著來興臣來時的路徑去探查。妳太累了，閉上眼睛休息一會兒，說不定等妳醒來，我們就找到證據了。」

聽到蕭長恭已經派人去找，穆婉寧這才虛弱地點點頭，靠在蕭長恭身上，把自己的臉深深地埋進他的衣服裡。

此時的穆婉寧，仍舊無法接受柴洪逝去帶來的打擊，蕭長恭寬闊又溫暖的胸膛，正是她現在所需要的。

唯有這樣的溫暖，這樣的起伏，才能證明人是活生生的，才能讓她暫且不去想柴洪等人的死。

大概是閻王爺想要一個厲害點的門神，就把柴洪要去了。說不定等到她百年之後，就能見到柴洪帶著燦爛又恐怖的笑容來接她了。

大約兩炷香工夫左右，一隊探子回報，不遠處發現一處莊子，正是護國公府的產業。

蕭長恭看看懷裡好不容易睡去的穆婉寧，有些捨不得，吩咐小七。「交給你了。」

小七點頭，沈聲道：「遵令。」

莊子裡已有所警覺，畢竟柴洪的求救信號與蕭長恭的信號都那麼明顯。

但警覺歸警覺，小七有人、有兵器，並不把莊子的守衛放在眼裡。

而且，來興臣走時，為了講排場，也為了萬無一失，帶走大多數的護衛，留在莊子裡的只有十人左右，其餘的則是僕役。

蕭長恭帶來的卻是一個百人隊，而且帶著兵部新打造的兵器。即便留了些人看守以及運送屍體，現在跟來的，也有六十人之多。

小七留下二十人守在蕭長恭周圍，帶著四十人衝進莊子。解決掉守門的幾個護院後，後面便沒有什麼戰力了。小七把那些雜役、僕從，集中綁在正廳，女眷則關進偏廳，開始了徹底的搜查。

這一搜索不要緊，不僅搜出一間密室來，還在裡面發現了許多五石散，又在一個隱蔽的院子裡，發現了不少被關押的女孩子。

這些女孩子年紀都不大，六、七歲到十三、四歲的都有。

據說，被發現時，她們全瑟縮在床上的棉被裡，身上只有一件肚兜蔽體。

竹三衡聽完就炸了，想到竹六姝可能也是那樣的下場，若非身上有傷，恨不得現在就衝到來興臣面前，給他來個千刀萬剮。

「來興臣，你給小爺我等著！」

隨後，他們在一座枯井中，發現了數具屍骨。即使沒有仵作經驗的人，也能從那屍骨的大小看出，這些人被害死之前，年紀都不大。

蕭長恭也是越看越怒，他雖然沒聽到來興臣對穆婉寧說了什麼，但從院子裡的女孩子來看，再聯想到他那明顯留活口的行為，懷著什麼樣的心思，不言而喻。

「小七，找幾個打人不留傷的，把來興臣給我狠狠打一頓，打得越狠越好。然後多派幾個人看守，不然說不定什麼時候，老子就摸過去，把他的脖子擰了。」

蕭長恭下這命令時，穆婉寧早已醒來，心裡也覺得蕭長恭的安排挺好。

不然，她自己都想動手，在來興臣身上捅出三刀六洞。

莊子裡有許多物證與人證，蕭長恭讓小七取了五石散，又帶走幾個熟知內情的下人。其餘的，都讓兵丁看守著，放在莊子裡，等待皇帝派人查驗。

在小七指揮人趕出莊子裡的馬車，預備裝人時，手下來報，那些被救的女孩子裡，有人自盡了。

穆婉寧一聽，頓時坐不住，帶著檀香、墨香，去了那些被擄的女孩子所在的院子。

蕭長恭本不想讓穆婉寧去處理這件事，他在邊關十年，見過不少遭到北狄人凌辱的女子，不願讓未出閣的穆婉寧看到那樣的情景。

但此時，沒有比穆婉寧更合適的人來處理這件事。如果雲香不受傷，她去正好，但現在雲香受傷昏迷，還沒醒過來。

而且，穆婉寧注定要成為他的妻子，身為武將家的家眷，沒有權利軟弱。現在鍛鍊鍛鍊，也好。

一進屋子，穆婉寧就看到一個女孩子倒在桌邊，額頭處有一大灘血，身上蓋著一件外衣。但從露出的胳膊和腿來看，應該是直接從被子裡跳出來，撞桌自盡。

守衛的兵丁滿臉懊惱。「她、她突然跳起來朝桌腳撞去，我想拉住她，可是她……」

穆婉寧示意他先出去，自己掀開蓋著的衣服，察看死去的女孩子。

其實，不用掀開衣服，穆婉寧也能知道發生了什麼事。

她是重活一世之人，且前一世嫁了人的，床笫之間的事，她知道得很清楚，更不要說露出的胳膊和肩膀上，滿是青紫的痕跡。

但穆婉寧還是掀開衣服看了一眼。這姑娘是個可憐人，需要有人知道她經歷什麼，為她傷心，多少也算是一種告慰。

只一眼，穆婉寧便不忍再看。即使心裡已經做了準備，那女孩子身上的傷，仍讓穆婉寧心裡一顫。

「這個畜生！」

穆婉寧倏地站起身，大步跑到屋外，衝著兵丁大喊：「去問問將軍，來興臣挨完打沒有？算了，不管打完沒，都再打一頓！他就是個披著人皮的畜生！」

這一通喊，嚇得院子裡的兵丁有些縮頭，怪不得人家能與鎮西侯訂親呢，真是不是一家人，不進一家門。

喊完之後，穆婉寧覺得氣順了許多，這才又走進屋子，讓檀香和墨香過來，幫地上的女孩子穿上衣服。

然後，她看向屋裡其他驚魂不定的女孩子，出了聲。

「我知道妳們經歷了什麼，也知道經歷過這樣的事，都想一死以求解脫，但妳們要是想報仇，就得活著。來興臣被我們抓了，他一定會遭報應的。」

沒有人回應。

穆婉寧嘆氣，眼前的女孩子年紀都不大，卻個個眼神空洞，不知被來興臣折磨了多久。

那個自盡的，興許是這當中最有可能救回來的一個，可惜，還是死了。

這時，蕭長恭派人送來在莊子裡搜到的衣服，檀香與墨香一一分給她們，穆婉寧又好言安慰一番，讓她們先在莊子裡住一段時日，然後自會放她們歸家。

聽到歸家，有幾個女孩子臉上有了表情，其中一人道：「我們這樣，還能歸家嗎？」

穆婉寧心裡一窒，看著眼前的人，吶吶地說不出話來。

直到回到馬車上，她還是覺得，心裡像壓了塊石頭。

蕭長恭看到穆婉寧的樣子，知道她在為那些女孩子難受。

戰場上，遭罪的往往都是女人和孩子。雖然來興臣這莊子不是戰場，但女人也會比男人受到更多的殘害。

「我已經派人送信，讓雲三派幾個雲字頭的來照看她們。這段日子的吃用，我也會讓人盡力安排些好的，妳就不要掛心了。」

穆婉寧點點頭，覺得蕭長恭這安排不錯，但想到那個能不能歸家的問題，心裡還是覺得沈重。

不過，這種沈重反而讓穆婉寧振作起來。她有家可回，有人可依，比起那些女孩子，實在好太多，又憑什麼消沈呢？

第四十八章　相認

小七不愧是長年跟在蕭長恭身邊的，不必交代，繼續有條不紊地處理莊子裡的事。

穆婉寧想到竹家兄妹的遭遇，能早些確認竹三衡的身分為好，遂帶蕭長恭去了他養傷的馬車。

蕭長恭想起那個披頭散髮、握著斷劍的少年，覺得穆婉寧安排得很好，是得見見，然後好好向人家道謝。

一進馬車，蕭長恭的目光直接對上竹三衡的臉，霎時呆住，震驚地看著眼前的少年。

這少年的臉，竟與他如此相似。

蕭長恭有些不敢相信自己的眼睛，顫巍巍伸出手，想摸一下是不是真的，卻又停在竹三衡的面前，生怕這是個夢，一碰便碎了。

「你……是長敬？」

竹三衡感覺到蕭長恭異樣的目光，也聽清楚他的問話，看著蕭長恭伸出的手，心裡立時想歪。

聽說當兵當久了，有的男人開始不喜歡女人，改喜歡男人了，難道眼前的鎮西侯也有這種癖好？

不然，哪有一見面就要摸人家臉的？

竹三衡打掉蕭長恭的手。「侯爺既與我恩人訂親，就該對我恩人好。這喜好男色的毛病，也該改改了。」

話一出口，蕭長恭所有的激動之情，都化成了想掐死他的心思。

穆婉寧也目瞪口呆地盯著竹三衡，這……是從哪兒看出來的啊？

竹三衡不去看蕭長恭想要殺人的眼神，轉頭看穆婉寧，雖然人是半躺在車廂上的，但說話時還是微微欠了欠身。

「恩人此番前來，是有什麼吩咐？」

好傢伙，一下變成彬彬君子啊。

經過那場廝殺之後，穆婉寧在竹三衡心裡真的成為了恩人，畢竟不是所有人，在那種危急關頭，還能替他們兄妹著想。

穆婉寧心裡憋著笑，扭頭看到蕭長恭愣在原地，臉色黑如鍋底，但目光仍舊停留在竹三衡臉上。想來他也覺得，眼前的人就是他的弟弟。

「將軍，把面具摘下來吧。」

蕭長恭這才反應過來，他還戴著面具呢，怪不得竹三衡看他，一點反應都沒有，還滿臉厭惡。

面具一摘下，竹三衡盯著蕭長恭的眼神，從鄙夷變成了震驚。

僅一眼，他便明白了義父臨終前交代那句話的涵義。

只要兄弟相見，自有法子相認。這樣相像的兩張臉，就是最好的辦法。

可是，這個哥哥是個好男色的啊，那還要不要認？

見蕭長恭和竹三衡愣愣地看著對方，穆婉寧在一旁輕聲開口。「這兄妹倆，一人叫竹三衡，一人叫竹六姝，諧音三橫六豎。

「簫字，若是用最簡單的寫法，就是竹字頭下面三橫六豎。簫、蕭同音，我想當年收留三衡的人，便是以此種方式隱喻了他的身世。」

竹三衡也恍然，他一直不理解義父為什麼為他們取這樣的名字。因為他們並沒有其他手足，三和六的排行到底是怎麼排的，不得而知，沒想到竟然是為了諧音。

可是，既然如此，為什麼不直接告訴他，那個收復甘州的大英雄就是他的哥哥呢？難道義父也不知道？

打從穆婉寧和蕭長恭進來時，竹六姝就坐在車廂的角落裡看著兩人。不過因為蕭長恭的面具有些駭人，她不敢說話。

這會兒，蕭長恭不再戴著面具，竹六姝也有些反應過來了，看看哥哥，又看看剛剛摘下面具的蕭長恭，拉著竹三衡的袖子。

「哥哥，好像啊。」然後又湊近打量蕭長恭，仰起小臉道：「這位哥哥，你是哥哥的哥哥嗎？」

穆婉寧失笑，把竹六姝拉到身前。「六姝乖，讓兩位哥哥說說話，妳陪大姊姊下去走走好不好？」

竹六姝看向竹三衡，見他點頭，才扭頭看穆婉寧，聲音清脆地答道：「好。」

穆婉寧摸摸竹六姝仰起的小臉，帶她下了馬車。

只是，穆婉寧剛帶竹六姝在馬車附近走了半圈，竹三衡便衝上來，拉過竹六姝。

「我們走。」

穆婉寧趕緊攔住他。「這是怎麼了？好好的，為什麼要走？」

竹三衡不看穆婉寧，冷哼一聲。「我沒這麼孬的哥哥。本來還以為他是大英雄，原來也是畏懼權勢的軟蛋。」

還好男色！不過這種話，就不好在穆婉寧面前說了。

穆婉寧不明所以，但仍舊沈了臉色。「三衡，我不許你這麼說將軍。」

竹三衡不好對穆婉寧發火，當下躬身一禮。「姑娘的恩情，我兄妹二人銘記在心，日後必會報答，就此告辭。」

說罷，他拉著竹六姝便往莊外走。

穆婉寧回頭看馬車，卻不見蕭長恭出來，不知這兄弟倆之間到底是怎麼說話的。她下馬車時還沒什麼，這才一會兒，就鬧成這樣。

「三衡。」穆婉寧追上竹三衡。「我不知道你們兄弟之間到底發生了什麼事，但你想想六姝，她可是被人狠踹了一腳，肚子上的瘀青還沒消呢，萬一傷了內裡，沒有及時醫治，你忍心看她小小年紀就落下病根？」

竹六姝果然是竹三衡的軟肋，本來還氣勢洶洶地往外走，聽了穆婉寧的話，立時住腳。

穆婉寧見狀，趕緊走過去拉住竹六妹的手。「萬一六妹真傷著內裡，你這麼急急拉著她走，只會傷得更重。眼下天色已暗，不跟我們一起，你們是進不了城的，難道你要帶著六妹住在荒郊野外？

「但你跟我們回去，就不同了，將軍能為六妹請到盛京城裡最好的郎中，還能讓你們兄妹二人安安穩穩睡上一覺。你身上的傷，也得好好上上藥才是。」

竹三衡看向馬車，脖子一梗。「我不怕痛。」

穆婉寧知道，竹三衡已經答應留下了，當下抱起竹六妹往回走。「是是是，你是男子漢，有點傷挺得住，但咱們六妹是女孩子，還這麼小，可是要看郎中的。」

竹六妹雖然不明白究竟發生了什麼事，但她一向聰明，甚會察言觀色，此時已經看出竹三衡不想走了，遂摟住穆婉寧的脖子。

「六妹要看郎中，哥哥也要看郎中。」

「還是我們六妹最乖，最聰明。」

蕭長恭坐在馬車裡，注視著外面的一舉一動，瞧見穆婉寧把竹三衡勸回來，才鬆了一口氣。不然，他都打算下令讓小七帶人跟著了。

不一會兒，車隊啟程，穆婉寧安排了馬車，把從莊子裡搜出最好的兩輛馬車分別給了受傷的竹三衡和雲香，她和蕭長恭仍舊坐她來時那輛。

「都安排好了？」

穆婉寧白蕭長恭一眼。「這會兒知道關心了？剛剛怎麼不下來？」

蕭長恭張了張嘴，最終只是一聲嘆息。

穆婉寧無言，繼續問他。「先說最重要的，你覺得這竹三衡，是不是蕭長敬？」

「名字且不提，就他那長相，還有脾氣，真的與我很像。」說到這裡，蕭長恭不由苦笑一下。

其實，他們倆在馬車裡，還沒來得及表達什麼兄弟情深，便鬧翻了。

因為，竹三衡直接問了蕭長恭。「那來興臣，你要怎麼辦？」

蕭長恭回答。「稟明實情，交由皇上處置。」

「若是皇上有意包庇呢？」

蕭長恭也有所擔憂，來興臣能囂張至此，與皇帝一直以來的包庇縱容，並非沒有關係。

見蕭長恭不答，竹三衡又問：「如果皇帝不處罰來興臣，你是不是就不管了？」

蕭長恭眸色深沈。「是。」

竹三衡立時炸了。「懦夫！來興臣曾說過，就算他把穆婉寧搶回府裡，你也不敢去跟他搶人。當時我還以為他是放屁，沒想到居然被他說對了。

「恩人竟然與你這樣的人訂親，真是倒了八輩子楣！我看你還是趕緊退親，讓恩人能重新找個好人家。還有，我竹三衡沒有你這樣的哥哥。」

竹三衡說完，便頭也不回地下了馬車。

穆婉寧聽完蕭長恭的描述，頗為無奈。

竹三衡對於來興臣的恨，是可以理解的，心愛的妹妹被那樣一個變態盯上，任何一個當哥哥的都受不了。

甚至，別說竹三衡了，穆婉寧看到那些女孩子後，都氣得發瘋。

「三衡與六妹相依為命，一路跋山涉水走到盛京，必是吃了許多的苦。可是你看六妹的神情，只有喜意，沒有憂愁，就知道三衡把她照顧得很好。放在心尖上的妹妹，被來興臣那樣的人盯上，他這個當哥哥的，不恨極了才怪。」

蕭長恭揉揉眉心。「他恨，我又如何不恨？柴洪那些人，個個在戰場上九死一生，好不容易從北狄人的刀下活過來，結果卻死在一個瘋子手裡。

「再者，來興臣對竹六妹動過心思，難道就沒對妳動過心思？我又怎麼會放過他。」

穆婉寧有些不解。「那你為什麼不跟三衡說？」

「因為他是蕭長敬，是父親的兒子，是我的弟弟。況且他今年已經十三歲了，這麼大個人，行事還如此魯莽，不好好磨磨他的性子，以後要吃大虧的。」

穆婉寧聽得傻了，不敢相信地看著蕭長恭。「你沒事吧？剛見第一面，話都沒說兩句呢，你就想著怎麼磨他的性子，也太心急了，哪有你這麼當長兄的？」

「那也沒他那麼當弟弟的，見面第一句話就說我好男色，想掐死他的心思都有了。」

說到這裡，穆婉寧再也憋不住，噗哧一聲笑了起來。

蕭長恭有些惱怒。「連妳也笑我。」

「憑什麼不能笑你？你那時沒摘面具，人家還不知道你是誰，怎麼就成當弟弟的錯了？倒是你這個長兄，當得可是稱職得很呢。」

蕭長恭被穆婉寧說得臉上發熱，但想到長兄二字，心裡又閃過一絲迷茫。

蕭長敬是父母共同守衛甘州時所生，他從未見過，只知有個弟弟。現在出現了，他卻不知該如何與弟弟相處。

「妳說得對，我這個長兄當得不稱職。可是不這麼當，要怎麼當？都說長兄如父，父母早亡，我既是他的長兄，自然要為他的未來著想。

「他與我那麼像，我不希望他再重蹈我當年的覆轍。此時不磨一磨他的性子，再長大一些，就更不好磨了。」

穆婉寧一陣無語，這番話一個字都沒錯，但在這個時候說出來，卻每一個字都是錯的。兄弟相認的戲碼還沒唱完，長兄便迫不及待地扮黑臉磨么弟的性子，就是話本也不敢這麼寫啊。

「我知你是好意，可是也得慢慢來，哪有這麼急的。」

蕭長恭點點頭。「嗯，怎麼也得過了今天，等到明天再說。」

穆婉寧差點沒被自己的一口氣噎住，咬著牙，一字一句道：「你還真是不著急呢。」

蕭長恭聽出穆婉寧話裡的嘲諷之意，想到就算是明天，好像也是有點急了，當下有些訕訕，只好轉移話題。

「不過，我看長敬還是聽妳的，往後妳幫我多勸勸他。」

「這個你不說，我也會做。不過，你也要多多包容他的性子。剛剛我問過了，他打記事起，就在甘州城生活，幸虧他的義父是位教書先生，北狄人又仰慕中原文化，他們才得已保全性命。

「長敬在那樣的環境長大，執拗點再正常不過。甚至，如果沒有那麼執拗和狠辣，他和六妹，能不能活到現在都難說。」

蕭長恭嘆口氣。「若是我能早點……」

穆婉寧溫柔地覆上蕭長恭的手。「不要這麼說，我知你定是時時想著收復甘州城的。」

蕭長恭心裡感動，反握住穆婉寧。「這次真是謝謝妳了，沒有妳，長敬可能還流落在外。就算找回來，也會被我氣走。妳可真是我的福星。」

穆婉寧臉上微紅，任由蕭長恭揉搓她的手，又問：「那六妹，你打算怎麼安置？」

「從名字上看，六妹應該是收留長敬那家人的遺孤，就算不是，衝著長敬和六妹的感情，我也不會虧待她。

「如果他們願意，我便代母親認個乾女兒，等到六妹長大，咱們幫她找個好人家，再附上一份厚厚的嫁妝，讓她從鎮西侯府風風光光地嫁出去，平安順遂地過一生。」

穆婉寧點點頭，覺得這樣的安排很好，但隨即反應過來，輕哼一聲，從蕭長恭的手心裡抽出手。

「誰和你是咱們。」

蕭長恭一把摟過她。「咱們當然就是咱們，以後咱們還不只咱們呢。」

穆婉寧掙脫不開，只能窩進蕭長恭懷裡，悶悶地笑著。

可是，目光瞟向窗外時，穆婉寧又想到了柴洪。

如果沒有來興臣的事，如果柴洪那些人還在，她和蕭長恭坐在同一輛馬車裡，帶著剛找回來的幼弟回京，該是多麼開心快樂的事。

只可惜，沒有如果。

臨近城門時，蕭長恭忽然很是嚴肅地看向穆婉寧。「妳信不信我？」

穆婉寧莫名其妙。「當然信啊。不信你，我還能信誰？」

「好，那來興臣的事，全交給我處理好不好？」

穆婉寧毫不猶豫地點頭。

「長敬和六妹就交給妳了。」

「放心吧，府裡還有安叔呢。」

蕭長恭點點頭，又拉過穆婉寧的手，好好搓揉一番，這才下了馬車。

一進城，蕭長恭便忙開了。

護國公在城裡有多少耳目，現在是否已經知道來興臣被抓，或者多久能得到消息，蕭長恭一概不知。

他只能按著最壞的打算，進京後立即向皇帝稟報。稟報得越早，證據呈得越多，就越不會給來興臣脫罪的機會。

皇帝對護國公，一向是榮寵不斷。一旦護國公知道此事，進宮面聖，來興臣身為護國公的獨子，說不定會被他保下來。

二十年前，皇帝在京郊圍獵時遇刺，彼時還不是護國公的來永年，正是一名將軍，隨侍在側。

當時，來永年不但拚死護住皇帝，還替皇帝擋了致命的一箭。

箭上淬了毒，來永年雖然保住性命，卻落下病根，長年與藥石、床榻為伍。

因此，皇帝封他為護國公，也因此來永年僅得一子，溺愛至極。

萬一護國公又拿當年的事說嘴，皇帝一心軟，說不定又放了來興臣。

一旦放虎歸山，再想抓，恐怕就沒那麼容易了。

蕭長恭自忖動作已經夠快，但千算萬算，還是漏算一步。

柴洪發出的信號，莊子裡看到了，城裡也看到了。不過普通人只是好奇，皇帝也只知道有人求救，有人支援，但護國公卻敏銳地察覺出不對。

信號發出來的地方，離來興臣經常玩樂的莊子十分接近。當下國公府裡的人派了信鴿去莊子傳信。

然而，遲遲沒有收到回信，護國公便知道，來興臣出事了。

蕭長恭剛進城門不久，一個拿著齊明遠腰牌的家丁，走到他的馬前。

「我家少爺讓我向將軍傳一句話——護國公進宮了。」

蕭長恭暗道一聲可惜，還是對家丁點點頭。「代我謝過齊兄。」

家丁行了個禮，隨後消失在街道之中。

蕭長恭看向小七。「之前叫你做的準備，怎麼樣了？」

小七點點頭。「將軍放心，東西已經備齊。」

蕭長恭看向黑暗中巍峨又森嚴的宮城，冷哼一聲。「進宮。」

第四十九章 上殿

蕭長恭帶著兵卒押送來興臣進宮，穆婉寧這邊也忙開了。

雲香到現在還昏迷著，大壯也在半路上發起高燒，加上還有竹家兄妹要安置，當下忙了個團團轉。

穆婉寧分了一半人，送雲香和大壯回穆府，同時派人去請郎中，能請到薛青河最好。墨香也讓穆婉寧派了回去，向穆鼎詳細稟報所有的事。

穆婉寧則帶著竹家兄妹，以及柴洪等人的死訊，去了蕭府。

蕭府裡，蕭安已經接到蕭長恭的傳信，雖然信中說穆婉寧無礙，但到底還是懸著心。此時見穆婉寧平平安安地出現在眼前，一顆心總算放回了肚子裡。

待看到穆婉寧身邊的竹三衡時，蕭安立時睜大了眼睛，隨後的表現也讓穆婉寧覺得，終於有正常人了。

「這、這是小少爺？」蕭安先是遲疑，然後抓住竹三衡的肩膀，湊近了他，仔仔細細瞧著牠的臉。「像，真是太像了！」

竹三衡心裡還彆扭著，不肯讓蕭安好好地看。

但蕭安年紀大了，又那麼激動，竹三衡也不好直接推開他，只得扭過頭去。

孰料，蕭安非但沒生氣，反而動手去脫竹三衡的衣服。

竹三衡嚇一跳。「這位老伯，你要幹什麼？」

「當年你出生時，老爺來過信，說你屁股上有塊胎記，趕緊脫了讓老奴看看。」

話一出口，竹三衡立時脹紅了臉，畢竟穆婉寧還站在旁邊呢。

倒是竹六姝快人快語。「我看過哥哥的屁股，是有一塊胎記。土紅色的，有這麼大呢。」說著，還比劃了一下。

這下子，竹三衡恨不得找個地洞鑽進去。

蕭安一聽，更加激動了。「對對，就是土紅色的。是不是這樣的？老爺特意畫過的，而且還是在左半邊。」也伸手比起來。

當下，一老一小就要開始討論竹三衡的屁股。

穆婉寧哭笑不得，趕緊上前。「安叔，他們一路勞累，身上都還有傷，您先讓他們休息一下，然後請郎中吧。」

蕭安這才反應過來。「對對，我高興得糊塗了。」吩咐其他人。「趕緊收拾客房跟請郎中。要是薛神醫不在，就把能請的都請來。」

然後，蕭安跪下，對甘州城的方向連磕了幾個頭。「老爺、夫人，您們可以放心了。」接著抱住蕭長敬，大哭起來。

這下，竹三衡更不好推開蕭安了，這樣的老人抱著他痛哭，即使他心裡彆扭，也是深受感動。

接下來，蕭安幾乎是不錯眼地看著竹三衡，生怕一眨眼，剛找回來的小少爺就不見了。

穆婉寧甚至還看到，蕭安偷偷掐自己好幾下，一邊痛得齜牙咧嘴、一邊樂得喜笑顏開。

如果可以，她也想讓蕭安這樣高興下去。

但是柴洪等人的死訊，卻是不得不說的。

那九個人是為保護她而死，穆婉寧覺得自己有責任把他們的身後事一一安排好，只得開了口。

蕭安聽了，臉上的笑容瞬間凝住。

他知道穆婉寧他們遇襲，也注意到柴洪等人沒有跟著回來，但他以為，那些人是跟著蕭長恭去辦差了。

「都……死了？柴洪也……」蕭安聲音顫抖，他不敢相信，這又不是戰時，早上好端端地出去，晚上怎麼就回不來了呢？

穆婉寧再次流下淚來，一想到柴洪，她的心就像是被無數把刀子割著。

雖然她不後悔自己救下竹六妹惹上來興臣，但柴洪的結局，也是她完全不能接受的。

力竭血盡而亡。這樣的死法，哪怕是在戰場上，都是極其慘烈。

這樣的勇士，這樣的百戰之卒，竟然死在一個瘋子手裡！

每想到此，穆婉寧就恨不得跑到來興臣面前，狠狠捅他幾刀。

蕭府的其他人，也在瞬間陷入悲傷與震驚當中。他們都是上過戰場的悍卒，此時一個個都紅了眼眶。

這樣的氣氛，反而讓穆婉寧覺得更加壓抑，更加想哭。

她又陪蕭安待了一會兒，去看看已經安頓下來的竹三衡和竹六姝，與他們說了兩句話，便向蕭安告辭回去。

穆婉寧一進穆府，立刻有人喊道：「四姑娘回來了。」

很快，一大家子從正廳湧了出來。

「婉兒。」周氏由王氏和張姑姑扶著，急急地走上前。

穆婉寧一看到周氏，再看看跟在後面的家人，頓時覺得白日受的驚嚇、恐懼、憤怒、內疚、委屈等等心情，瞬間湧了上來，人還沒走到周氏跟前，便哇的一聲，大哭起來。

「祖母……」

穆婉寧抱著周氏，再次哭得撕心裂肺。不過，這一次是為自己而哭。

她終於回到家，在這裡，她不用對任何人負責，不必哪怕已經嚇得腿軟，還要強撐著。在外面，她是穆府的四姑娘，是一眾人的主子，即使年紀最小，也要擔起責任，拿出主意。尤其在柴洪等人為護她而死之後，這份責任感更加強烈。

但在家裡，她只是祖母的孫女，父親的女兒，哥哥的妹妹，不必裝堅強，可以盡情展現自己的軟弱，盡情流淌自己的眼淚。

這份感覺，即使在蕭長恭懷裡，也沒有過。

雖然知道蕭長恭一定會保護她，但面對蕭長恭時，她還是不自覺地會想，她能不能配得上他。

畢竟蕭長恭是名震西北的大將軍，而她，不過是一個庶女。

唯有在家裡，這些想法統統可以拋下，她可以盡情地哭，把所有恐懼全哭出來。

周氏早在穆婉寧哭出第一聲時，便抹了眼淚，其他人也被穆婉寧哭得心裡發慌，從未聽過一個人哭得如此撕心裂肺。

大家不禁想著，這一天，穆婉寧到底經歷了什麼樣的慘事？

穆婉寧累極，又大哭一場，幾乎是在周氏的懷裡哭暈過去。

眾人一陣忙亂，把穆婉寧送回清兮院，又找郎中來看，聽說她睡著了，才放下心。

睡到半夜，穆婉寧猛然驚醒，從床上倏地坐起，眼前浮現的，是雲香拿了匕首衝上去的背影，以及她滿身鮮血倒下去的樣子。

好一會兒，她才聽到檀香帶哭腔的聲音。「姑娘，您沒事吧？您說句話，別嚇奴婢。」

穆婉寧回過神，猛然抓住檀香的手。「雲香怎麼樣了？大壯呢？」

檀香的眼睛很紅。「大壯哥沒事，郎中說他人如其名，壯得像頭牛，姑娘不必擔心。」

穆婉寧鬆了口氣，想到雲香，心又提起來。「雲香呢，雲香怎麼樣了？」

檀香不敢直視穆婉寧的眼睛，道：「郎中說，雲香姊姊受傷太重，失血太多……不過墨香姊姊在照顧她，說不定明天就好了。」

穆婉寧頓時急了，起身下床。「走，快帶我去。」

檀香趕緊按住穆婉寧。「此時已經夜深，姑娘又累了一天，還是明天再去吧。」

穆婉寧推開檀香的手。「雲香在生死邊緣，我怎麼睡得著。」

三個婢女的房裡，雲香臉色慘白地躺在正中間，墨香在旁邊照看著。

看到穆婉寧披頭散髮地走進來，墨香趕緊站起身。「姑娘怎麼來了？」

穆婉寧顧不得墨香，直接走到雲香床前。

雲香的臉色是讓人心慌的慘白，彷彿隨時都可能失去最後一絲氣息。穆婉寧上前握住她的手，感覺與那天蕭長恭的一樣，微涼而虛浮。

「雲香，妳要挺住，千萬別扔下我們。如果妳也走了，我真的受不了。」穆婉寧的眼淚再次滴下，流過已經擦拭得發紅的臉頰，感到滾燙與刺痛。

即使是現在，柴洪的那一聲「死戰」，還響徹在她的耳邊。

她真的不能再失去雲香了。

是夜，穆婉寧執意不肯回屋，守著雲香。就算雲香醒不過來，也要見她最後一面。

此時的皇宮裡，氣氛異常壓抑。

皇帝罕見地沒在上書房議事，而是坐在承德殿中。比起上書房，在承德殿議事要顯得更加鄭重。

承德殿裡，只點了幾根蠟燭，雖然能把站著的臣子們照得一清二楚，但坐在上位的皇帝，卻是完美地隱藏在陰影裡。

蕭長恭已經一五一十說了來興臣的罪狀，包括在莊子裡發現的女孩子們，和枯井裡的數十具屍骨。

然而，陰影中的皇帝，卻是一言不發。

護國公痛哭流涕地跪在皇帝面前。「陛下，老臣僅此一子，的確是溺愛了些，但興臣絕不是個壞孩子。這些事情，就算如鎮西侯所說，也必是受了壞人的蠱惑。

「懇請陛下再給老臣一次機會，讓老臣將那孽障帶回去嚴加管教。日後讓他替陛下效力，以求將功補過。」

說到這裡，護國公像是舊疾復發一樣，捂著嘴，狠咳了一陣。

蕭長恭站在旁邊，都擔心他會不會一口氣喘不上來，就這麼過去了。

龍椅上的皇帝看不清表情，聲音冷冷的。「護國公身體不好，賜座。」

「謝……謝陛下。」

護國公坐下，卻坐得很忐忑，因為皇帝的聲音實在太冷。

蕭長恭站在一旁，也琢磨不透皇帝的心思。

來興臣的惡行，他在京郊大營都聽說了，皇帝怎麼可能不知道？

可是皇帝一直視而不見，著實讓人想不通。若說念舊情，皇帝已經給了護國公府快二十年的榮光，再念舊，心思也該淡了。

若不是為了舊情，那為何屢屢放縱這樣的紈袴呢？

皇帝任由護國公繼續坐在那裡痛哭流涕，就是沈默不語。

護國公眼淚流乾，嗓子也啞了，但皇帝就是不說話。

皇帝不說話，蕭長恭和另一邊的穆鼎，更是把自己當啞巴。

許久，皇帝的聲音才重新從陰影裡傳出來。「穆愛卿以為如何？」

穆鼎微微躬身。「陛下見問，臣不敢不答。臣以為，護國公護子心切。」說罷，便閉口不言。

蕭長恭微微一愣，這就完了？這分明是一句沒說完的話啊。

可是再看穆鼎，已經眼觀鼻、鼻觀心了。

隨即，蕭長恭明白過來，穆鼎這是讓皇帝自己往下接話呢。

護子心切，實堪憐憫？那就放了吧。

若是護子心切，枉顧國體呢？那就不只是來興臣要倒楣，護國公也要跟著遭殃。

真不愧是皇帝親封的穆老狐狸。

「陛下，大皇子求見。」

「宣。」

蕭長恭敏銳地察覺到，皇帝聽到大皇子趙晉澤求見時，微微坐直了身體。難道，趙晉澤才是皇帝要釣的魚？

皇帝宣詔後沒多久，趙晉澤走進了承德殿。

今年趙晉澤已經三十有二，雖是長子，卻非皇后嫡子，也不是太子。

他是皇帝還未即位時，府裡的妾所出。皇帝的元配，未能留下子嗣便染病去世。現在的皇后，乃是皇帝即位後娶的續絃。

因此，最重顏面的天家，還是有了個不怎麼光彩的庶長子。

「兒臣見過父皇。」

「皇兒有什麼事嗎？」

「回父皇，兒臣聽說護國公世子與鎮西侯有些嫌隙，特來為世子求情，解釋一二。」

「講。」

皇帝的聲音聽不出喜怒，更看不見表情。趙晉澤有些遲疑，但箭在弦上，不得不發。

「護國公世子來興臣與兒臣甚為投契，他的品性，皇兒也是知道的。若說囂張跋扈，興許是有，但說他在京郊殺人，卻是不見得。

「皇兒聽聞，近日京郊盜匪橫行，已經殘殺不少無辜路人，焉知不是盜匪攻擊相府的車隊。世子只是帶人去救，卻被鎮西侯誤當成犯下惡事之人。」

「這麼說，來興臣不僅無罪，反而有功了？」

趙晉澤仔細聽著皇帝的語氣，卻怎麼也聽不出他是喜是怒，反而聽出了淡淡失望之意。

「倒不見得就是無罪有功，世子有時衝動了些，或許也是這次誤會的根源。父皇不如把世子招來問問，誤會便能解開了。」

皇帝仔細打量趙晉澤許久，看得趙晉澤後背出汗，才在陰影中，出聲吩咐來興臣上殿。

蕭長恭與穆鼎一言不發。一大一小、一文一武的兩隻狐狸，在無言中達成了默契，只要看著就行了。

「傳來興臣覲見——」傳話的太監拉長了音，在空曠幽深的大殿裡迴響。

「你們這幫狗奴才，居然敢攔著我！你們知道我是誰嗎，我是未來的國公爺，蕭長恭那廝見到我也得磕頭。你們算什麼東西，敢管著我！」

來興臣瘋狂的聲音由遠及近傳來，聽著像是他在邊走邊罵。

護國公臉上當即變色，撲通一聲跪倒。「陛下，小兒失儀，萬請陛下恕罪，容老臣前去訓斥。」

然而，皇帝彷彿沒聽見一般，仍舊坐在陰影裡，一言不發。

沈默，像一座山一樣，壓在護國公的心頭，也壓在趙晉澤心頭。

聽來興臣的聲音，趙晉澤暗驚，這怎麼像是服了五石散之後的樣子？明知皇帝會召他，還敢服五石散？

隨著來興臣的咒罵聲越來越近，護國公和趙晉澤的額頭也見了汗。但上位的皇帝一言不發，底下沒人敢動。

「父皇……」趙晉澤終於挺不住了，想去阻攔。

然而，他的話沒說完，來興臣已經出現在承德殿的門口。

月光之下，來興臣披頭散髮，長袍早已不知脫到哪兒去，上半身赤裸，唯有下半身還穿著一條褻褲。

夜裡很涼，來興臣卻渾然不覺，就這樣走進承德殿中。

「皇帝老兒呢，不是說要見我？怎麼，你們都在，他卻不在？」

蕭長恭心裡大定，微微退後一步，退到陰影之中。

無獨有偶，穆鼎也同樣後退，把中間最亮的地方，留給了護國公和趙晉澤，以及已經服藥的來興臣。

「孽障，陛下在上面端坐，還不趕緊向陛下行禮！」眼看來興臣不動，護國公又轉向蕭長恭。「鎮西侯好狠的心，連件衣服都不給我兒，讓他這樣見駕，是何居心！」

沒等蕭長恭回應，太監跪在殿門口道：「陛下，護國公世子剛剛凶性大發，不肯穿衣，還打傷許多伺候的人。奴才們苦勸無效，還望陛下恕罪。」

如果仔細觀察，其實可以看出，此時來興臣的瞳孔睜得很大，五石散藥性已經發作了。

蕭長恭開口。「陛下，臣抓到世子時，他就是這副樣子，據獲救之人講，那時他剛剛服下五石散不久。眼下這副模樣，興許是又服了也說不定。」

驟然聽到蕭長恭的聲音，來興臣心裡疑惑，瞇著眼睛走近幾步，看清是蕭長恭後，立刻大罵起來。

「蕭長恭，又是你，小樹林裡的帳，小爺還沒跟你算呢！現在趕緊跪下向小爺磕幾個頭，再把穆婉寧剝乾淨了，送到小爺床上。小爺興許大人不記小人過，放你一馬。不然待會兒皇帝老兒來了，小爺非好好告你一狀，讓你吃不完兜著走。」

來興臣被藥性左右，竟然沒看到皇帝就坐在陰影當中。

護國公嚇得聲音都變了。「孽障，還不趕緊給我跪下。」顧不得殿前禮儀，上前一把摁住來興臣，要他下跪。

然而，來興臣卻怪叫一聲，然後將護國公推了個趔趄。「別碰我。」

這時，穆鼎出聲了。「對君不敬，對父不孝，對民不仁，國公爺還真是教子有方。這護國公世子嘛，的確是個好孩子。」

哼，敢當他的面那麼羞辱他女兒，護國公一家，都要付出代價！

第五十章　平息

皇帝的聲音依舊聽不出喜怒，對穆鼎的話不置可否。「傳看守之人進來回話。」

陰影之中突然有人說話，來興臣嚇了一跳，瞇著眼睛就要往前走。

趙晉澤眼看不好，趕緊上前攔住。「興臣不得無禮，陛下就在眼前。」

這下，來興臣總算知道皇帝坐在前面，裝模作樣地行了一禮。「興臣見過陛下。」不過，他行的是躬身禮，而且樣子不倫不類，頗為滑稽。

龍椅上的皇帝像是沒看見，仍舊一言不發。

片刻後，一名武官走進殿中，跪在皇帝面前。「內廷侍衛見過陛下。」

「來興臣怎麼回事？」

「回陛下，微臣於戌時三刻，從鎮西侯屬下手中接過護國公世子，安置在待召的偏殿當中。當時護國公世子神情委頓，但並未發狂，衣著也是正常的。」

「你放屁！」來興臣猛地衝上去。「小爺我精神著呢，這叫風流，你懂什麼？」

「蕭愛卿。」

「臣在。」

「讓他安靜些。」

「是。」蕭長恭嘴角浮起冷笑，走到來興臣背後，沒等來興臣的髒話說出口，便一掌擊在他的後脖頸，直接把人拍暈了。

這一掌乾脆俐落，連護國公都覺得拍得好，再不讓來興臣閉嘴，說不定他會惹出抄家滅族的大罪來。

內廷侍衛看了倒地的來興臣一眼，神色不變。「後來，護國公世子見陛下遲遲不召，越發不耐，先是要傳太醫，然後又辱罵內官，最後要求喝酒吃肉。

「微臣雖有看管之責，但想到護國公世子罪責未定，不好太過苛待，便命人送了酒水肉食。孰料護國公世子吃完之後，不久便發起狂來，先是脫衣狂呼，又要人送美女供他玩樂，及至陛下召見，也不肯整理儀容。」

護國公聽了，趕緊上前。「必是有人在酒水中下了毒。興臣一向忠於陛下，此事定有人陷害。」

內廷侍衛呈上一件銀絲長袍，正是白日來興臣穿的那件。「此為護國公世子來時所穿衣物，微臣在袍袖中發現了暗袋，暗袋裡有些許粉末。已找當值御醫看過，確認是五石散。」

這下，護國公無話可說，待召之時竟然服了五石散，都不用別的罪名，光這一條，就夠砍他的頭。

皇帝像是一點都不意外一般，道：「把來興臣帶下去，嚴加看管。」

殿外進來兩個小太監，一左一右，把癱軟得像一灘爛泥的來興臣拖下去。內廷侍衛向皇帝行禮之後，也退下了。

殿裡又恢復死一樣的沈默，唯有護國公沈悶的磕頭聲。

最後，連這聲音也沒了。

良久，皇帝嘆了口氣。「皇兒還有何話說？」

趙晉澤撲通一聲跪倒在地。「兒臣識人不明，還請父皇責罰。」

「只是識人不明？我看你是明知故犯。來興臣在自己府裡虐殺婢女，在府外橫行霸道，興之所致，甚至在京郊肆意擄人，以供玩樂。這些事情，你在背後沒少幫忙掩蓋吧？所圖的，不過是護國公在軍中的勢力。尤其他當年的手下，已經做到了禁軍的副統領。」

趙晉澤如遭雷擊。「父皇何出此言，兒臣絕沒有不臣之心。」

「你是沒有不臣之心，你只是想當太子。」

「兒臣冤枉。」趙晉澤磕頭如搗蒜，知道一切都完了。

皇帝看向渾身抖得像篩糠的護國公。「來永年，當年你替朕擋一箭，差點丟了性命。每每想到這一點，朕的心裡就不好受。

「這麼多年，朕心疼你正值壯年，卻不得不與病床、藥石為伍，對你多有照顧。可是你呢，回報朕什麼？

「養私兵，結朋黨。甚至你的身體早已大好，卻還要在朕面前裝出一副虛弱的樣子，為的就是博取朕的同情之心。」

「陛下，陛……咳咳咳……」護國公這次是真的急到咳嗽，然而，這已經不能再讓皇帝心軟半分了。

皇帝從龍椅上站起身。「大皇子趙晉澤，結黨營私、包庇禍首、危害百姓，即日起革去親王之位，貶為庶人，交予宗人府看管。

「護國公教子無方，枉顧國體，革去國公之位，貶為庶人，即日出京，永生不得入盛京城半步。來興臣殘暴無端，流放寧古塔。」

內廷侍衛立時上前拿人。

趙晉澤猛地站起，抽出腰間的軟劍。「我看誰敢動我！」看向龍椅上的皇帝。「好叫父皇知曉，如今這宮城，已經不是父皇的了。副統領何在？」

蕭長恭鏘的一聲拔劍出鞘，擋在皇帝面前。「請陛下退至末將身後。」

穆鼎也立刻上前，護著皇帝。

然而，回答趙晉澤的，卻是一個他並不熟悉的聲音。「副統領在此。」

聲音未落，一顆人頭滾到趙晉澤面前，正是他在最後關頭喊的副統領。

來人向皇帝抱拳。「回陛下，禁軍與副統領勾結的人，共一百五十二名，全部伏誅。」

此時趙晉澤才知道，他那點小動作，早已被皇帝知曉。今夜，皇帝就是在等他，恐怕他剛進宮，便開始清算禁軍侍衛了。

想到這兒，趙晉澤手一鬆，軟劍落地。侍衛一擁而上，捆住了他。

趙晉澤被帶走時，看向皇帝。「為何不是我？我哪裡比太子差？難道就因為我是妾所出，就沒有資格坐在那個位置上？」

皇帝望向他。「有些事，是你的就是你的，強求不來。你為了一己之私，縱容包庇來興臣殘害百姓，便已經失去了資格。」

趙晉澤聽完，哈哈大笑，聲音裡帶上了與來興臣同樣的癲狂。「我殘害百姓，失去了資格？那父皇坐視我縱容來興臣，又當如何？那些人的死，難道就與父皇無關？」

皇帝沈默不語，侍衛立刻把趙晉澤帶下去。

承德殿再次恢復寂靜，蕭長恭早已收劍入鞘。今夜的發展，實在出乎他的意料。頃刻間，一位皇子，一位國公，就此灰飛煙滅。

「長恭覺得大皇子說得可對？」

蕭長恭嘴裡發苦，這樣的問題，哪裡是他敢回答的。

皇帝的確很能忍，任由來興臣殘殺那麼多人。若非來興臣今天撞到了穆婉寧，又趕上他在附近練兵，皇帝可能還要隱忍下去。

如果皇帝能及早處置來興臣，柴洪等人或許就不會死。莊子裡的女孩子和屍骨，可能也會少一些。

但反過來說，今天這樣的結果，已經是蕭長恭所能想到最好的結果。

畢竟這可是一位皇子與一位國公在密謀逼宮，一旦處置不當，要死的人，可就不只是這些了。

歷史上的每次謀反，無論成功與否，最終的結果都會是血流成河。

皇帝這番作為，已經是用最小的代價，獲得最大的勝利。

想到這裡，蕭長恭道：「陛下雄才偉略，臣不及萬一。臣只知，慈不掌兵，善不理財，兩害相權取其輕。」

「知朕者，長恭也。夜已深，你去吧。穆鼎留下。」

「遵旨。」蕭長恭躬身行禮，退了出去。

是夜，穆鼎與皇帝商議許久，至於內容是什麼，無人得知。

第二日，京城之人被一個接一個的消息震得回不過神來。

大皇子趙晉澤被貶為庶人，連帶著妻子、子女全進了宗人府。

隨後，禁軍統領帶人圍了趙晉澤的府邸，當日凡在府內者，不論緣由為何，一律格殺。

榮寵了快二十年的護國公府，一夜倒臺。來永年削去國公之位，全家流放；來氏子弟，無論親疏遠近，凡在朝為官者，一律罷免，終生不得敘用。

禁軍副統領，夷三族。

來興臣服了太多五石散，口歪眼斜，癱瘓在床。據說已經請了京城名醫會診，務必讓他能夠走路，以服流放之刑。

消息傳到蕭府，竹三衡雖有些遺憾，皇帝沒直接下令砍了來興臣的頭，但這樣能讓他受更多的苦，也算不錯。

穆府裡，穆婉寧聽了，也覺得解氣，但最讓她高興的，還是雲香醒過來。

「姑娘……」

「雲香，妳醒了？真是太好了。」

穆婉寧在雲香身邊坐了一夜，此時看到雲香睜眼，心裡滿是歡喜，這才覺得天亮了。

不一會兒，檀香也回來了。她守了大壯一夜，看到雲香醒了，也高興得很。

穆婉寧讓雲香好好休息，看著她喝了藥又睡下後，想著昨天回來還沒見過大壯，便跟著檀香去前院探望。

大壯的傷比雲香輕，再加上身體壯實，一夜睡足，這會兒躺在床上，精神看著比穆婉寧還要好些。

檀香去而復返，讓大壯高興得不得了，一迭連聲招呼檀香坐，過了一會兒才注意到穆婉寧也在。

「咳，姑娘睡得可還好？」饒是流了不少血，這會兒他臉上也泛起了紅暈。

穆婉寧有些哭笑不得，都說傻人有傻福，果然一點不假。

一夜之間，多少人掉了腦袋、丟了官位，她更是擔心了雲香一夜。沒想到，大壯卻是最無憂無慮的那個。

「都好。你好好休息，回頭我讓檀香多來看看你。」

「好，太好了。」大壯說完，目光又轉向檀香，憨憨地笑了起來。

這下，穆婉寧終於放下心，回清兮院休息了。

一覺睡到下午，穆婉寧終於見到穆鼎。此時委屈恐懼的心情已平復，但穆婉寧還是紅了眼眶。

「好了好了，不哭。我可是聽說，妳昨日又是拔簪子與人拚命，又是在莊子安撫那些受害的女孩子，怎麼一回到家，就哭得跟三歲孩子似的？」

昨日蕭長恭向皇帝稟報時，雖然著重講來興臣的惡，但還是講了穆婉寧如何有勇有謀、有擔當。

「爹爹不要說笑了，現在女兒還嚇得腿軟呢。當時是情勢逼迫，不得不硬著頭皮頂上去罷了。」

「那也很好，想不到我兒雖出身文官之家，倒是有將門虎女的風範。這可不是我說的，是陛下說的。」

「真的？那陛下有什麼賞賜？」

穆鼎啞然失笑，伸手點穆婉寧的額頭。「妳這小財迷，還未出閣，陛下已經誇妳兩次了，妳還不知足？」

穆婉寧順勢摟過穆鼎的胳膊，聲音低下來。「昨天死了那麼多的護衛和家丁，女兒已命墨香把一些賞賜和首飾當掉，換些銀錢，以便多給撫卹。」

穆鼎嘆口氣。「妳有這心很好，府裡的家丁撫卹，都按舊例，他們多是家生子，日後我們善待他們的家人就是。

「鎮西侯府那邊，自然也有章程，咱們只管出銀子就是。穆府欠了他們一個大人情，幸虧借了蕭府的護衛，不然昨日不知會出什麼禍事。」
穆婉寧也一陣後怕，若非雲香借了柴洪等人，昨天那場景，恐怕真要落入來興臣之手。想到那個撞桌而死的女孩子，穆婉寧便一陣發寒。
「好了，別想了，事情都過去了。」穆鼎拍拍穆婉寧的手。「撫卹銀子自然是府裡出，怎麼也不至於讓妳典當首飾。爹爹知妳想表達心意，盡力而為就好。」
穆婉寧點點頭。「女兒又給爹爹添麻煩了。」
「這是什麼話，一家人不說這些。」
穆鼎走後，穆婉寧看著時辰還早，讓檀香幫她梳妝，她要去蕭府看看竹六妹。
入府時，竹三衡正在餵藥給竹六妹吃，蕭安坐在一旁看著。
見到穆婉寧，竹六妹因苦而皺起的小臉，立刻露出大大的笑容。「恩人姊姊來了。」
穆婉寧笑道：「這是誰教給妳的稱呼？」
竹六妹小手一指。「哥哥說的，姊姊是恩人，又是姊姊，當然就叫恩人姊姊了。」
穆婉寧無奈地看向竹三衡。昨日她告訴他，不要這麼叫了，沒想到他還是執意如此。
「不過是路見不平，拔刀相助罷了，三衡不必如此。」
竹三衡聽到穆婉寧還叫他三衡，心裡舒服了點。這半天來，蕭安和府裡人都管他叫小少爺，讓他頗為不自在。
他只想當他的竹三衡，不想當蕭長敬，更不想要那樣懦弱無能的哥哥。

「姑娘對我們兄妹有恩，自然就是恩人。」

聽到竹三衡還一口一個兄妹，穆婉寧就明白了，蕭長恭雖然以長兄自居，但他流落民間的幼弟，還不願認祖歸宗呢。

「將軍可回來過？」

蕭安回答。「昨天夜裡回來過一次，不過當時小少爺和六妹都睡下了，沒能見著，一早又被陛下叫進宮去。」

穆婉寧恍然大悟，怪不得竹三衡還彆扭著，原來兩人自昨天後還未見過面。

「六妹吃了藥，再睡一會兒吧。三衡陪我去花園裡走走可好？」

竹六妹有些小心翼翼地看向穆婉寧。「我不想睡覺，安爺爺說要帶我去看金魚，我想跟他去。」

蕭安立刻笑瞇了眼，這一聲安爺爺叫得他心都要化了，但還是看向穆婉寧。「金魚池在花園當中，不如老奴先帶六妹去別處玩吧。」

「六妹身上的傷如何了？」

竹三衡接道：「郎中說了沒有大礙，並未傷到內裡，喝幾副藥調理就好。今天六妹躺了大半天，稍微活動也好。」

穆婉寧這才放心。「那去吧。我和三衡在院子裡走走。」

蕭安拉起竹六妹的手，一老一小出了屋子，直奔花園。

竹三衡看向穆婉寧。「恩人若是想勸我，還是免了吧，我竹三衡姓竹，與他蕭長恭沒有關係。待那些護衛的葬禮過後，我和六妹便啟程回甘州。」

穆婉寧心裡一陣無奈，這竹三衡真不愧蕭長恭說的那樣，脾氣倔得很。

「今日盛京城中的幾個消息，你可聽說了？」

竹三衡點點頭。「來興臣是咎由自取，有了那樣的下場，也是活該，比一刀殺了他更過癮些。」

「所以，你還認為將軍是懦夫嗎？」

「這與他有什麼關係，藥是來興臣自己吃的。」

穆婉寧搖搖頭。「我覺得未必如此簡單。要想讓五石散藥性發作，須以烈酒送服。來興臣是被我們當成囚犯抓住的，他哪裡來的烈酒？」

「妳是說……」竹三衡也遲疑一下。「是蕭長恭在背後搗鬼？」

穆婉寧瞪他一眼。「什麼叫背後搗鬼，而是……算了，也差不多。總之將軍不是你說的懦夫。」

「你還記得他來救我們時，說的第一句話嗎？他當時可是明明白白喊出了來興臣三個字。若真懼怕他的地位，又怎會喊出那樣的話？」

「那為什麼要跟我說不管？」

穆婉寧再次埋怨蕭長恭不會教弟弟。「他是為了磨一磨你的性子。他說你太執拗，也太像年輕時的他，怕你和他一樣，日後為此吃大虧。」

「他有那麼好心？再說，這些只是妳瞎猜的罷了。」

「什麼叫那麼好心？你是他的弟弟，他找你找了這麼多年，如今好不容易找到了，當然希望你好。」

竹三衡輕哼一聲。「找我找了那麼多年？得了吧，甘州從未有人打聽我的身世。甘州收復後，義父滿懷希望等人來接我回去，卻到死也沒能等來。我和六妹一路走到此，可沒聽說堂堂鎮西侯還有個弟弟。妳所謂的他找我那麼多年，找到哪裡去了？」

這話把穆婉寧問住了。之前的事，她完全不知道，雖然相信蕭長恭不可能放棄幼弟，但也確實沒聽過任何傳言。

若非那日蕭長恭在昏迷中醒來，第一句話說的是要找弟弟，她根本不知道，蕭家還有一個蕭長敬。

「因為我怕害了你！」蕭長恭的聲音從院外響起，大踏步地走進來。

第五十一章　和解

即使現在臉傷已癒，蕭長恭還是習慣地戴著面具，聽穆婉寧提醒後，才把面具摘下來。

「我曾經在追擊途中，一刀斬了北狄國主白濯的弟弟。若是白濯知道我還有個弟弟，可能在甘州城中，你說他會怎麼辦？」

竹三衡心裡一凜，以他對北狄人的了解，若能直接抓到還好；若是不能，恐怕甘州城裡凡是和他同年紀的男孩子都要遭殃。

見竹三衡不說話，蕭長恭繼續道：「你說我沒有找你，我承認。甘州城未收復前，我根本不敢派人去找，生怕走漏風聲，人沒找到，卻先害了你。

「收復甘州後，我派人去找，卻不敢大張旗鼓，誰知道北狄人在甘州城留了多少暗探和細作？即便是盛京，你以為就太平了？三年前，甘州城剛收復，我就在街上遭遇刺殺，半年前，又遇上一次。」

穆婉寧聽到蕭長恭提到那次刺殺，也一陣後怕。那雖是他們的初遇，卻也是在閻王殿前晃了一圈。

「這種情況下，我怎麼敢大張旗鼓說我有個幼弟？我只能憋在心裡，派人去找，都心驚膽顫的。生怕說者無心，聽者有意，到時走漏風聲，危險的還不是你？

「一旦北狄人發現你，一刀殺掉都是好的。我生怕他們把你押到陣前，用你來威脅我退兵。到時你讓我怎麼辦，一箭射死你嗎？」

蕭長恭越說越氣，自從他知道幼弟失蹤那一刻起，這樣的畫面，便時不時出現在他的腦海中。

每次出現，他都覺得，那個不知在何處的弟弟，已經被北狄人抓到了。

「你覺得，我為何要長年戴著面具？世人都以為我是遮臉傷，實際上是因為，我曾聽安叔說過，當年你出生時，我爹在信裡說我們兄弟長得很像。於是，臉受傷之後，我立刻戴起了面具。甚至曾想過，若是沒有這傷，也要往臉上劃幾刀，好讓人看不出相似之處。我問你，如果你是我，你敢不敢大張旗鼓地找？」

竹三衡大受震動，蕭長恭說的這些，他從沒想過。一直以來，他想的都是怎麼活下去，活到義父說的等哥哥來找他。

事實上，義父更多時候就是讓他等著，從不讓他去尋找。若非義父因病亡故，竹三衡應該還在甘州城等著呢。

穆婉寧見竹三衡不說話，生怕蕭長恭再說多了，惹竹三衡不喜，立刻上前。「別在院裡站著了，還是進屋吧。將軍這是辦完差了？餓不餓，要不要吃飯？」

「不了，事情還沒完，我馬上要回京郊大營。我就是不放心，回來看看。」

蕭長恭說著，又看竹三衡一眼，心裡又氣又後悔。氣的是竹三衡不理解他，後悔則是他沒說上兩句，又發起火來。

穆婉寧見狀，道：「既然這樣，我有事想和將軍說。」

竹三衡立時說道：「我去看看六妹。」

待到院裡只有兩人，蕭長恭直接坐在院裡的迴廊上。「妳說，我怎麼就管不住自己這脾氣呢？」

「愛之深而責之切。將軍是太過在意，所以關心則亂。」

「唉。不說這個了，妳有什麼事要和我說？」

「就是來興臣莊子裡的那些女孩子。她們受了來興臣的折磨，雖錯不在她們，但若就這麼放她們歸家，她們的家人，未必願意接納。」

蕭長恭嘆了一口氣。「這也是無可奈何之事。妳是不是有什麼想法了？」

穆婉寧點點頭。「新淨坊裡的夥計都練習得差不多了，我想找幾個人派到外地去，開分店，這樣就需要招一些夥計在前面招呼客人。

「那些姑娘的模樣都不差，放在店裡正好。而且送到外地之後，也沒人知道這些過往。她們靠自己的工錢，日後無論想嫁人，還是自立女戶，都過得下去。」

蕭長恭拉了穆婉寧的手，放在手心裡。「妳想得很周到，這對她們來說，也是好事。開新店的銀子夠不夠？回頭我讓安叔取三千兩銀票給妳。」

看到穆婉寧搖頭，蕭長恭立即打斷她。「不許說不用，我的銀子早晚也是妳的銀子，妳就當提前管家。還有，以後妳若出門，儘管來府裡要人，府裡的護衛也都是妳的護衛。千萬別不好意思，我只要妳平平安安。」

穆婉寧心裡甜得不行，微笑著點了頭。

竹三衡在花園裡，雖然陪著竹六姝看魚，但心裡想的卻是蕭長恭之前說的那番話。

他一直以來，對自己這個哥哥是有氣的。義父總讓他等哥哥來找他，可是他左等右等，卻怎麼也沒等來。

甚至，有的時候他懷疑義父不過是在騙他，他根本沒有什麼哥哥，又或者，他的哥哥根本不想找他這個弟弟。

尤其在他見過兄弟倆為了分家產反目成仇的事情後，更覺得他的哥哥根本不想找他。

哪怕回了蕭府，全府上下都為他回來而高興，他也覺得，或許蕭長恭根本沒想認他這個弟弟。

但剛剛的那番話，卻徹底推翻了這種可能。

蕭長恭確實是一直惦記著他，只是受困於情勢，不敢找而已。

憑心而論，若身分互換，竹三衡也覺得他會和蕭長恭一樣，想找但不敢找。

七日後，在蕭長恭送給穆婉寧的那處莊子中，柴洪等人正式下葬。

墓地選在莊子後面的小樹林裡，靠山面水。往後逢年過節，也方便來祭拜。

儘管已經做好準備，穆婉寧還是泣不成聲。

他們本可以不死，在戰場上那樣凶險的地方都活了下來，眼看要過好日子了，卻意外地死在一個瘋子手裡。

雲香也在墨香的攙扶下，給墳塋添了一把土。

於她來說，最內疚的並不是向侯府借了柴洪等人，而是沒有聽從蕭安的建議，帶更多的人去。

如果人多些，那場惡戰的結果，或許會大不一樣。

只可惜，現實裡沒有如果。

唯一值得安慰的，就是來興臣現在生不如死。

以薛青河為首的盛京名醫們果然醫術高超，一連行針幾日，竟把來興臣扎得能走路了。

既然能走路，這流放之刑，就得開始服了。

出城之日，竹三衡帶著六妹，特意去看。

來興臣雖然勉強能走，但嘴角還是歪斜的，脖子被一根鐵鍊鎖住，由兩個官差一路拽著，出了城門。

城門外，小七早已等候多時，看到官差走近，便迎上去。

「兩位官差留步，這裡有些散碎銀子，是在下的一點心意，還請笑納。」

其中一名官差當即沈了臉色。「此人乃是陛下親自定罪的流犯，本就是吃苦受罪去的。這位爺不用浪費銀子了，我們不可能優待他。」

小七頓時笑了。「官爺想岔了，這不是贖罪銀，而是買罪銀。買他路上多受點苦。」

官差有些意外，向來都是給銀子少受罪，還沒有給銀子多受罪的。

「這位爺，您是？」

小七壓低聲音。「鎮西侯府。」

官差立刻抱拳。「失敬失敬。這樣的話，這銀子，我們更不能要了。」

「這是為何？」

「舍妹……」官差看來興臣一眼，聲音裡充滿恨意。「舍妹現在就待在穆姑娘的莊子上，說是日後可以在新淨坊當差。

「當初舍妹被擄走時，我正在外地押送犯人，回來時，事情已經過了兩、三個月。我四處打聽，卻沒打聽出她到底被誰擄走，更不知人在何處。沒想到，是被這個畜生抓去了。

「於是，我特意爭取這件差事，當初我沒能把妹妹找回來，只好現在替她出出氣。請您轉告穆姑娘，大恩大德，我劉三記住了，必將盡數回報在來興臣身上。」說到後面，劉三已經是咬牙切齒。

小七大樂，這下來興臣可是有罪受了。當下轉了轉眼珠，把劉三拉得更遠些。

「長路漫漫，劉爺別下手太狠，萬一來興臣整日尋死覓活，還有什麼樂趣？不妨每隔幾日找機會透露些消息，就說皇帝又想起他爹的好，說不定過幾年便能免了他的罪，到時他又能做國公世子了。他有力氣活著，咱們才有得玩不是？」

劉三臉上露出笑意。「小人省得，這位爺儘可放心。」

小七點頭，還是不由分說地把銀子塞進劉三手裡。「二位路上多保重。」

回城的馬車上，竹三衡問蕭長恭。「來興臣的案子到底怎麼回事？」

那日把話說開之後，竹三衡雖然還沒有正式認祖歸宗，但兄弟倆的關係確實好了很多。

「你覺得呢？」

「他的藥，肯定是你放進去的。那日我們在莊子裡搜出那麼多五石散，而且人一直是你的人看押，放一包藥很容易。關鍵是，你怎麼讓他吃下去。」

蕭長恭點點頭。「不錯，藥是我讓小七放到他身上的。至於吃，我料定他會自己吃。」

「為什麼？」

「因為疼，也因為恐懼。在他的莊子時，我派人狠狠打了他一頓，後來婉寧氣不過，又讓人打了。雖然用的都是不留傷的方法，但身上的疼，卻是實實在在。

「來興臣從小就是個紈袴，哪裡忍得了這份痛？忍不住，自然就會吃五石散，來讓自己好受些。再加上他已經成癮，心情煩躁、焦慮恐懼，便不覺想服藥。兩相一作用，他身上又有藥粉，你說他會不會吃？」

「可是……萬一他挺住沒吃呢？」

「世間哪有萬無一失的事。如果他不吃，我也不會放過他，多花些心思和時日罷了。」

蕭長恭看著弟弟那張與他十年前極為相似的臉。「我知你心中所想，覺得這樣的人就該一刀殺了。十年前我也是這樣的想法，也是這樣的做法。可是現在不同了，我有屬下，有你，有未過門的妻子，已經不是可以快意恩仇的時候。

「前幾天京城發生的事，你也看到了，趙晉澤成為庶人，他的妻兒全入了宗人府，往後一輩子，只能被軟禁到死，府裡下人也全被殺。

「護國公一家流放，所有來氏族人都遭殃，更不要說禁軍副統領被夷了三族，死人過百。這就是一人做錯，牽連所有人的下場。

「我現在是這侯府的當家人，一旦我出事，我手下的人也全要死。即便不死，他們也會成為罪人，或流放邊關，或充為軍奴。所以，我不能為了痛快，拿所有追隨我的人冒險。如果你圖一時之快殺掉來興臣，卻讓六姝成為罪奴，甚至充為官妓，你還會殺掉他嗎？」

竹三衡想也沒想地便搖頭，無論如何，竹六姝的安危都是第一的。

「但我會想辦法暗地裡下手，時日會長一些，但絕不會放過他。」

蕭長恭輕笑起來。「所以，你以為我做的這些都是為什麼？來興臣明知婉寧是我未婚妻，還要對她動手，憑這一點，他就死定了。」

竹三衡瞇起眼睛看蕭長恭。「你不是替自己找藉口吧？恩人現在還沒過門呢，連累也連累不到她身上去。」

「她雖沒過門，但已經是我的人了，我當然要為她負責。」

竹三衡聽了，立刻跳起來，頭頂砰的一聲撞在車頂。「已經是你的人了？恩人才多大，還沒及笄吧，你怎麼能下得了手？我以為你和來興臣不同呢，原來也是一樣的畜生！」

蕭長恭的臉瞬間黑了，跟鍋底沒什麼兩樣。

「你給我閉嘴，你才是畜生。我的意思是說，我和她已經過了文定。這種情況下，一旦我出事，她也要受牽連，而且以後根本沒人敢娶她，不就相當於是我的人？」

竹三衡狐疑。「就只是這樣？」

蕭長恭忍無可忍，一腳把竹三衡踹出車廂。

穆婉寧一直在後面的馬車裡關注兄弟倆的狀況，忽然間看到竹三衡跌出車外，心裡一緊，趕緊叫停馬車，把竹三衡扶到自己車廂裡。

「怎麼回事？將軍打你了？他怎麼下得了手？」

竹三衡想到蕭長恭最後氣急敗壞的表情，心情卻是好得很，擺擺手，揉了揉摔痛的地方。「沒事沒事，沒坐穩。」

這下換穆婉寧狐疑了，哪有坐馬車摔出來的，而且看那樣子，像是被踹的。

不過看到竹三衡笑嘻嘻的樣子，倒不像是真吵架。

正困惑時，前面的馬車停下，小七走到穆婉寧的車外，道：「穆姑娘，將軍請您過去，他有要事相商。」

竹三衡立刻咕噥一聲。「藉口。」

穆婉寧忍住笑，這竹三衡對誰都是彬彬有禮，唯獨對上蕭長恭，就跟吃了炸藥似的。

待穆婉寧離開車廂，竹三衡看著已經睡熟的六妹，臉上才露出了笑意。

雖然蕭長恭不如他想像中的那般肆意瀟灑，但這樣的哥哥，好像也不錯。

隨著竹三衡和竹六姝入住，鎮西侯府終於熱鬧起來。

竹六姝更是在府裡玩瘋了，每天睜開眼睛，就去找她的安爺爺，一老一小吃過早飯，就在府裡四處「探險」。

據說蕭長恭隔三差五也會從京郊大營回府看看，兄弟倆還挺和睦的。

然而，這日穆婉寧正在新淨坊裡察看最新出的香胰皂，便看到小七過來了。

「姑娘，安叔讓我請您過府，我們將軍又和小少爺吵起來了。兩人誰也不理誰，小少爺還說要離家出走。」

穆婉寧一陣無奈。「這兩個人有什麼毛病啊，吵了好，好了吵的。」

這兄弟倆，對誰都是又有禮、又有耐心，但只要兩人對上，幾乎沒有不吵架的時候。

小七有些尷尬，旁邊還有沈掌櫃和呂大力，他不好說自家將軍和小少爺的不是。「姑娘還是跟我去一趟吧。安叔說，也就只有您能勸得住。」

「好吧，我跟你去一趟就是。」穆婉寧又轉頭吩咐。「沈掌櫃，呂掌櫃，這新出的楓葉皂做得不錯。上次的菊花皂幫我裝上兩份，我拿去給三衡和六姝。還有狀元齋新出的點心，也拿上兩份。」

小七立刻道：「請沈掌櫃記在侯府帳上。我們將軍說了，日後侯府的皂都從這裡取，每個月一結，狀元齋也是如此。」

「是。」

去侯府的路上，小七說了兄弟倆吵架的原因，原來是蕭長恭著急開宗祠讓竹三衡認祖歸宗，同時也把竹六姝的身分定下來。

為了不在儀式上出錯，蕭長恭幫竹六妹請了個教養嬤嬤，教她各種禮儀。

但竹六妹自由慣了，一時不習慣，蕭長恭催得又急，今日便被嬤嬤打了手板。

竹三衡心疼妹妹，訓斥嬤嬤。蕭長恭恰好聽到了，就說他不懂事，這樣怎能入宗祠，當蕭氏子孫？

竹三衡一聽便炸了，既然覺得他當不了蕭家人，那他不當就是，他還做他的竹三衡。

於是，兄弟倆就這麼吵開了。

穆婉寧不由皺眉，明明都是好事，這一大一小怎麼就不能好話好說呢？

第五十二章　打臉

穆婉寧在小七的催促下，趕到侯府，卻沒見到蕭長恭，說是氣得直接回了京郊大營。

她來到竹三衡和竹六妹居住的小院，果然看到竹三衡拉著竹六妹要往外走，蕭安正在門口攔著。

「我說敬少爺，不是，三衡少爺，這天氣一天比一天冷，您要帶著六妹去哪兒啊？」

「我們回甘州。」

「回甘州少說也要走上三個月，到時天寒地凍的，六妹還不得凍出病來。」

「哼，我們兄妹倆就是這麼走過來的，如今怎麼回不去？」

穆婉寧插話。「當然走得回去，但六妹的未來，你就不考慮了嗎？」

蕭安一看穆婉寧來了，立時鬆了口氣。「穆姑娘來了，快請裡面坐。」

竹六妹看到穆婉寧，很是高興，放開竹三衡的手，跑向穆婉寧。「恩人姊姊。」

穆婉寧板起臉。「不是說好不叫恩人姊姊了嗎，來，叫聲穆姊姊。」

「穆姊姊。」

「這才乖。我給妳帶好吃的，咱們進屋去吃。」

看竹三衡還站在原地不動，穆婉寧道：「要走你自己走，六妹留下。將軍說了，日後等六妹長大，不但要給她選門好親事，還要厚厚附上一份嫁妝，讓她衣食無憂、平安順遂地過一輩子。跟你回甘州，你能給她選什麼好親事，是殺豬的，還是賣菜的？」

竹三衡不服氣。「盛京規矩這麼多，六妹這兩天一點都不開心，我想讓她快樂，不想讓她被這些規矩束縛得喘不過氣。」

「沒有規矩不成方圓，真嫁個殺豬或賣菜的，倒是不用守規矩了，難道那就是你希望她過的生活？」

竹三衡語氣一頓。「但也不用連她都改名字吧？難道她叫竹六妹，就不是我妹妹了？」

「叫什麼對你來說無所謂，可對那些要娶她的人卻是有所謂。高門府第，既看人品，同時也看出身。六妹出身不高，改了姓，入了宗譜，相當於提了她的身分。日後成親，婆家人也會對她多敬重些。

「女子活在世間不易，在家要靠父親、哥哥抬身分。出嫁後想過得好，既要靠娘家撐腰，也要靠自己的本事打理好中饋，平衡好家族關係，兩者缺一不可。」

「可是，那也太辛苦了，我不想讓六妹過那樣的生活。」一想到這個，竹三衡的心裡便不是滋味。他寧可自己委屈，也不願讓妹妹受苦。

「只要是當正妻，這都是必須經歷的。給人做妾倒是可以不管這些，難道你願意？」

竹三衡眼睛一瞪。「那怎麼可能！」

「那不就是了。我知你心疼妹妹，可六妹也有自己的人生，你不能事事都替她擋著。」

竹三衡張張口，最後只說出一句。「我說不過妳。」

穆婉寧笑得極為燦爛，知道依竹三衡的脾氣，這話相當於「妳說得對」。

「知道錯了，就去向嬤嬤道歉。我聽說，你把人家訓斥了一頓呢。

「還有，從今天開始，你也要學習各種禮儀。開祠堂可不是小事，你想要有個好開始，就必須重視這件事。」

竹三衡剛要反駁，便聽穆婉寧幽幽地說：「不然，日後論起來，人們會說，蕭六姝雖然改姓了蕭，但到底還是野孩子出身，看她那哥哥就知道了。」

竹三衡氣得直咬牙。「我去還不行嗎？」轉身去找嬤嬤。

穆婉寧偷笑，旁邊的蕭安也露出笑意。竹六姝就是竹三衡的軟肋，凡事只要拿竹六姝去說，就能讓竹三衡乖乖聽話。

「敬少爺這性子，著實讓人頭疼。」

「安叔不必太過在意。先前我曾就三衡的事問過我祖母，祖母說，三衡這十餘年過得甚是艱難，想的都是如何活下去。如今突然變成少爺，還是大將軍的弟弟，難免會自卑，生怕自己配不上這個地位。

「因此，一旦將軍說起這個，他就會炸毛。對於六姝身分的在意，正是因為對自己自卑。只要假以時日，安排他習文學武，他有了自信，自卑自然就能去除。」

蕭安點點頭。「老夫人的見識，當真比我這個做下人的要強些，還望姑娘代將軍謝過老夫人。」

「安叔客氣了，祖母也希望將軍能兄弟和睦。」

見了嬤嬤，竹三衡恭敬地行禮。「之前三衡多有冒犯，還望嬤嬤恕罪。」

看到竹三衡行禮，嬤嬤沒有避讓，而是坦然受了一禮。「我既受將軍所託，教導你兄妹二人，自然不會真的怪罪你。可你既然認錯，就當受罰。罰你十下板子，你可願意？」

竹三衡咬咬牙。「願意，但不打屁股行不行？」

跟過來的穆婉寧噗哧笑出聲，被嬤嬤瞪了一眼，趕緊行禮，溜出屋去。

這下，她終於明白，以前竹六姝到底是怎麼看到竹三衡屁股的，敢情是打板子的時候。

一個月後，鎮西侯府正式開了宗祠，請京裡有名望的人作見證，讓竹三衡認祖歸宗，成了蕭長敬。竹六姝收為義女，改名蕭六姝，記在正妻陳氏名下，等同於嫡女。

同時，在蕭府宗祠的旁邊小院裡，一塊寫著竹義的牌位，也被正式供奉起來。

早在蕭長敬歸府之日，蕭長恭便派人前往甘州，一是尋找蕭長敬義父竹義的墓地，加以修葺；二是要找到蕭長敬身分的證據。

既然是託孤，必然會有信物。

只是，當信物真的被找到時，卻是讓人驚詫不已。

因為竹義根本不是當年陳氏的託孤之人，只是一個路人。

根據竹義留下的手書所記，當年北狄人大舉攻城，他本是想前去幫忙守城，結果剛出家門，便看到一個渾身是血的人，抱著孩子向他跑來。

他把人帶到家中救治，然而傷勢太重，那人只匆匆留下一句「待這孩子的哥哥來找他，到時兄弟自會相認」，便徹底沒了氣息。

隨後，竹義在那人身上發現一塊腰牌，上面有一個蕭字。

當年的甘州城裡，蕭家軍名聲極好，駐守三年，秋毫無犯，百姓無不交口稱讚。

既是蕭家軍的人，沒道理見死不救。

於是，這位臨時被託孤的教書先生，寫了一份手書，講清事情經過，和腰牌放在一起，用油紙包好，藏在自家屋裡。

結果，這一答應，便是十餘年的光景。

只因一面之緣，只因一句「沒道理不救」，便十餘年如一日，殫精竭慮地照顧蕭長敬，還收養從外面撿回來的竹六姝，實在讓人敬佩。

「都說北地多遊俠，大多文武雙全，重信重諾，或許你這位義父，就是位遊俠吧。」蕭長恭不由感慨。

蕭長敬回想著竹義生前的點點滴滴，這才發現，竹義雖是教書先生，但弓箭武藝卻毫不遜色。即使北地人普遍習武，也仍是出類拔萃的。

而且，這也解開了蕭長敬心裡一直以來的疑問，為何當年甘州城被收復之後，義父還是要他等哥哥來找，而不是帶他去認親。

恐怕，當時竹義也不敢確定蕭長敬要等的哥哥，就是蕭長恭。

唯一的遺憾，就是竹義並沒有在手書裡寫下自己的名字。或許是當時沒想到事情會拖這麼久，或許他壓根兒不在意自己叫什麼。甚至臨終之時，也沒有吐露自己的真名。

若是想查，未必查不到，但或許這是竹義的心願。

最終，蕭長敬還是決定，用竹義這個名字為義父立牌位。

一晃到了十月，盛京城裡的楓葉由綠轉紅，銀杏葉也由綠轉黃，成了盛京城京郊的兩大盛景。

這樣的盛景，向來是開宴會的好理由。

一向不張揚的南安伯府，竟然破天荒地辦了個銀杏宴，並且分別給穆安寧和穆婉寧下了帖子。

這就很有趣了，一般來說，同府的姊妹下一張帖子就好，單獨下帖子，顯然有原因。給穆安寧下帖子，穆婉寧一點都不意外。

前一世，穆安寧就是與南安伯府的次子訂親。那時穆安寧不情不願，但這一世不同，穆安寧對這次南安伯府的宴會很是上心。

伯府還是要比侯府差上一些，讓穆安寧心裡微微泛酸。一直以來，她都深信自己會比穆婉寧嫁得好，沒想到到底還是比不過。

不過，現在的穆安寧已經不是半年前的穆安寧，對於這一點，已經很能接受了。

至於單獨給穆婉寧下帖子，穆婉寧心想，很可能是因為蕭長敬。

蕭長恭開宗祠認親的事，盛京城裡已經是無人不知。

鎮西侯蕭長恭突然間多出了個弟弟，又正值可以相看的年紀。之前未能與蕭長恭結親的府第，立時動了心思。

蕭長敬一來英俊，二來聽說對義妹極為溫柔照顧，可比那個沒事總戴著面具、脾氣陰晴不定的蕭長恭好多了。

而且，蕭長恭剛剛把幼弟尋回來，肯定要對他多多照顧，若是哪家能招他為女婿，未來的好處還能少嗎？

但鎮西侯府沒有女眷，想找人去說親也沒門路。思來想去，只能把帖子下給穆婉寧了。怎麼說她也是未來的嫂子，長嫂如母，幫著相看相看也沒什麼。

是以，這陣子的盛京宴會，都會下帖子給穆婉寧。

穆婉寧哭笑不得，她是蕭長敬未來的長嫂不錯，但蕭長敬可是比她還要大上幾個月的。

蕭長敬知道後，也是目瞪口呆。他一直覺得穆婉寧沈穩大氣、處變不驚，肯定比他大，沒想到居然比他小。

再想到以後他還要叫穆婉寧嫂子，而且都說長嫂如母……蕭長敬便覺得生無可戀。

「我說蕭……大哥。」蕭長敬還是習慣直呼蕭長恭其名，叫大哥什麼的，酸。「你這老牛吃嫩草也太過了吧。恩人那麼小，你怎麼下得了手？」

蕭長恭的臉頓時黑了。

蕭長敬任由蕭長恭黑著臉瞪他，繼續說道：「你二十二歲，恩人十四歲，差了八歲。我今年十四歲，六姝六歲，也是差八歲，你就不能學學我？」

蕭長恭的臉色黑如鍋底了。

當晚，蕭長敬練武時，發現綁腿裡的鉛塊多了一倍。

蕭長恭笑容可掬地站在蕭長敬面前，手裡拿著馬鞭。「一百個大跳，少一個都不許上床睡覺。」

穆婉寧知道後，抱著蕭六姝笑得直抽搐，任由蕭長敬無奈地看著她。

想到這些事，穆婉寧覺得這帖子也沒那麼礙眼了。

這時，穆安寧來了穆婉寧的清兮院，道：「四妹妹可收到南安伯府的帖子了？這個銀杏宴，妳可是務必要去，連母親也要去呢。」

穆安寧說的母親，是指她們的嫡母王氏。想來南安伯府是真的對穆安寧有意，不然不會把王氏一起請去。

穆婉寧點點頭。「那就陪三姊姊走一趟吧。」

「不過咱們不好空著手去，聽說新淨坊出了銀杏皂？能不能給我幾份，當個見面禮。」

沈掌櫃當真是個人才，每個月都會根據節氣、時令，推一款新皂和新的糕點。

重陽時新淨坊推菊花皂，狀元齋就出菊花糕；然後又是楓葉皂，以及做成楓葉形狀的玫紅糕。

現在又搞了個銀杏皂，與之搭配的是狀元齋的杏仁酥。

而且每一種每個月只賣一百份，若是賣完，就得等到兩個月後。如果到時再買不到，就只能等明年了。

因此，最近盛京城裡的人家，都以能用上當月的新淨坊香胰皂為榮。

「我每個月手上有三份可以用來送禮，都給姊姊好了。」

穆婉寧手上當然不只這些。每個月，新淨坊都要送一份新品給周氏、穆鼎和蕭長恭，鐵英蘭那裡也不曾落下，所以這些是不能動的。

穆安寧也不貪心，三份已經足夠了。

其實，赴宴不需要帶禮物，不然舉辦宴會就成斂財了。所以穆安寧才打了穆婉寧香胰皂的主意，既不昂貴，又是一份不錯的心意。

到了宴會那日，穆婉寧稍稍打扮一下，與穆安寧、王氏一起乘坐馬車，去了南安伯府在京郊的莊園。

畢竟今日穆安寧才是主角，穆婉寧不想太搶風頭。

南安伯府的莊子比蕭長恭送給穆婉寧的那個近得多了，坐馬車不到一個時辰就能到。

南安伯府號稱百年世家，先祖跟著開國皇帝打過江山，雖然這幾代因為降位襲爵，只是個伯爺，但底蘊卻是蕭長恭這樣的新貴比不了的。

宰相夫人過來，南安伯夫人肯定要親迎的。

在門口熱絡寒暄之後，南安伯夫人帶著王氏去夫人們聚會的地方，穆安寧和穆婉寧則由南安伯夫人的三女兒領著，去找未出閣的姑娘們。

路上，穆婉寧仔細打量了南安伯的三女，來之前穆安寧介紹過，此女名叫房文馨，今年十二歲。

房文馨長得不算國色天香，也是唇紅齒白，眉清目秀，就是有些不愛說話。不過禮儀進退間，還是很得體。

只從外表和家世上，與長敬倒也般配，可以放入備選。

等到了莊子後山的銀杏林，穆婉寧的注意便放在十二、三歲的姑娘身上，以一種老母親相看兒媳婦的心情打量著她們，卻忘了，她也和她們同年紀。

只能說，重生一次，讓穆婉寧的心態成熟許多，已經做不回十四歲的單純少女。蕭府長嫂的身分，她完全勝任。

這一處銀杏林不小，中間單有一塊空地，建了座暖閣，應該是特地為賞景而建的。

暖閣內四處都有座椅，還有下人流水般地端上茶盞和小食，再加上此時天氣好，涼風習習，配上滿眼的黃色銀杏，稱得上是心曠神怡。

穆婉寧坐了一會兒，把同年紀的姑娘相看一遍，最終還是只有房文馨一人入得了穆婉寧的眼。

穆安寧只在暖閣裡坐了一會兒，便被南安伯夫人叫去，臨走前看了穆婉寧一眼，滿臉的喜意。

看來，南安伯府還真是看上穆安寧了。

枯坐無趣，穆婉寧便往林間走去，想找幾片比較好看的葉子，回去拿鎮紙壓了，可以做成書籤。

房文馨見狀，也走了過來，陪著穆婉寧一起撿樹葉。

慢慢熟識之後，穆婉寧發現，房文馨還是愛說話的，而且很有主見，只是聲音小，所以平常不願多說。

這倒不是什麼大毛病，長大後便好。而且這種外柔內剛的性子，說不定正好能治蕭長敬那表面謙遜，實則火爆的脾氣呢。

待兩人回到暖閣時，大家正熱烈討論著剛剛被流放出京的護國公一家。

「聽說來興臣很慘呢，躺了幾天，被一眾郎中挨個兒扎針，好不容易能起床了，立刻就被趕出京城。」

「那也是他活該，聽說他可沒少殘害無辜的百姓。更不要說那日還襲擊了相府的車隊，要不是穆家姑娘有侯府的人拚死護衛，後果真是不堪設想。」

「是啊，穆姑娘也夠倒楣的，出去散個心，還碰到這樣的事。」

周圍人正準備附和，孰料有一個尖銳的聲音插了進來。「她有什麼倒楣的，要我說，就是穆婉寧四處招搖惹的禍，不然，怎麼別人不出事，就她一個人出事。」

穆婉寧不由冷笑，看來褫奪封號這件事，還是沒能讓吳采薇長教訓。剛剛解了禁足，又出來蹦躂了。

此時穆安寧不在，自然不會有人冒著得罪皇帝外甥女的風險，替穆婉寧說話。

房文馨卻是氣不過，而且別人可以不說話，她卻不能不說。畢竟這是她母親舉辦的宴會，身為主人家，不能任由請來的客人被這麼羞辱。

房文馨走進暖閣，道：「吳姊姊怎能這樣說，明明是來興臣那廝作惡，與穆姊姊有什麼關係？」

兩個月不見，吳采薇比夏天時瘦了一圈，本就有些吊梢眼的面相，此時更顯刻薄了。看到穆婉寧也隨著房文馨走進暖閣，吳采薇眼神瞬間爆發出惡毒的光芒。

「怎麼，我說錯了？京城這麼多女眷，來興臣怎麼不找別人，偏偏找上穆婉寧？

「我看分明是穆婉寧有問題。蒼蠅不盯無縫的蛋，說不定她與來興臣私下勾結，想趁著這事相見呢。可憐那些侍衛，就那麼不明不白地死了。」

「妳……」房文馨氣得滿臉通紅。她雖有主見，可年紀小吃虧，加之平時說話也是輕聲細語，並不擅長和人拌嘴，竟一句話也說不出來。

穆婉寧看著吳采薇那副自以為說出真相的樣子，心裡嗤笑一聲，走上前。

「初見鄉主時，鄉主還是縣主，封號和靜。當時婉寧便覺得可惜，這樣好的封號，居然安在這樣一個人身上，實在暴殄天物。

「果不其然，沒幾個月，和靜縣主就變成了吳鄉主，這下叫起來順口多了。」

這下輪到吳采薇氣得脹紅了臉，且一句話也說不出來。封號是皇帝下旨褫奪的，敢對這事有意見，就是對皇帝有意見，饒是吳采薇，也不敢亂說。

「哼，妳不必轉移話頭。這半年來，哪次有妳的時候不出意外？和妳打場馬球，妳都要玩個故意墜馬的戲碼博取同情；四月，妳還被南邊的娼館盯上了，要不是被京兆府的捕快撞見，這會兒怕是不知在哪個窯子裡接客呢。」

這話說得可就惡毒了，即便穆婉寧想忍，也是無法再忍。若是不反駁回去，這不是她一個人丟不丟臉的問題，而是整個宰相府和鎮西侯府都要跟著丟臉的問題。

既然已經不能善了，那就不必再忍，痛痛快快地報復一場好了。

當下，穆婉寧臉上浮起輕蔑的微笑。「吳鄉主剛剛的話，雖然都是放屁，但有一點卻說對了，就是但凡出事之人，必是有問題的。」

穆婉寧笑咪咪地把話說完，抬起胳膊，狠狠給了吳采薇一耳光。

啪！

第五十三章　無恙

這一聲耳光清脆又響亮，聽得穆婉寧心曠神怡，雖然右手接下來是火辣辣地痛，但想到吳采薇的臉上肯定會更痛，便希望自己這手越痛越好。

這一下耳光，不僅把吳采薇打懵，也把周圍的貴女嚇傻了。

都是京城貴女，講究的是唇槍舌劍、殺人不用刀，怎麼忽然間動起手來？

「妳……妳敢打我？」

「不是吳鄉主自己說的嗎，來興臣找上我，就是我有問題。那我打了妳，就是妳有問題。所以，吳鄉主要不要坦白一下，妳到底做了什麼對不起我的勾當，不然我怎麼不打別人，就打妳一個呢？」

吳采薇頓覺臉上一片火辣辣的痛，比臉上更痛的，是極度的屈辱，她竟然被一個庶女當眾打了耳光。

「妳……妳這是在打皇家的臉面，是打當今陛下的臉面！我要進宮告御狀，告妳侮辱皇親國戚！」

「妳是沒睡醒吧？打妳就是打陛下的臉面？妳的臉有多大，敢代表陛下？再說，妳什麼時候能代表皇家的臉面了，妳以為妳是誰？當今皇帝姓趙，妳姓什麼，憑什麼代表皇家？

「皇家確實是有臉面的，但那臉面是歷代先皇開疆拓土打出來的，是當今陛下勵精圖治攢下來的，是各位皇子克己復禮、為臣子表率做出來的。妳呢，除了打著皇家旗號胡說八道，可有給皇家臉面貼過金、增過光？

「早在馬場那日，我就說過，皇家顏面是用來維護，不是用來當遮羞布的。今日這句話，同樣適合。」

穆婉寧這番話說得義正辭嚴，周圍人全被震住了，心裡暗暗佩服穆婉寧，打了皇帝的外甥女，還能拿出一套維護皇家顏面的說詞，當真是厲害。

房文馨眼睛亮亮地看著穆婉寧，覺得這一巴掌真是暢快，這才叫出氣，這才叫解恨！

吳采薇被穆婉寧罵得發懵。一直以來，只要她提到皇家臉面，周圍人便不敢吱聲，怎麼今天卻不好用了？

再看四周，只看到一眾鄙夷的眼神，吳采薇頓時惱羞成怒。「我跟妳拚了！」

見吳采薇像瘋子一樣伸長指甲，就往穆婉寧的臉上撲，周圍人紛紛躲開，穆婉寧也飛快地向後退。

眼看要躲避不開的時候，一隻手伸出來，牢牢地抓住了吳采薇的手腕。

「呼，雲香，多虧妳了。」穆婉寧鬆了口氣，沒想到吳采薇發起瘋來，也不比來興臣遜色多少。

「奴婢來遲了。姑娘沒事吧？」

「放開我！妳這賤人，我是皇帝的外甥女，是皇親國戚，妳敢攔我，我要告御狀，讓皇帝抽妳的筋、扒妳的皮！」

「住手！」

暖閣外傳來一聲怒喝，回頭一看，正是南安伯夫人和王氏，以及其他府第的夫人。最末處，是滿臉震驚的穆安寧。

眾人慌忙行禮。「見過伯夫人。」

雲香應聲鬆手，站到穆婉寧身邊，低眉垂首，但全副心神都在注意吳采薇的一舉一動。

南安伯夫人與王氏不同，甚有威嚴，站在那裡，眼神一掃，眾貴女便覺得喘不過氣來。

吳采薇也被南安伯夫人的氣勢震懾住了，恨恨地看著穆婉寧。

「文馨，妳來講，怎麼回事？」

「是。」當下房文馨就把事實經過一五一十說了一遍，方才眾人都在場，聽得出房文馨說得甚是誠實，既未添油，也未加醋。

「眾位姑娘，我家女兒可有說得不對的地方？」

無人出聲。

南安伯夫人冷笑一聲。「那吳鄉主還真是威風，在別人府第上出言不遜。不過，我並未給長公主府下帖子，吳鄉主是怎麼進來的？」

此話一出，眾人看吳采薇的眼神，更加怪異。之前還有人納悶，吳采薇和穆婉寧有嫌隙，這事大家都知道，南安伯夫人卻將兩人都請了。

原來是吳采薇不請自來。

程雪遙躲在人群裡，腸子都要悔青了，早知道就不帶吳采薇來了。可是這時也不能躲著不見人，不然查出來，丟臉丟得更大。

當下，程雪遙從人群中走出去，款款行了一禮。「回稟伯夫人，是晚輩帶吳鄉主進來的。並非有意搗亂，只是想著，若能藉著這個機會，讓吳鄉主與穆姑娘之間化干戈為玉帛，也是一樁美事，沒想到讓兩位誤會更深了。」

按說程雪遙這番話也算得體，若是追究起來，頂多是好心辦了壞事。

可惜南安伯夫人不吃這一套，冷笑一聲。「國子監祭酒真是教了好女兒，年紀不大，卻做主做到南安伯府頭上來。我們南安伯府廟小，裝不下妳和吳鄉主這兩尊菩薩，請吧。」

眾人一驚，這是當眾攆人的意思啊，這下可是把國子監祭酒和長公主府的臉面放在地上踩了。

而且，丟面子事小，程雪遙往後的婚事艱難才事大。

吳采薇還好，畢竟有個長公主的娘和當皇帝的舅舅。可是程雪遙就慘了，沒有哪個有身分的府第，會願意娶一個出去參加宴會，卻被主人家趕出來的姑娘。

程雪遙的臉色瞬間白了，原本她的膚色就白，這下更是連一絲血色也沒有。

當然，這怪不得別人，要怪只能怪她在別人府上也要擅作主張。

至於吳采薇，這樣一番做派，實在是抹黑皇親國戚四個字。

穆婉寧目送吳采薇和程雪遙被下人帶出去，然後趕緊上前行禮。「婉寧給伯夫人添麻煩了，望伯夫人責罰。」

無論她多麼占理，到底也是在別府裡打了人，攪擾人家的宴會，還是要認錯的。

王氏也上前道：「妳這孩子，怎麼如此莽撞。」

若是以往的穆安寧，這會兒肯定有多遠躲多遠，但經過最近幾個月的事，穆安寧對穆婉寧，真生出了些許的姊妹真情。

當下，穆安寧走到穆婉寧身邊，也向南安伯夫人行禮。「妹妹莽撞，望伯夫人見諒。」

南安伯夫人打量穆婉寧幾眼，又看看穆安寧，微微點頭。

「前段時日，聽聞穆姑娘在來興臣作惡時，敢拔下簪子上前拚命，當時還以為這是誇大之言，今日一看，倒是有幾分可信。不過，打人雖然解氣，但終究是下策，只能解一時之困局，不能治根本。」

穆婉寧聽了，再次行禮。「謝伯夫人教誨。」

「行了，不是大事，不必一個個如臨大敵的樣子，各自去玩吧。」

「是。」

待南安伯夫人離開後，房文馨立刻走到穆婉寧身邊。「穆姊姊，妳真是太厲害了，我娘一直要我勇敢些，從今天開始，妳就是我的榜樣。」

穆婉寧搖搖頭。「妳啊，真是捨近求遠，有妳娘那麼好的榜樣不學，幹麼學我。」

房文馨有些困惑。「我娘？」

「剛剛伯夫人只往那裡一站，吳采薇便不敢吭聲，那是何等強大的氣場？我若有那個氣場，根本不用動手打人，只要瞪吳采薇一眼，她自然閉口不言，甚至壓根兒不敢說那些話。」

房文馨若有所思，但還是燦爛一笑。「不管，反正妳是我的榜樣。」

回到府裡，周氏面容嚴肅地看著穆婉寧。「妳怎麼那樣大膽，居然動手打人？」

此時穆婉寧可沒有在銀杏林裡的理直氣壯，而是委委屈屈地向周氏解釋。「孫女也是一時氣糊塗了。那吳采薇誣衊我就算了，還拿死去的護衛嚼舌根。

「而且言語惡毒，若不強勢反駁回去，我們穆府的面子就算是徹底被放在地上踩了。

「南安伯夫人可是特地把三姊姊叫去說話，我寧可讓她覺得三姊姊有個潑辣的妹妹，也不想讓她覺得我們穆府出來的姑娘都是軟柿子，被人指著鼻子罵了，還不敢還嘴。」

「那妳就打人？那可是皇帝的外甥女，不看僧面，也要看佛面。」

「吳采薇可恨就可恨在這一點上，她仗著這層身分，做了多少惡事？若不是因為她，將軍又怎麼會在鬼門關前走上一遭？那些護衛死得那麼悲壯，卻被她說成冤死鬼，孫女想到她那些話，還想再補一巴掌呢。」

「唉，妳啊……」

與此同時，京城的茶館之中。

一位客人坐在茶館最前面的桌旁，拍著桌子嚷嚷。「我說掌櫃的，書法家的故事什麼時候開講？再不開講，我就走了。」

「就是啊！」周圍人紛紛附和。

茶館掌櫃趕緊出來鞠躬，打圓場。「各位看官且莫心急，九先生已經到了，正在後面準備。大家少安勿躁，咱們這就開場。」

不一會兒，易了容的風九從後面走到臺前，坐在茶館單闢出來的一角，清了清嗓子，一拍醒木，開講了。

「上回說到，公主看上了書法家這位大才子，但礙於自己已經成親，夫君還在，便只能忍下。孰料公主的夫君也是個不安分的，為了奪權，竟要謀害自己的叔父，結果事情敗露，被皇帝流放。公主二話不說，便與他和離了。

「公主沒了夫君，又打起書法家的主意。可她是公主，自然不能做小，就得找個由頭，讓書法家休妻。

「這一找，還真讓她找到了理由，書法家雖與元配夫人恩愛，卻膝下無子。

「公主便抓住這一點，說不孝有三，無後為大，要她的皇帝弟弟下了一道聖旨，命書法家休妻再娶。

「那皇帝也是個糊塗的，竟然真的下旨拆散這對恩愛的夫妻。書法家為了迴避這門婚事，不惜用火燒壞自己的腳，仍是無用，不得不休了他深愛的妻子。

「於是，書法家就在桃花渡送別元配，夫妻倆灑淚而別……」

風九的口才用來當暗衛，實在可惜了。這段故事內容雖然不多，卻是講得聲情並茂。尤其是書法家送元配大歸那一段，更是講得動情不已，聽者無不潸然淚下。

而且風九不只講，還找了個拉弦的，配合著情節，把悲劇的氣氛渲染到極致。

最後故事結尾，風九又道：「所幸現在不是那昏庸皇帝的天下，當今陛下不僅文治武功均強盛，教育皇子、皇女的本事，也要好上千百倍。

「咱們六公主不僅美貌無雙，更是知書達禮，一心想的都是怎麼為皇帝排憂解難……」

這就是風九聰明的地方，雖然這故事是影射吳采薇的，但通篇不提吳采薇，只講公主如何跋扈，講皇帝如何昏庸，然後又講當今皇帝如何英明、公主如何孝順。

故事雖然是悲劇，卻顯得當下的生活彌足珍貴。

可是，風九沒提吳采薇，不代表聽客們不會往吳采薇那兒想，尤其這強嫁的戲碼，怎麼聽怎麼都覺得與吳采薇相似。

沒幾日，又傳出一個更大的消息，南安伯府舉辦宴會，吳采薇不請自去，被南安伯夫人當眾趕了出來。

這下，眾人討論得更加熱烈了。

「欸，你說，該不會是吳鄉主強嫁蕭將軍不成，又看上南安伯了？」

「可是南安伯已經有妻兒了啊。」

「話本裡的書法家也有呢。八成是覺得自己年輕，又不甘心做妾，就想擠掉南安伯夫人，當家做主。」

「對啊，怪不得被南安伯夫人趕出來。要是我，那就不只趕出去，非得打出去不可！」

「就是就是。」

穆婉寧是在新淨坊裡聽到這些傳言的，哭笑不得，不得不感嘆，百姓的八卦力量實在太強大了。

吳采薇氣得差點吐血，她從南安伯夫人那裡出來之後，本想立刻進宮告狀的。

可是她先後請見三次，無論皇帝還是太后都沒見她。太后甚至下了一道旨意，讓她無詔不得入宮。

吳采薇這下真的是欲哭無淚。

而南安伯夫人在吳采薇走後，立刻寫了一道摺子送進宮，說吳采薇不請自來，仗著皇親國戚的身分大鬧宴會，當眾辱罵客人，讓南安伯府在眾貴女之間顏面掃地。

皇后接到摺子後，立刻稟報太后，太后也氣自己這個外孫女不爭氣，想不明白當初怎麼會覺得她哪兒都好。

於是，剛離開沒多久的四位嬤嬤，再度住回長公主府。

吳采薇挨了打，狀沒告成不說，反而又開始天天抄書的悲慘日子。

「穆婉寧，我跟妳不死不休！」

穆婉寧打了吳采薇一耳光，雖然並未惹出麻煩事來，但周氏還是把穆婉寧禁足在府裡，並放出風聲，說是讓穆婉寧閉門思過。

畢竟吳采薇是皇帝的外甥女，皇帝自己怎麼厭惡都沒關係，可未必允許別人厭惡。

萬一皇帝因為這事不高興，龍顏一怒，穆婉寧還是吃不了兜著走。所以做出一些認錯的樣子來，有益無害。

穆婉寧也樂得在家清閒，不然又要被穆安寧拉著參加各種宴會。

自從上次銀杏宴後，南安伯夫人那邊又沒了消息，王氏拿話試探過，並未得到回應。這下，王氏也有些看不明白了，不知道南安伯夫人打的是什麼算盤。按說，那日她特意把穆安寧叫過去說話，擺明是有意的。

今早給周氏請安時，王氏把這事說出來。

穆婉寧聽了，有些遲疑地道：「該不會是因為我打了吳鄉主，連累了三姊姊在南安伯夫人心裡的形象？」

雖然前一世穆安寧的確是與南安伯的次子成親，但這一世因為穆婉寧重生，許多事情有了變化，會不會也影響到這個呢？

這下，穆婉寧真因為打了吳采薇，而生出些悔意來。

鄭氏聽了，也有些著急，但想到方堯求親時，穆婉寧一門心思替穆安寧著想，也不好說什麼。

穆安寧倒是灑脫一笑。「妹妹打都打了，想這些也沒用。吳采薇那些話，就是我聽了，也想打她一頓。

「該是我的，妹妹打不散；妹妹能打散的，未必就是我的。再說，南安伯夫人那天還是很欣賞四妹妹的，或許是我沒能入人家的眼。」

穆安寧這麼一說，反而讓穆婉寧更加內疚。若穆安寧像以前一樣著急跳腳，她可能還覺得好一些。

「三姊姊，對不住。」

最後還是周氏發話。「瞅瞅妳們幾個，因為這點事就急成這樣。南安伯夫人是給兒子選正妻，又不是上集市買白菜，看一眼覺得差不多了，就撿進筐裡。

「誰家選兒媳婦只看一家的？伯夫人想多相看、多比較，不很正常嗎？安兒且放寬心等著就是。」

周氏這麼一說，穆安寧和穆婉寧心裡都鬆了一口氣。

別看穆安寧說得輕鬆，其實心裡還是在意的。畢竟她及笄快一年，穆婉寧都開始走三書六禮，她還沒著沒落的呢。

穆婉寧也覺得周氏說得有道理，她們急，是因為穆安寧的年紀，但南安伯夫人不過剛開始有動作，緩一緩完全是有道理的。

想通這事後，穆安寧仍舊繼續出去赴宴，穆婉寧則開心地「禁足」府中，權當休息了。

——未完，待續，請看文創風944《迎妻納福》3（完）

2021年2月出版

學渣大逆襲

文創風 930～931

雖然一場高燒喚起上輩子的記憶，但學渣到哪裡都是學渣啊～～
只是她躲在樹下為考試成績傷心一場，怎知樹上躲了一個學霸?!
這下尷尬撞窘迫，學渣遇學霸，還會有比這更慘的場面嗎……

當學渣巧遇學霸，戀愛求學兩不誤／鍾心

要不是幼年一場高燒，秦冉也不會恢復上輩子的記憶，知道自己並非當代人；
問題是那些記憶也不多，她偏又投生在一個讀書至上的朝代，
而且秦家滿門學霸，就她一個學渣，連前世記憶都幫不了，真心苦啊～～
她從小小學渣長成小學渣，又背負家人期許考入當朝最頂尖的書院，
雖然應試時考運有如神助，可一入學，琴棋書畫、騎馬射箭樣樣都為難她！
除了一手好廚藝，她在書院中仍是末段班的末段生，
眼看家人同學都為自己心急，但她似乎少根筋，讀書總是沒起色；
這一日，努力又落空的成績令她備受打擊，只想躲到書院後山獨自哭一回，
偏偏她在樹下哭，樹上怎麼突然出現一個男同學 ?!
而且這同學不是別人，正是成績輾壓全書院的大學霸沈淵！
被學霸目睹如此尷尬的場景，她當場手足無措，沒想到他不但好心安慰自己，
打從隔天起，兩人便幾次三番地相遇，連上課都意外受到他的指點、鼓勵；
即便因為沈淵「青睞有加」，讓她在學院「出盡鋒頭」，卻也逐漸開竅，
既然如此，就讓她抱緊學霸的大腿，順利度過求學生涯吧～～

2021年2月出版

文創風 927～929

金牌虎妻

左手生財，右手馴夫，
這穿越後的日子可有得忙了呀～～

婦唱夫隨，富貴花開／橘子汽水

唉，一朝穿越就直接當人妻，丈夫還是被踢出家門、靠收保護費度日的失寵庶子，
本性不壞，但打架鬧事如家常便飯，根本像她養過的哈士奇，一日不管便闖禍！
幸好丈夫喬勐天不怕地不怕，就怕惹她生氣傷心，還有她那根聞名鄉里的家法棍，
關起門來懂得跪算盤認錯，她就不跟他計較了，定把他調教成有出息的忠犬，
從此街頭一霸變成唯娘子是從的妻管嚴，她馭夫的名聲在平江可是響叮噹啊～～
接下來還有更重要的事得做——喬勐口袋空空，以前收的保護費還不夠養家呢！
眼看喬家不肯給金援，打算讓他們自生自滅，再不想辦法賺銀子就要餓肚子了。
幸好前世她是精通雙面繡的刺繡大師，又擅長廚藝，乾脆用這兩樣絕活來掙錢吧！
孰料她準備一展身手之際，喬勐無端捲入傷人官司，縣令盛怒將他抓進牢裡。
她的生財大計豈能少他出力，如今禍從天降，她該怎麼替他解圍才好……

筆上談心，紙裡存情／清棠

2021年2月出版

書中自有圓如玉

看著書上突然浮現的墨字，憑空出現，又慢慢消失，
雖說子不語怪力亂神，他仍是被這陡然出現的異相給驚住，
奇怪的是，除了他以外，旁人竟完全看不見，
日復一日，那歪七扭八的墨字就沒停過，簡直陰魂不散，
所以說，他這是碰上什麼妖魔鬼怪了嗎？

文創風 923 1

媽呀，她這是大白天的活見鬼了嗎？
好好地在自家書房抄縣誌，宣紙上卻突然浮現「你是何方妖孽」幾個字，
沒搞錯吧？她才想問問對方究竟是妖是鬼咧！
鼓起勇氣細問之下才知道，原來這人已經看她抄了半月有餘的縣誌，
倘若這話是真的，那這傢伙比她還慘啊，畢竟她每天從早抄到晚，字還醜！
問題來了，他們兩個普通「人」之間，為什麼會出現這種筆墨相通的狀況？
難道……是穿越大神特地贈送給她祝圓的金手指小禮物？
但所有的紙張、書本甚至連字畫上都能浮現字，她還怎麼讀書、練字啊？

文創風 924 2

祝圓此生的心願不大，只希望能當個米蟲，悠閒地過上滋潤的日子就好，
可她身為一名縣令的女兒，卻還要操心家裡銀錢不夠用是怎樣？
原來爹爹為官清廉，做不來搜刮民脂民膏的事，自然沒油水可撈，
雖然娘親跟她再三保證，他們不至於會挨餓受凍的，
因為京城主宅那邊會送些錢過來，再不濟她娘手上也還有嫁妝呢，
但她聽完只覺得震驚啊，她爹堂堂縣令竟還在啃老？甚至還可能要吃軟飯？
再者，她家手頭這麼緊了，卻還養著一批下人，光飯錢就是 大開銷，
這樣下去不成，既然無法節流，當務之急她得想辦法掙些錢貼補才行啊！

文創風 925 3

祝圓賺到了人生的第一桶金，成功讓爹娘對她的經商能力刮目相看，
與此同時，跟那個神祕筆友的交流也依然持續進行中，
雖然還是不知這人的來歷，但能肯定對方是個男的，並且家世相當不錯，
這還得從兩人聊到朝廷不給力、害得老百姓這麼窮苦一事說起，
正所謂「要致富，先修路」，但朝廷修的路，那能叫路嗎？
晴天是灰塵漫天，雨天又泥濘不堪，當然啥經濟也發展不起來啊！
於是她指點了水泥這條明路，結果他真弄出來築堤、造路，來頭還能小嗎？
話說，水泥是她提的主意，他應該不會這麼小氣，不讓她抽成吧？

文創風 926 4 完

來錢的事祝圓都不吝跟她親愛的筆友三皇子分享，畢竟她撐不起這麼大的攤子，
直接跟謝崢說多好，事成之後他還會分她錢呢，她這是無本生意，穩賺不賠啊！
既然兩人關係這麼好，那應該能託他調查一下家裡幫她相看的幾個對象吧？
模樣啥的都是其次，會不會喝花酒、有無侍妾、人品好不好才重要，
結果好了，他說這個愛喝花酒、那個有通房了，總之就沒一個配得上她的！
要不，請他幫忙介紹一個良配？他倒也爽快，一口就應了她，
可到了相親之日，說好的對象卻成了他自個兒！這是詐騙兼自肥吧？
再者，她想嫁的是家中人口簡單的，但他根本身處全天下最複雜的家庭啊！

文創風 943

迎妻納福 2

國家圖書館出版品預行編目資料

迎妻納福 / 月舞著. --
初版. -- 臺北市 : 狗屋出版社有限公司, 2021.04
冊 ; 公分. --(文創風)
ISBN 978-986-509-200-9(第2冊 : 平裝). --

857.7　　110003811

著作者	月舞
編輯	安愉
校對	沈毓萍
發行所	狗屋出版社有限公司
地址	台北市104中山區龍江路71巷15號1樓
電話	02-2776-5889～0
發行字號	局版台業字845號
法律顧問	蕭雄淋律師
總經銷	知遠文化事業有限公司
電話	02-2664-8800
初版	2021年4月
國際書碼	ISBN-13　978-986-509-200-9

本著作物由北京晉江原創網絡科技有限公司授權出版

定價260元

狗屋劃撥帳號：19001626

網址：love.doghouse.com.tw　E-mail：love@doghouse.com.tw